Büsten und Bilder

SALZWASSER
VERLAG

Karl Frenzel

Büsten und Bilder

Unveränderter Nachdruck der Originalausgabe von 1864.

1. Auflage 2022 | ISBN: 978-3-75259-642-7

Verlag: Salzwasser Verlag GmbH, Zeilweg 44, 60439 Frankfurt, Deutschland
Vertretungsberechtigt: E. Roepke, Zeilweg 44, 60439 Frankfurt, Deutschland
Druck: Books on Demand GmbH, In de Tarpen 42, 22848 Norderstedt, Deutschland

Büsten und Bilder.

Büsten und Bilder.

Studien

von

Karl Frenzel.

Hannover.

1864.

Dem

mitstrebenden Freunde

Emil Kuh.

Inhalt.

I. Zur englischen Literatur.

II. Zur französischen Literatur.

III. Zur deutschen Literatur.

IV. Zur modernen Malerei.

Macaulay.

Von Hume's „Geschichte Englands" hat Macaulay im Beginn seiner literarischen Laufbahn gesagt, daß sie wahrscheinlich so lange dauern werde, als die englische Sprache. Dasselbe Lob haben bei seinem Tode, am 28. December 1859, Freunde wie Gegner seinen eigenen unsterblichen Schriften nachgerühmt und es kann kein Zweifel sein, daß, wenn der Werth eines Schriftstellers und sein Anrecht auf die Erinnerung der Nachwelt zunächst in der Reinheit und dem Glanz seiner Darstellung, dem rhythmischen Fall seiner Sätze gesucht wird, Macaulay mehr als Hume diesen Ruf verdient. Wie verschieden auch die politischen Parteien Englands den Geschichtschreiber der „glorreichen Revolution" von 1688 beurtheilen, sie sind einstimmig in dem Lobe seines Stils.

So beschreibt ein Whig den Eindruck seiner Parlamentsreden: „Man denkt an einen Courierzug, der selbst an den Hauptstationen nicht anhält. Vorwärts eilt er, in vollem Vertrauen auf sein eigenes Gewicht, hält niemals still, um Worte oder Gedanken zu suchen, pausirt keinen Augenblick, nicht einmal um Athem zu schöpfen, während sein Verstand neue Kraft im Vorwärtsschreiten sammelt, den Gegenstand nach sich zieht, mit der Stärke eines Riesen, und einen Lichtstreifen auf dem Wege zurückläßt, welchen sein Geist durchwandelt hat, bis er, unerschöpft und allem Anscheine nach unerschöpflich, diese merkwürdige Anstrengung mit einem Schlusse beendigt, welcher in declamatorischer Kraft so hochgehalten ist, so von Bildern strotzt, so ausgezeichnet geschaffen, die ganze Rede zu krönen und festzustellen, daß die Ueberraschung, selbst wenn sie angefangen hat aufzuhören, von Neuem beginnt und der Zuhörer vollständig durch den Wirbelwind von Ideen und Aufregungen, welcher über ihn dahingefahren ist, niedergeworfen und kraftlos liegen bleibt." Und zu ähnlichem Urtheil gelangt der Hochtory Wilson: „Ein abscheulich häßlicher, schiefer, plattfüßiger, ungestalteter kleiner Kloß, mit einem Gesicht ohne Züge, ausgenommen eine gute, große Stirn, glattem, puritanischem, sandigem Haar, großen glimmenden Augen und einem Munde, der von einem Ohr zum andern reicht — so steht er da und lispelt und summt und spricht dick und belegt mehrere Minuten lang, bevor er in den Schwung seiner Rede hineinkommt; aber weiterhin kann nichts belebender sein, als seine ganze Ausführung. Was er sagt, ist dem Inhalt nach reiner Unsinn und Dummheit; aber es ist wohl gesetzt und fließend vorgetragen; es giebt eine solche endlose Kette von Epigrammen und Antithesen, ein solches Blitzen der Beiworte, eine solche Anhäufung von Bildern, und dabei ist die Stimme so trompetenhaft und der Vortrag so grotesk, daß man eine Nadel im Unterhause könnte fallen hören. Es ist klar, daß er wenigstens die Haupttheile der Rede auswendig weiß, aber dafür lobe und preise ich ihn noch mehr."

Vom radikalen Standpunkte ist dann behauptet worden, daß er, weil er in seinem politischen Leben den Grundsätzen der Whigpartei huldigte, die Geschichte so dargestellt habe, „als ob die Welt nur für die englische Gentry da wäre.“ Es muß zunächst zugegeben werden, daß Macaulay's Werke zuweilen mehr als es der objectiven Ruhe und Wahrheit der Geschichte geziemte, von einer leidenschaftlichen Parteinahme, von gehässigen Anklagen, vor Allem gegen die Quäker, befleckt werden; Macaulay's erstes Auftreten fällt eben in jene bewegte Zeit (1827 — 1833), in der die Emancipation der Katholiken und die Wahlreform die Tories und Whigs zur letzten Schlacht gegen einander führte. Er gehörte zu den Vorkämpfern der Whigs; sein Vater war der vertrauteste Freund Wilberforce's gewesen; er hat die härtesten Schmähungen im Parlamente erdulden müssen; weil er für geheime Abstimmung war, hat er für einen verkappten Chartisten gegolten — mit demselben Rechte hätte man Karl I. Stuart einen Freund der Freiheit nennen können. Diese Angriffe, diese heftigen und aufreibenden Debatten im Unterhause haben Macaulay's empfindliche Seele mit einer fast persönlichen Abneigung gegen seine Gegner erfüllt und ihn diesen Haß auch auf ihre Ahnen übertragen lassen. Jener beschränkten Freiheit zugethan, welche ihm in der englischen Verfassung als Ideal erschien, voll Wohlwollen und Gerechtigkeit gegen die ärmeren Klassen des Volkes, war er in seiner Stellung wie in seinen Ansichten ein hervorragendes Mitglied der Gentry. Während der Reaction 1849 — 1850 gab es auf dem Festlande von Europa kaum einen gefeierteren Namen als den seinigen; der verzweifelnden Mittelklasse, deren Constitutionen alle gescheitert, ging in ihm ein Stern der Verheißung auf, seine Bücher „stärkten“ sie, wurden ihr „Labsal“ — so mögen in den Sonnentagen Karl's II. die grollenden Puritaner das Buch der Richter und Milton's Schriften gelesen haben. Gleich weit entfernt stand Macaulay von den Republikanern und dem Adel; er war nicht für allgemeines Stimmrecht, worin nach ihm die Vernichtung des Eigenthums lag, aber fast ebenso sehr erschreckte ihn die Gewalt eines militärischen Despotismus. Die Träume und Hoffnungen der Socialisten gewannen ihm nur ein überlegenes Lächeln abweisender Klugheit ab, allein er war gern bereit, seine beredte Stimme für die Verkürzung der Arbeitsstunden der Fabrikkinder, für die freie Presse und eine allgemeinere Volksbildung zu erheben. Ihm fehlte bis zu der Gestalt und der physischen Macht der Rede Alles zu einer großen populären Wirkung, allein im Kreise gebildeter Männer, verständiger und vornehmer Geister wird über Geschichte und Literatur kein Wort mit größerer Aufmerksamkeit und mehr Wohlgefallen vernommen werden, als das harmonisch klingende, nicht immer tiefe, aber gewählte Wort Macaulay's. Wollte man einer großen gemischten Versammlung die berühmteste und malerischste Stelle seiner Geschichte — die Krönung Wilhelm's und Maria's — vorlesen, so würde auch dem Ungebildeten Alles klar und begreiflich erscheinen und ihn dennoch kalt lassen; läse man derselben Versammlung Carlyle's „Mänadenzug nach Versailles“ aus seinem Buche über die französische Revolution vor, so wird die Hälfte des Vortrags vergeblich sein, Niemand wird eine Silbe von dieser geschraubten, dunklen, bilderreichen Sprache verstehen, die andere Hälfte jedoch würde Alle zu einem Jubelruf der Begeisterung hinreißen, wie das Aufgehen eines wunderbar prächtigen Nordlichts, wie eine wildrauschende Schlachtmusik.

Niemals schlossen sich politische Ansicht und schriftstellerische Begabung so innig zusammen, wie in Macaulay. Da das Erhabene seinen vorwiegend kühlen Geist nicht hinriß, das Phantastische seinem feinen Schönheitssinne durch die Wunderlichkeit seiner Form keine Befriedigung gewährte, suchte und fand er jene mittlere Stellung zwischen beiden, deren eigenthümlicher Charakter in der Furcht vor jedem Aeußersten, weniger in der Tiefe des Gedankens, als in der Klarheit und Angemessenheit des Ausdrucks, in einer Vereinigung aller Muster besteht. Diese Kunstweise ist nicht neu, sie hat den Ruf einer begabten und bewunderungswürdigen Malerschule, der Carracci's, begründet. Das bekannte Sonett Agostino Carracci's empfahl seinen Schülern die Großartigkeit Michel Angelo's, die Farbe und die Natürlichkeit Tizian's, Correggio's reinen Stil und Rafael's Harmonie. Nach derselben Vorschrift hat Macaulay gearbeitet; er besitzt das warme Colorit der Venetianer, er strebt nach jener Einheit der Composition, nach jener makellosen Zeichnung, die Rafael den Namen des „Göttlichen" eintrug. Aber Macaulay ist nur in sehr beschränktem Sinne ein schaffender Genius. Seine Gedichte über die ältesten römischen Sagen, von Horatius Cocles, der Schlacht am See Regillus und der Virginia, die er, noch ein junger Mann, in jener Neigung der Engländer, verschollene Lieder zu singen, die Chatterton und Macpherson berühmt und unglücklich gemacht, gedichtet hat, seine Hugenottenlieder und einige lyrische Strophen entspringen weder einer mächtigen Phantasie noch der Gluth des Herzens; sie würden nichts verlieren, wenn sie ohne den Schmuck des Reimes als kleinere Essays aufträten. Im Pomp der Darstellung, in der prächtigen Fülle des Ausdrucks und der Bilder stehen sie sogar der Schilderung des Gerichts über Warren Hastings nach, in der Macaulay mit Rubens wetteifert. Wieder entsprach auch hierin seine Kraft seiner Empfindung. Sie war nicht fähig, die leidenschaftliche Klage eines großen und schwermüthigen Dichters, Lord Byron's, nachzufühlen oder sich dem Zauber hinzugeben, der um Haidé und Angiolina schwebt; sie setzte Molière's Komödien in dieselbe Linie mit Shakspeare's „Sturm" und fand in „Werther's Leiden" nicht mehr als in Richardson's „Clarissa". Wenn ihn etwas in poetischen Schöpfungen mit Bewunderung erfüllte, war es die mächtige und dunkle Erhabenheit, die aus den Psalmen und Propheten des alten Testaments wenigstens zum Theil in Dante und Milton übergegangen ist. Nicht in gleichem Maaße rührte ihn die Klarheit, Ruhe und heitere Schönheit der Griechen, denn er forderte, wie verhüllt auch immer, einen moralischen Zweck von der freiesten Kunst. Wer gedächte da nicht jener römischen, hochverständigen, kunstgebildeten, aber doch ihrer Anschauung nach nüchternen Senatoren, welche durch die Hallen von Olympia als Sieger wandelnd dem Zeus des Phidias und tausend andern herrlichen Gestalten von Elfenbein und Marmor einen Blick des Beifalls halb und halb des Mitleids schenken oder zu Athen in der Akademie mit stillem Lächeln überlegener Klugheit die glorreichen Träume des Plato mit anhören? Am bezeichnendsten für diese Auffassung der Kunst und der Phiolosophie ist Macaulay's Ansicht über Indien und sein Essay über Bacon.

Als die Spanier Amerika eroberten und in die von wildem und phantastischem Schmuck prangenden Städte Mexiko's und Peru's einzogen, betrachteten die Besseren unter ihnen die Indianer als Kinder, die Grausameren als Barbaren.

Zuweilen, in dem schlichten und wackeren Gemüth eines tapfern Soldaten, wie Bernal Diaz del Castillo einer war, mischten sich beide Gefühle; diese Ueberhebung und diese Gutmüthigkeit, zu einer verständigen Ueberzeugung gefestet, bedingte Macaulay's Ansicht von den Indiern. Wie er bedauerte, daß die unteren englischen Volksklassen nicht „Bildung" genug besäßen, um auch nur den kleinsten Theil an der Verwaltung des Reiches erhalten zu dürfen, so bedauerte er die Indier wegen ihrer „unsinnigen" Götterlehre und ihrer „kindischen" Gebräuche. Dieselbe Schranke, welche den englischen Arbeiter von dem Gentleman scheidet, trennte nach ihm den vornehmsten und gebildetsten Braminen von dem ärmsten Bauer des schottischen Hochlands. Obgleich er vier Jahre in hoher amtlicher Stellung in Kalkutta verweilte, scheint er niemals, auch nicht im schwächsten Ausklang, von Sakuntala's lieblichem Reiz gerührt, nie von den tiefsinnigen und erhabenen Worten des Buddha ergriffen worden zu sein. Für ihn ward jene Episode des Maha-Bharata von der Allvergänglichkeit und dem beständigen Wechsel des Seins nicht geschrieben, worüber der erlauchte Geist Wilhelm's von Humboldt gesonnen. Die Weisheit eines ganzen Volkes wagte er als „Trödel" zu zeichnen, und es kann kein Zweifel sein, daß er auch nicht eben günstiger von der Philosophie des Plato dachte. Sein Held des Denkens war Franz Bacon. Die Erfindung der Kuhpockenimpfung wog alle Reden des Sokrates, die Träume des Timäus und die ewigen Ideen auf. Freilich ist es besser, daß die Menschen den Zorn überwinden und den Zahnschmerz behalten, als daß sie diesen verlieren und dem andern sich hingeben; da nun aber keine Philosophie den Zorn bändigt, so ist ein Mittel gegen den Zahnschmerz einer jeden vorzuziehen. Solche Behauptungen bedürfen in ihrer nüchternen Geschmacklosigkeit keiner Widerlegung. Wie die Luft Allen, so ist den feiner organisirten Seelen die Beschäftigung mit den letzten und höchsten Fragen des Daseins zu ihrem Leben nothwendig, aber es wäre thöricht, von ihnen oder von Rafael's Madonnen eine Weltverbesserung zu erwarten. In diesen Ansichten befangen, ist Macaulay nicht einmal zum innersten Kern der Realphilosophie Bacon's vorgedrungen, er hat sich mit der Schale begnügt. Die äußerliche Anwendung, die Bacon von seiner Methode machte, die Erfindungen, die er von ihr hoffte, der wunderbare Staat der Zukunft und die allgemeine irdische Glückseligkeit, die er prophezeite, wenn ihm die Menschheit folgen würde, zogen Macaulay mehr an, als jenes metaphysische Verlangen, das auch Bacon nach dem Wesen der Dinge trachten ließ.

Dies waren die Mängel in Macaulay's Bildung. Sie entsprangen in ihrem letzten Grunde vielleicht einem Fehler des Herzens. Ihm ging das warme, freudige Gefühl einer rückhaltlosen Hingebung, einer echten Liebe und Bewunderung ab. Das Große, Edle und Schöne hatte nach ihm dann allein Anspruch auf unsere Huldigung, wenn es in irgend einer Beziehung die allgemeine Wohlfahrt fördert und ein Zeugniß für die Tugend und Freiheit ablegt. In ihm war kein Zug, der ihn unwiderstehlich zu den Füßen eines Helden hingerissen; wenn er sich begeistert, so begeistert er sich nicht im Herzen, sondern mit dem Verstande. Um vor Wilhelm III. niederzuknieen, bemerken die Gegner, breitet er sich erst einen Teppich aus. Die Vorschrift des Horaz, „nichts zu bewundern“, war auch die seine. Genug besaß er vom Staatsmanne, um dem augenblicklich Zweckmäßigen die Principien vorzuziehen; gern glich er in seinem Leben wie in seinen Schriften das Schöne oder Gute mit dem Nützlichen aus. Wie seine Phantasie von dem Begriffe des „Correcten“ angekränkelt war, so litt sein Herz von der Kühle seines Verstandes. Aber die höchsten Spitzen in jeder Kunst lassen sich nur durch einen Aufschwung der Begeisterung erreichen. Ihnen mußte darum Macaulay fern bleiben, er ist nur auf einer niedrigeren Stufe der Erste.

Diese Stufe ist die Kunst des Essay. Schon vor Macaulay finden sich in der englischen Literatur viele dieser „zerstreuten Aufsätze, Skizzen, Studien“, aber Niemand hatte vor ihm versucht, eine bestimmte Kunstform für sie zu schaffen. Es gehörte eben dazu sein eigenthümliches malerisches Talent. Den Fleiß, der zur Erforschung einer Zeitperiode, die Kenntniß des Herzens, die zur Ergründung eines bedeutenden Charakters nöthig ist, hatten Viele besessen, zuweilen vereinigte sich mit diesen Vorzügen auch die Gabe einer leichten und gefälligen Darstellung; doch jener künstlerische, individuelle Zug fehlte, der allein jegliche Arbeit zu einem Kunstwerk zu stempeln vermag. Es gab und giebt viele Portraitmaler und doch nur *einen* Van Dyk. Wenn Einer, so darf Macaulay den Namen seines Nachfolgers beanspruchen. Er hat als Grundregel des Essay das Malerische in ihm aufgestellt. Er soll keine Abhandlung und kein bloßer Schattenriß eines Mannes, er soll ein Bild sein. Nicht die Todtenmaske des Helden, auch sein Kleid, seine Umgebung ist dazu nothwendig. Neben dem eigenen Wesen, das in ihm zur Erscheinung kommt, spiegelt sich in jedem hervorragenden Menschen zugleich seine Zeit. Je inniger und lebensvoller der Essayist diese Bezüge erfaßt, je deutlicher und schärfer er sie ins Licht zu setzen weiß, um so mehr nähert er sich dem Ideal. Es wäre zu weit gegangen, wollte man Macaulay den Ruhm zusprechen, es immer erreicht zu haben. Seine Ideenarmuth und Leidenschaftlosigkeit verhinderten ihn, in die Tiefen der Dinge und die Geheimnisse des menschlichen Herzens zu dringen. Vergeblich würde man in seinen Schriften nach solchen Offenbarungen suchen. Niemals aber entging ihm das Aeußerliche, die Färbung der Landschaft, der Ton einer Zeit. Den Charakter Machiavelli's wußte er nicht zu enträthseln, er hat nicht einmal versucht, aus seinen Briefen annähernd das Geheimniß dieser mächtigen und doch armen Seele zu enthüllen; und nun lese man mit steigender Bewunderung die unübertreffliche Schilderung seiner Zeitgenossen, von ihrer Gesinnung bis herab auf die Kleider und Spieße der Schweizer, die Macaulay gegeben. In andern Zeitläufen standen ihm die Menschen wieder näher und begreiflicher; so hat er in Temple, Addison, William Pitt die feinsten und schärfsten Studienköpfe entworfen; selbst seine Charakteristik Friedrich's des Großen, so wunderlich und fast „verleumderisch" sie allzu patriotischen Köpfen erscheint, weiß das Gegensätzliche des Roccoco und des Heroenthums doch zu einer ganz anderen Anschauung zu bringen, als Häusser. Am schönsten vollzog sich die Vereinigung beider Seiten seines Talents in den Aufsätzen über Lord Clive und Warren Hastings. Eine englische Zeitung fand, daß er für diese Arbeiten, die er nebst einem unbrauchbaren Gesetzentwurf über die Rechtspflege in Indien während seines vierjährigen Aufenthalts in Bengalen, von 1834 — 37 als Kronjurist und Mitglied des hohen Rathes, ausarbeitete, 60,000 Pf. St. empfangen habe, und hielt diese Summe für vortrefflich verwendet. Sie hatte Recht; es giebt Weniges, was man ihnen an die Seite stellen könnte. Das indische Leben, der tiefe Gegensatz zwischen den Hindus und den eingewanderten mongolischen Eroberern, der es erfüllt und das Land den Fremden zur Beute gegeben, die wunderbare Märchenscenerie der Landschaften, den Schlachtmuth Robert Clive's, die Kühnheit Warren Hastings', die mit der des Cortez wetteifert und sie an staatsmännischer Voraussicht übertrifft, hat Macaulay's Auge richtig, klar, wie mit der Schärfe der Loupe gesehen, sein Verstand zu übersichtlicher, reiner und vollendeter Composition geordnet.

Wo sein großes Geschichtswerk, das Macaulay fast ausschließlich in den letzten Jahren seines Lebens beschäftigte, eine Gelegenheit zu dieser geschichtlichen Malerei bietet, wie in der Schilderung von Cromwell's Reitern, der Schlacht an der Boyne, gleicht es den glänzenden Bildern Paul Veronese's und Tintoretto's aus der Geschichte Venedig's, welche die Wände des Dogenpalastes schmücken. An solchen Stellen ist es unübertrefflich; weder die scharfe, geistvolle Darstellung Hume's, erfüllt von dem philosophischen Geiste des 18. Jahrhunderts, noch der getragene, pomphafte Stil Gibbon's erreichen es dann, in ihnen herrscht — und glänzender — die Anschaulichkeit Herodot's und etwas von dem Geiste und dem Gedankenreichthum des Thukydides. Allein Macaulay bleibt nicht immer auf dieser Höhe. Daß er in Irrthümer verfällt, nicht ganz mit gerechtem Maaße Gegner und Freunde mißt, würde den Ruhm des Schriftstellers weniger beeinträchtigen, als eine gewisse Weitschweifigkeit der fortlaufenden Erzählung, ein Verkennen oder doch ein zu geringes Hervorheben des Entscheidenden. Die

Kunst der Debatte, die er so lange geübt, hat in ihm eine große Vorliebe für Parlamentsverhandlungen, für ein Abwägen des „Für“ und „Wider“ bei jeder Maßregel erweckt, das eher im Comité des Hauses der Gemeinen, als in einer geschichtlichen Darstellung am richtigen Platze ist. Zuweilen erhält dadurch Macaulay's Stil den Ton einer Vertheidigungsrede oder einer Anklage, er verliert nicht seine Vorzüge der Klarheit und Harmonie, aber doch das Merkmal der historischen Kunst. Billig muß man indessen bedenken, daß diese Dinge dem englischen Leser vertrauter sind, als uns, daß sie für ihn eine weit andere fortwirkende Kraft besitzen, daß er noch immer Haß und Liebe an ihnen erprobt. Philosophisch tief konnte Macaulay's Weltauffassung seinem Wesen und seiner Bildung nach nicht sein, sie ist realistisch, wie zum Theil seine Kunstform. Sie geht von dem in der Wirklichkeit Gegebenen, von keinem Princip aus, denn das „Zweckmäßige“, das „relativ Beste“ ist nur eine Abstraction der zufälligen Zustände, keine allgemeine Idee. Das letzte Wort dieser Auffassung bleibt der Compromiß der Parteien. Aus solchen Ausgleichungen entstand die englische Verfassung. In der Magna Charta vereinigten sich die Rechte des Königs und die Ansprüche der Barone; als Heinrich III. mit dem Grafen Leicester kämpfte, erlag anfänglich nicht ganz das Königthum und später nicht durchaus die Gewalt der Barone. Die Thronbesteigung der Tudors war eine Ausgleichung der rothen und weißen Rose; so verglich die Reformation in England den Katholicismus und die Lehren Luther's in einer zwischen beiden stehenden Form; so vernichtete die Revolution von 1688 weder die monarchische Regierung, noch die rechtmäßige Erbfolge, aber sie eröffnete zugleich dem

Volkswillen eine freie Bahn. Macaulay faßt diese tief im germanischen Charakter begründeten Erscheinungen freilich nur äußerlich, von dem Standpunkt des „Nützlichen", auf und wird sich des Gegensatzes nicht bewußt, der sie vom Romanenthum trennt; allein mit richtigem Verständniß hat er doch in den Fluthen und Ebben dieser Parteikämpfe die bewegenden Kräfte des englischen Staatslebens erkannt. Denn das Leben der romanischen Nationen verläuft, wie Macchiavelli so tiefsinnig und schön gesagt, in Freiheit, Anarchie und Tyrannei; bei den Germanen streben alle nach Einigung und Versöhnung. Diese Anschauung ist zweifellos besser in den Dingen begründet und dem Geiste des Jahrhunderts gemäßer als Carlyle's Heroencultus, der in schwächlicheren Seelen, als in seiner eigenen großen und einsamen, zu nichts als zu der götzendienerischen Verehrung des Cäsarenthums reifen kann. Macaulay giebt der Masse, mag es auch immerhin nur die englische Gentry sein, ihr Recht gegen Carlyle's „Riesengeister"; ohne es auszusprechen, bekräftigt er darum Mommsen's Worte in der „Römischen Geschichte": „Nach dem gleichen Naturgesetz, weshalb der geringste Organismus unendlich mehr ist, als die kunstvollste Maschine, ist auch jede noch so mangelhafte Verfassung, die der freien Selbstbestimmung einer Mehrzahl von Bürgern Spielraum läßt, unendlich mehr, als der genialste und humanste Absolutismus; denn jene ist der Entwickelung fähig, also lebendig, dieser ist, was er ist, also todt." Und in dieser Entwickelung begriff Macaulay nicht nur den abstracten Begriff der Verfassung, er war kein Theoretiker, sondern ein Künstler. Seine Erfahrungen, Kenntnisse, Forschungen blieben nicht aufgestapeltes Bauholz, zu unschönen und rohen Kolossen gethürmt, sondern beseelten sich gleichsam unter seiner Hand zu lebendigen Formen; er erspart uns nicht die Mühe des Lernens, aber er macht das Lernen zum Genuß. In seinem doch wesentlich heitern und, die nationalen Vorurtheile und Irrungen abgerechnet, freien Geiste stellte sich die Geschichte wie ein beständiger Fortschritt zum Bessern dar, wie ein klarer, durchsichtiger Himmel, an dem die Menschheit, der Sonne gleich, ihre Bahn dahinwandelt. Alles war in dieser Wanderung begriffen; nicht nur die Könige und die Parlamente, mit ihnen Edelleute, Handwerker, Künstler, Bauern — alle hatten den gleichen Antheil an der Erkenntlichkeit der Nachwelt, der sie das Haus gebaut und die Freiheit errungen. Der echte Geschichtschreiber ist zugleich ein Sittenmaler; er tritt in die Hütte des Landmannes, in die Hallen von Westminster, er sitzt auf den Bänken des Schauspielhauses. Nicht immer bewegt er sich wie Leopold Ranke unter venetianischen Nobili's oder hinter den grünen Tischen von Gesandten und Cardinälen. Er hat einen freien Blick über die Welt, gern sieht er die Helden, aber er erkennt auch die Völker, die Troer wie die erzumschienten Achäer: dies vor Allem ist das Verdienst Macaulay's. Wenn aber der Genius des Geschichtschreibers doch zumeist in den „göttlichen" Blick gesetzt werden muß, mit dem er das Gewirr des Lebens, die politischen Entwickelungen durchdringt und in der Fülle der Erscheinungen die leitenden Kräfte und Gewalten erfaßt, so wird hierin, Gibbon und Hume gegenüber, sich Macaulay mit einem bescheidenern Ruhme begnügen müssen. Seine Anschauungen und Gedanken gleichen den Strömen, die in ihrem Beginn von waldbekränzten Bergen stürzen und allmählig im Sande verrinnen.

Nicht immer waren seine Gedanken die freiesten und der Menschlichkeit würdigsten, niemals aber befleckte sie der

Hauch der Tyrannei; sein Wort klang nicht immer gleich voll und mächtig, aber er erhob es nur für die gute Sache. Niemand hat noch die an sich vortrefflichen Gerichtsreden des Lysias, die Festrede des Isokrates mit jenen Donnern und Blitzen zu vergleichen gewagt, die Demosthenes gegen Philippus geschleudert; so haben auch Macaulay's beste Reden, die für die Reformbill von 1832, nicht jenen Klang, der berauschend und begeisternd zugleich bald wie Trommelwirbel, bald wie Sturmsausen durch die Worte von Burke und Vergniaud, von Fox und Mirabeau gerauscht. Allein vergessen kann es England darum nicht, daß er in den ersten Reihen derer gesessen, die oft, bis die Morgensonne über die Nebel der Themse emporstieg, die Schlacht der Reform geschlagen. Sein schriftstellerischer Ruhm reicht weiter, so weit der germanische Geist herrscht und herrschen wird; wir können, wo jetzt das Romanenthum sich gewaltig zusammenrafft, mit gerechtem Stolze von ihm sagen: er war einer der Unserigen, ein Gegner der Cäsaren.

Ein christlicher Roman.

Die Geschichte der Kämpfe des Christenthums gegen das römische Weltreich, der Verfolgungen, die es zu erleiden hatte, wie des endlichen Sieges, den es gewann, entbehrt fast noch jeder faßlichen und lebensvollen Darstellung. Selbstverständlich kann die theologische Auffassung dieser Dinge von Eusebius bis zu Neander hinab weder ihrer Form noch ihrem Inhalte nach den Forderungen genügen, die wir an die Historie stellen. Bekannt ist, wie vor etwa achtzig Jahren jene Kapitel Gibbon's, die in seinem „Verfall und Untergang des Römerreichs“ von den Ursachen und Gründen der auch von ihm noch für wunderbar gehaltenen Ausbreitung des Christenthums handeln, für gottlos und die Lügen eines Atheisten erklärt wurden. Durch die Toleranzerklärung des Konstantin, meint die verbreitete Ansicht, ward die bis dahin unterdrückte, aber im Stillen mächtig über alle anderen Gewalten aufgewachsene Kirche zur triumphirenden, die Edicte der Kaiser wiesen dann gelegentlich das Heidenthum aus den Städten zu den Bauern und verbannten zuletzt die alten Götter und die Philosophen aus dem römischen Reich.

In Wahrheit aber war der Sieg des Christenthums ein blutiger, thränenreicher und voll Trümmer und Leichen hüben und drüben, die Umwandlung der heidnisch-römischen Gesellschaft in eine christlich-romanische verdient den schrecklichen und glorreichen Namen einer Revolution so gut wie die deutschen Umwälzungen von 1520 und die französische von 1789. Ja, sie vollzog sich auf einem viel größern Raum, nicht nach Hunderten, nach Tausenden zählt sie ihre Opfer. Diesen Kampf der beiden Welten, auf einen kleinen Punkt zusammengedrängt und darum in der klarsten und schärfsten Beleuchtung, hat Charles Kingsley in seiner Dichtung „Hypatia" *) dargestellt.

Zu Alexandria lehrte Hypatia, die Tochter Theon's, eines Mathematikers, etwa hundert Jahre nach Konstantin's Siege an der milvischen Brücke, die neuplatonische Philosophie. Makellos von Sitten, beredt, von großer, freilich „alexandrinischer" Gelehrsamkeit, wußte sie einen zahlreichen Zuhörerkreis für ihre Vorlesungen und vielleicht hier und dort auch Jünger für ihre symbolische Auffassung der olympischen Götterwelt und jenes verklärte Heidenthum zu gewinnen, das den Philosophen, Proklus und Jamblichus, wie den Kaisern Mark Aurel und Julianus als Ideal vorgeschwebt. Diese Vorträge erzürnten und erbitterten den christlichen Patriarchen Cyrillus, einen Mann, der weder bei den Freunden noch bei den Unparteiischen ein gutes Angedenken nachgelassen. Von der Kanzel herab wußte er Priester und Diakonen, die Mönche, die er als Leibwache um sich hatte, und die untern Volksklassen zu fanatisiren; eines Morgens darauf, als Hypatia nach ihrem Lehrsaal fuhr, ward sie von diesen Wüthenden zerrissen. Dies ist das

*) „Hypatia, oder Neue Feinde mit altem Gesicht."

Ereigniß, welches zunächst Kingsley zum Mittelpunkt seines Werks gedient. Der Streit, der zwischen Hypatia und Cyrill zum grausamsten Austrag kommt, wiederholt sich in leisern Schwingungen zwischen den andern Gestalten; sie sind die Spitzen der gegenseitigen Anschauungen. Immerhin ist es interessant, einen Augenblick diese Widersprüche zu beobachten, sie wirken noch jetzt.

In dem Beginn des 5. Jahrhunderts war das Heidenthum wohl erschüttert, die meisten seiner Göttertempel auf die strengen Befehle des Theodosius hin geschlossen, doch durchaus nicht vernichtet. An die Götter des Homer oder jene, die schon allegorischer aufgefaßt, Cornelius Scipio auf dem Capitol verehrt hatte, glaubte freilich niemand mehr. Je mehr fremde Gottheiten, Belus, Serapis und Isis, in dem römischen Pantheon Aufnahme fanden, je mehr verlor das nationale Gottesbewußtsein an Inhalt und Kraft; Priester vom Nil und Euphrat, die in den Häusern der Vornehmen Geister beschworen oder herabgekommen auf den Landstraßen bettelten und in Schenken ihre Zauberkünste, unter Anrufung der höchsten Gottheiten, sehen ließen, erfüllten schon unter den julischen Kaisern Italien und veranlaßten mehr als einen Senatsbeschluß zu ihrer Vertreibung. Freilich umsonst; seit es gefährlich geworden, sich mit dem Staate zu beschäftigen, im Kriege den Ruhm eines Feldherrn, im Senate den eines Redners zu erwerben, seit das Forum wie die Bühne schwieg, blieb der Masse der vornehmen Gesellschaft eben nur die unsichtbare Welt und die Forschung nach den entlegensten Dingen zur geistigen Beschäftigung, ein Forschen nach der „Mutter der Hekuba“, nach der Tiberius einst spöttisch einen Gelehrten fragte. Anfangs mag noch die tiefgewurzelte, ererbte republikanische Opposition gegen die Cäsaren in diesen Kreisen die historische Wissenschaft begünstigt und sie nicht ganz der Wirklichkeit entfremdet haben. Als aber nach Trajan's liberaler Regierung diese Partei mit ihrem besten Manne, Tacitus, verstummte und ein Jahrhundert lang die Menschheit angeblich ihre „glücklichsten Zeiten" feierte, wandten sich alle Gebildeten wie verzweifelnd an der Nüchternheit dieser entgötterten, ruhig und bewegungslos gewordenen Welt, einer andern jenseitigen zu, die den Verkehr mit fremden, noch ungekannten Mächten, Gefahren und Entzückungen ohne Gleichen versprach. In seiner Weise hatte das Christenthum diesen Sehnsuchtsdrang erfüllt, der diesseitige Schein fand drüben seine Wahrheit, das Licht, dessen Reflex er war. Nur befriedigte diese Lösung nicht. Dem heidnischen Bewußtsein war die Erde und das Leben auf ihr ein Genuß, selbst im Elend noch ein reales Etwas, nicht ein bloßer Schatten. Mochte auch „der Körper nur der Kerker der Seele" sein — daß seine absichtliche und gewaltsame Verkümmerung und Zerstörung zu den Göttern führe, hatte niemand behauptet, im Gegentheil bei den Griechen der Begriff des Schönen sich immer mit dem des Guten verbunden. Das Christenthum negirte beide Begriffe; sein Ideal war der elende, gequälte, aber gläubige Mensch. Ein Wesen, das weder an die Scholle des Vaterlandes gebunden, noch einem Stamme oder einer Stadt angehört, keine andere politische Pflicht hat als „dem Kaiser zu geben was des Kaisers", ein Haus, ein Weib nur besitzt, als ob es sie nicht besäße, das Sinnliche erdrückend als den „alten Adam", gegen alle freundlich mildthätig und hülfreich ist und nur das weiß, daß seine Schätze im Jenseits liegen. Nicht viel einnehmender wird das äußere Auftreten des Christenthums gewesen sein; mit Ausnahme weniger griechischer Sophisten und vornehmer Männer findet es seine ersten Jünger in den Frauen und Sklaven, zu ihnen schallt vor allen sein erlösendes Wort: „Kommet her zu mir alle, die ihr mühselig und beladen seid!" Für diese „Armen im Geiste" und in der Wirklichkeit hat die heidnische Weisheit immer nur Steine statt des Brotes gehabt; der „gerechte Mensch" des Plato, von dem wir noch einmal werden sprechen müssen, der Weise des Epikur oder der Stoa gehören den Freien, den Auserwählten an, so setzt sich der politische Gegensatz des Hellenen und Barbaren auch in der Philosophie fort. Mit dem Verschwinden jeder eigentlichen Volksbildung mußten diese Gegensätze des Gelehrten, classisch Erzogenen und des „thierischen Menschen" stets schärfer und verletzender hervortreten. Nun genügt ein Blick auf die neuplatonische Philosophie, selbst nur auf ihre ästhetischen Schriften „vom Schönen" oder „vom Erhabenen", um zu erkennen, wie unausfüllbar die Kluft zwischen den „Besten" und der Menge geworden, um auch mit historischem Sinne zu begreifen, daß für diese geknechteten und herabgewürdigten Millionen das Evangelium eine göttliche Botschaft war, weil es zuerst die Gleichheit aller als Dogma aufstellte.

So zerfällt seit Hadrian und den Antoninen die Welt in eine römische, herrschende Aristokratie und in kleine, aber über das ganze Reich schon verstreute, unterdrückte Christengemeinden. Diese zu vernichten, war bei der Ausdehnung der römischen Herrschaft eine Unmöglichkeit; so ist z. B. Britannien bis zu Diocletian von jeder Christenverfolgung verschont geblieben. Daran fehlte doch viel, daß die römische Polizeigewalt sich bis in die Wüsten Aegyptens und Syriens erstreckt hätte, um einige unbekannte, namenlose Leute aus dem Volke zu verfolgen. Wohl haben Tausende den Märtyrertod gelitten, aber die eigentliche Phalanx des Christenthums, die Sklaven und Bedürftigen, konnte dadurch weder geschwächt noch in ihrem Vordringen gehindert werden. Mit dem Elend der Welt stieg ihre Zahl. Und da sind nun, freilich als ganz eigene Gottesboten, die deutschen Barbaren gekommen, um ihrerseits das Römerthum zu zerschlagen. Was die Christen schwerlich durchgesetzt, die Vernichtung der Legionen, der Burgen, der bürgerlichen und politischen Gewalt der Cäsaren, die gothischen Schwerter haben es gethan. Jeder weiß, daß Konstantin der Große bei seinem Auftreten die römische Welt in Trümmern fand und seine „Wiederherstellung des Reichs" nur diese Zerstörung fortsetzte. In furchtbaren Bürgerkriegen war der Adel Roms fast vollständig ausgetilgt worden, überall tauchten neue Namen in der Civilverwaltung, an der Spitze der fremden Söldnerheere auf: Gothen, Franken, Briten; Konstantin selbst ist der Sohn einer britischen Fürstin. Die „classisch gebildete" Gesellschaft ist auf wenige zusammengeschmolzen, das „christliche Volk" hat gewonnen. Aeußerlich bleibt der Welt noch der heidnische Anstrich: überall Theater, Circusspiele, Rhetorenschulen. Zu Mailand kann der heilige Augustinus noch die Weisheit des Plato studiren, Theodosius hat noch Gladiatorengefechten zugeschaut. Nur ist die „Bildung" auf dem Rückzug vor dem Evangelium und den Barbaren. Gegen beide war der Kampf vergeblich, Julianus liefert nur ein großartiges Rückzugsgefecht; nicht mit den Waffen Cäsar's — er trug sie nicht mehr; längst war das Schwert, das den Ariovist und die Pompejaner gebändigt, zerbrochen! — sondern mit den Künsten der Rhetoren, ganz im Sinne der Zeit, die in einer höhern Potenz die Einheit der beiden feindlichen Gegensätze sucht.

Auf diesem Standpunkt steht Kingsley's „Hypatia". Wenn auch die vornehme Gesellschaft Alexandria's sich zum Christenthum bekennt, so ist diesen leichtsinnigen, durchaus verdorbenen Menschen die neue Religion eben nur äußerlich an die Stelle des abgeschafften Götterdienstes getreten, im Grunde haben sie für beide weder Sinn noch Glauben. Die Vorlesungen der Hypatia besuchen sie, weil es zum „guten Ton" gehört, weil sie andererseits doch gar zu gern von dem schmutzigen Gesindel entfernt blieben, das mit ihnen zusammen vor dem gekreuzigten Heiland kniet. Hypatia ist eben wie Julian durchaus zu spät gekommen; der Sonnengott des einen wie die Allegorien, welche die andere in den Liedern des Homer entdeckt, mögen sie selbst und einen kleinen Freundeskreis entzücken und zur Anbetung hinreißen, für die Masse sind es Schemen. Und zum Unglück für sie sind jetzt die Helden ausgestorben und nur die Massen geblieben, Christen und Barbaren. Darum will es nicht viel bedeuten, daß die schöne und weise Heidin mit christlichen Bischöfen correspondirt und den Präfecten Alexandria's in ihren Zimmern sieht; das Ganze ist wie eine literarische Coterie, der noch dazu der kaiserliche Purpur fehlt, den Julian über diese Bestrebungen geworfen. Kingsley schildert Hypatia nicht ohne Ehrgeiz; in der thörichten Hoffnung, Orestes, der Präfect, werde, sich empörend, die Altäre der alten Götter wieder aufrichten, verspricht sie ihm, dem ungeliebten Manne, ihre Hand, so gewissermaßen eine tragische Schuld begehend gegen die Christen und sich selbst. Denn ihr Glaube, aus Allegorien und den Kegeln und Pyramiden ihres Vaters, des Mathematikers, mühsam abgezogen, erläutert und symbolisirt, ist durchaus eine todtgeborene Frucht; wie die neuplatonische Philosophie ein rein stereometrischer Glaube, dasselbe für alte, was die Figuren aus Pappe für die jungen Kinder sind. Was bei Homer, Hesiod und Pindar eine so schöne, volle, lebengebende und hochbeglückende Persönlichkeit besitzt, wird zu einem jämmerlichen, nichtswürdigen Schattenspiel herabgesetzt und die Götter und das Geschick der Lebendigen an irgend einer Curve demonstrirt. Arme Hypatia, die damit das Evangelium auslöschen und die Barbaren bekehren will!

Noch dazu an der Seite eines so fadenscheinigen Burschen wie dieser Orestes, der sich heute dem Patriarchen bereuend zu Füßen wirft, morgen an der Bildsäule der Minerva betet und immer ein Lügner ist. Nicht ohne äußere Bildung und Formenglätte, aber die verdorbenste Frucht einer überreifen Cultur, gedenkt er sein neues Imperatorenthum mit einem großen Gladiatorengefecht und dem Tanz der Venus Anadyomene einzuleiten und dem Volke von Alexandria genehm zu machen; von den Cäsaren hat er wenigstens den Respect vor der Masse gelernt. Die Tänzerin der Venus ist ein schönes Mädchen, Pelagia, die liebliche Blüte einer wilden Natur. Ihr ist das Heidenthum, die Hingabe an das Leben und die sinnliche Erscheinung angeboren, sie reflectirt nicht darüber, sie erfüllt nur ihr Wesen. Die stolze Hypatia in ihrem weißen Priestergewande verachtet sie als einer „geringern Art von Geschöpfen“ wie sie selbst angehörig, das Christenthum aber erblickt in ihr eine von jenen Sünderinnen, über deren Bekehrung mehr Frohlocken im Himmel sein wird als über tausend Gerechte. Dieser eine Zug entscheidet in dem Streite der damaligen Philosophie und des Evangeliums. In dem Theater von Alexandria feiert so das Heidenthum sein letztes, bacchantisches Fest; die erhabene, sinnige Philosophin ist im Priesterkleid der Minerva die Zuschauerin einer Scene und eines Tanzes, von dem ihr reiner Blick sich wendet, nicht ahnend, daß sie dadurch schon den Abfall von dem alten Glauben bezeugt und wider Willen dem Einfluß jener Lehre gehorcht, die das Natürliche für sündhaft hält. Harmlos giebt sich dagegen Pelagia den Windungen ihres Tanzes und dem Beifall der Menge hin, als das Verderben über alle hereinbricht und die Christen und die Barbaren dem Schauspiel ein Ende machen. Die Bevölkerung Alexandria's, bunt zusammengewürfelt aus allen Nationen, ist zu beständigen Aufläufen und Empörungen geneigt, leicht zu entflammen, heute für Gladiatorengefechte, morgen für die Predigten des heiligen Patriarchen. Eine Macht, sie in Ordnung zu halten, giebt es nicht; die Cohorten des Statthalters, deutsche Veteranen, kümmern sich in ihren Stationen um alles eher als um das Geschrei und die Prügeleien des „ägyptischen Gesindels“, so lange es sie nicht belästigt. Orestes wagt um so weniger, gegen das „christliche Volk“, wenn es etwa einmal die Juden plündert, einzuschreiten, je unbehaglicher er sich selbst in seiner Stellung fühlt, je höher das Ansehen des Cyrillus wächst. Der Patriarch von Alexandria ist ein Mann der „kämpfenden Kirche“, ein Demagogenführer, wie ihn das römische Forum nicht besser gesehen, äußerlich mit Patriarchenmütze und Stola, dem Bischofsstab, den er zuweilen auch als Stock gebraucht, innerlich eine gewaltthätige, ehrgeizige, eifernde Natur;

wenn er auf der Straße erscheint, begleiten ihn Mönche aus den nahe gelegenen Klöstern, verwilderte Gesellen mit wildem Bart und Haar, mit langen Stöcken, alle in dunkeln Kleidern, einen Strick um den Leib — eine wunderliche Leibwache, mit den härtesten Schädeln von der Welt. Diese Schilderung des Cyrillus gehört zu den vortrefflichsten des Buches, sie ergreift und fesselt durch ihre anschauliche Wahrheit. Platz dem Cyrill! Die Heiligen werden ihn sicher nicht in ihre Mitte aufnehmen: allein gegenüber dem Orestes und der Hypatia vertritt er doch eine Realität in dieser lügenhaften Welt des heidnischen Schwindels, freilich nicht den sanften Geist der Liebe, der die liebliche Victoria, eine andere Gestalt des Dichters, beseelt, oder den theologischen Gott des Augustinus, obgleich dieser Cyrill auch ein kampffertiger Dogmatiker ist und sich gegen Nestorius den Ruhm eines theologischen Klopffechters vom ersten Range erworben hat. Zunächst setzt er das Geschlecht der jüdischen Hohenpriester fort, das mit nichten ausgestorben ist, und bahnt dem römischen Bischof den Weg. Wenn Ambrosius zu Mailand dem Kaiser den Eintritt in die Kirche wegen seiner Sündhaftigkeit geweigert, hat da der Patriarch von Alexandria eines elenden Präfecten und seiner Verlobten zu schonen? So läßt er denn seine „hirkanischen Tiger“, die Mönche und das „christliche Volk“ gegen die Unglückliche los und beweist für uns alle, daß auch die Herrschaft des Christenthums mit Blut und Thränen über die Menschen gekommen. Der Kreis der christlichen Gestalten aber schließt sich ebenso harmonisch, wie der heidnische in Hypatia, in Victoria ab; dem Hochmuth der Bildung und des nur auf sich bezogenen Daseins stellt sich siegend die werkthätige, mittheilende Liebe der edlen Römerin gegenüber.

Schwankend zwischen beiden bewegen sich Philammon, der Mönch, der aus der Einsamkeit der Laura in der Wüste von Theben nach Alexandria gekommen, das Leben und die Welt kennen zu lernen, Rafael Ebn Esra, der junge Jude, und eine Schaar Gothen, die, von Alarich's Volk, nach Alexandria verschlagen, jetzt, im Bewußtsein ihrer Kraft als Wodanssöhne, die Herren Aegyptens spielen. „Philammon“, sagt Bunsen in seinem Vorwort zu einer deutschen Uebersetzung des Werkes, „ist gleichsam der griechische Apollo, wie seine Schwester Pelagia Aphrodite“. Angezogen von der Erscheinung und den Lehren Hypatia's wird er dem Christenthum untreu, er erprobt die „Süßigkeiten“ der Welt und der Philosophie, bis er an jenem Feste, wo seine Schwester die Liebesgöttin tanzt — auf dem Boden, der vor wenig Augenblicken das Blut von hundert maurischen Gladiatoren aufgesogen —, in jener Nacht, wo er weinberauscht von einer alten jüdischen Zauberin der gleichfalls bethörten Hypatia als Apollo gezeigt wird, ihre „Bitterkeit“ erfährt und in jene Einsamkeit zurückflüchtet, die er freventlich verlassen. Den umgekehrten Weg wandelt Rafael, die Lieblingsfigur des Dichters, aus dem Lebensgenuß und der skeptischen Philosophie zum Christenthum. Trotz einzelnen dem Leben abgelauschten Zügen eine unwahre, ausgeklügelte Gestalt, mehr dem Materialismus des vorigen Jahrhunderts als der römischen Cultur angehörend. Aus der vollkommensten Lebensverachtung und Gleichgültigkeit reißt ihn sein Hund; dessen Beispiel beschließt er fortan zu folgen. Wohlmeinend läßt nun der Dichter den Zufall dem Hunde zu Hülfe kommen und so gelangt Rafael zu Victoria, zum heiligen Augustinus; der Liebe der einen und der Beredsamkeit des andern wird es nicht schwer, einen Mann zu bekehren, der sein Herz an die Schönheit Victoria's und seinen Verstand an einen Hund verloren. Das Gespräch, das er wenig Stunden vor ihrem Tode mit Hypatia hat, ist in jeder Hinsicht ein merkwürdiges, nicht sowohl weil es seine eigene, als des Verfassers Meinung vom Christenthum enthält. Und hier begegnet uns wieder jener „gerechte Mensch“ des Plato, der in dieser Welt der Ungerechtigkeit zum Lohn seiner Tugend „verspottet, gegeißelt und endlich gekreuzigt wird“, von Rafael auf Christus gedeutet. Es sei gegen ihn und andere nur bemerkt, daß Plato's Ideal für die Tugend, nur also für sich und sein Wesen, der Heiland aber zur Erlösung der andern stirbt. Wie kann Plato, der Aristokrat, an einen Weltheiland der Bettler und Sklaven geglaubt haben! Daß er den Tod seines „Gerechten“ zufällig so wie den des Heilands schildert, macht doch nicht den einen zum andern. Aber Hypatia schweigt betroffen darauf, um bald nachher ihrerseits zu erfahren, was es mit der „christlichen Gerechtigkeit“ des Cyrillus z. B. für eine schreckliche Bewandtniß hat. In diesem ganzen fürchterlichen Gemälde einer untergehenden Civilisation schwebt der Morgenstern der Zukunft allein über den „Wodanssöhnen“. Denn Augustinus und Synesius, der reisige Bischof, Victoria mit ihrer Liebe und die Mönche in der Thebais sind dem Verderben geweiht, des Cyrillus gar nicht zu gedenken; die Woge der Barbaren hat sie alle verschlungen. In der kraftvollen Schilderung, die Kingsley von den Gothen entwirft, zeigt sich der historische Blick des Mannes am schärfsten; auch er begreift, daß die Christuslehre ohne die Germanen, wie der Buddhismus und die Lehre Mohammed's, entwickelungslos geblieben und verrottet wäre.

Mit Recht stellt Bunsen in seiner begeisterten Vorrede dem historisch-philosophischen Verständniß, der genialen Conception nach Kingsley über Walter Scott. Vornehmlich ist der neuere Dichter geistvoller, umfassender als sein Vorgänger. Die Romane Scott's athmen alle die Chronik, sie gleichen alle den Gobelins. Froissart beschreibt eine Rüstung nicht besser und ausführlicher als Walter Scott; das Element beider ist dasselbe, das geschichtliche Abenteuer. Kingsley dagegen faßt die Historie im epischen Sinne mit symbolischer Auffassung, die merkwürdig an Kaulbauch's Bilder erinnert. Nicht dem Einzelnen, dem Zusammenhange des Ganzen leiht er seine Feder, der tragische Ausgang seiner Helden und Heldinnen bezeichnet das Geschick der Epoche. Darum macht er bei all seiner Schrecklichkeit zugleich einen versöhnenden Eindruck, wir erkennen die Nothwendigkeit dieses Endes und begrüßen freudig die neue Welt, die mühsam aus den Ruinen der alten sich losringt. Nur ist Kingsley mehr von philosophischen als künstlerischen Principien erfüllt, die Erhabenheit des Gedankens gilt ihm mehr als seine Schönheit; die innerlichen Umwandlungen seiner Helden sind nicht immer psychologisch entwickelt, sondern jählings durch seltsame Zufälle herbeigeführt oder in Monologen eingeleitet. Wie gezwungen erscheint es, daß die verständige Hypatia in der Angst ihres Herzens zu den Beschwörungen einer jüdischen Zauberin ihre Zuflucht nimmt, die sie überdies fürchtet und haßt; wie unwahr und nur vom Dichter zum Leser gesprochen sind die Monologe Rafael's!

Allein diese Mängel thun der Wirkung des Werkes keinen Eintrag; jene Geisterbeschwörungen, widersprechen sie auch dem Charakter der Hypatia, gehören dem Leben der Epoche an. Die harmonische Gegenüberstellung der Gestalten, die Architektonik der Dichtung rühmte ich schon oben; jetzt, wo jeder Roman, je weitschweifiger er sich hinzieht, je wirrer er Abenteuer an Abenteuer, eine verlegene Notiz an die andere drängt, desto kecker die Bezeichnung „culturhistorisch" sich anmaßt, verdient ein Kunstwerk in dieser Gattung einen um so höhern Preis. Was Thomas Carlyle mit Unrecht von der strengen Geschichtschreibung verlangt: „sie solle ein Epos, ja ein Psalm und eine Prophezeiung sein", erfüllt mit besserm Rechte als eine freie Dichtung das Werk Kingsley's: es ist ein geschichtliches Lebensbild.

Lord Byron *).

In seinem Essay über Lord Byron, der, 1831 über Thomas Moore's bekanntes Werk: „Briefe und Tagebücher des Lord Byron, nebst Nachrichten über sein Leben" geschrieben, nicht zu seinen vorzüglichsten Arbeiten gehört, sagt Macaulay: „Es ist stets schwierig, den literarischen Charakter eines Mannes, der in unserer Zeit lebt, von seiner persönlichen Erscheinung zu trennen. In Lord Byron's Fall hat diese Scheidung ihre ganz besondern Schwierigkeiten. Denn es ist kaum zu viel gesagt, daß Byron nie ohne mittelbare oder unmittelbare Bezugnahme auf sich selbst geschrieben hat. Die Theilnahme, die durch die Ereignisse seines Lebens wachgerufen wird, mischt sich bei uns und wahrscheinlich bei fast allen unsern Lesern mit dem Interesse, das seine Werke erzeugen. Es muß noch ein Menschenalter vergehen, ehe es möglich wird, seine Bücher nur als solche richtig zu würdigen. Jetzt sind sie nicht bloß Bücher, sondern Reliquien." Ist diese Zeit gekommen? Können wir jetzt dem vielbewunderten und vielge-

*) Lord Byron. Eine Biographie von Dr. Felix Eberty. (Leipzig, Verlag von S. Hirzel, 1862, 2 Bde.)

scholtenen Schatten, in dem, als er noch unter den Lebendigen weilte, Lamartine etwas von dem Glanze und der Gottlosigkeit Lucifer's entdeckte, die Hand entgegenstrecken und rufen: „Armer Bruder, Mensch!?" Oder ist seine schwermüthige Klage auch an ihm zur Wahrheit geworden? Die Klage:

„Was kann dem Dichter doch die Hoffnung frommen,
In seine Macht die Zeiten zu bekommen!
Dann treten neue Nationen auf
Und andere Sieger bläh'n der Wolken Lauf;
Wer denkt, wenn wieder ein Geschlecht verklungen,
Des Dichters noch und deß, was er gesungen?"

Weniger fast als jedes andere ästhetische Urtheil wird das über Lord Byron's Dichtungen gefällte einen objectiven Werth besitzen. Niemals wird aus diesen leidenschaftlichen Ergüssen, die alle, ob sie sich nun in dramatischer oder epischer Form bewegen, Monologe, lyrische Gedichte sind, die Gestalt ihres Schöpfers so ganz verschwinden, wie Shakspeare hinter Hamlet, Schiller hinter Wallenstein oder Wilhelm Tell zurücktritt. Der dämonische Eindruck, den Byron hervorbrachte, lebt auch in diesen Versen, es ist, als müßte er selbst aus ihnen hervorspringen, mit dem Kopfe, den Bildhauer und Maler gern zu ihrem Modell nahmen, mit dem lahmen Fuß, der die ewig blutende Wunde seiner Eitelkeit war. Ob er im Zwiegespräch mit Lucifer Kain heißt, ob Conrad, wenn er auf der Spitze des Felsens, neben Medora's grauem Thurm steht, auf sein Schwert gestützt: immer ist er es, wie er sich als neunzehnjähriger Jüngling auf einem Bilde darstellen ließ, mit unbedecktem Kopf und bloßer Brust, in sturmbewegter Landschaft. Die Stimmung und das Gemüth des Lesers fühlt sich entweder davon angezogen oder aufs Tiefste abgestoßen, einen mittleren Grad der Anerkennung giebt es für Byron nicht. Vergebens müht sich Macaulay, wenigstens einige Worte des Lobes, jener kühlen Bewunderung über diese Werke auszusprechen, in der er Meister ist, seine feinsten Redewendungen können die Kälte und das geheime Mißbehagen nicht verbergen, mit dem ihn eine Poesie erfüllte, die seiner ruhigen und maßvollen Anschauung so durchaus entgegengesetzt war. Auch wir Deutsche sind längst durch die Periode des Weltschmerzes und der eingebildeten Leiden geschritten, das „Zähnefletschen der Hölle", das die Frommen in Lord Byron's Dichtungen finden wollten und Heine in grotesker Weise nachzubilden liebte, entzückt und erschreckt uns nicht mehr; aber wer im Weltelend sein Herz nicht beben fühlte, wer die „kummervollen Nächte" und die Einsamkeit nicht kennt, wer das Meer nicht gesehen und den Tod fürchtet: der bleibe auch jetzt noch von Lord Byron fern. Die „poetische Empfindung" allein genügt nicht, um diesen Dichter zu begreifen und zu genießen; daß er an einzelnen Stellen Jeden mit sich fortreißt, entscheidet nicht dagegen, denn Macht über die Herzen ward ihm verliehen, wie nur je einem Poeten, aber sich in ihn vertiefen, in seine Welt einleben, daß seine Thränen unsere Thränen wecken, seine Klagen unser Herz zerreißen: dazu bedarf es einer geistigen Wahlverwandtschaft.

Lord Byron liebte das Volk nicht, weder im menschlichen Sinne, noch in politischer Hinsicht, es war sein größter Stolz, Pair von England zu sein. Er schrieb für eine ausgewählte Gesellschaft, für die durch Bildung oder Rang Ausgezeichneten, nie sind ihm

Verse geglückt, wie diese entzückenden Béranger's, denen jedes Herz zujauchzen muß:

„Jeté sur cette boule, laid, chétif et souffrant;
Etouffé dans la foule, faute d'être assez grand;
Une plainte touchante de ma bouche sortit;
Le bon dieu me dit: chante, chante, pauvre petit!
Chanter, ou je m'abuse, est ma tâche ici bas,
Tous ceux qu'ainsi j'amuse ne m'aimeront-ils pas?"

Selbst die beiden Gedichte Byron's, die nach dieser Seite des Volksthümlichen, Verständlichen und Einfachen mir als die schönsten erscheinen, das „Gute Nacht'" im ersten Gesange des „Childe Harold" und das allberühmte

„Lebewohl! Und wenn für immer
Auch für immer lebewohl!"

sind so durchaus an seine individuellen Schicksale gebunden, das wiederum das menschliche Interesse vor dem Reiz der Poesie die Oberhand gewinnt. Das war nun einmal sein Loos, daß die außergewöhnlichen Geschicke seines Lebens ihm den Stoff seiner Dichtungen abgeben mußten und er im Grunde niemals aus ihnen, ein freier Adler, zur Sonne stieg. Wie seinen lahmen Fuß schleppte er die Kette seiner Pairschaft, den Fluch seiner Thorheiten und Ausschweifungen, die Schande einer öffentlichen Ehescheidung, den Verdacht des Wahnsinns und den Staub seines Vaterlandes mit sich. Es sollte ihm nicht gelingen, sich von so vielen Flecken und Lasten zu befreien. Als er den Anlauf zu der schönsten und edelsten That seines Lebens, zur Befreiung Griechenlands nahm, ereilte ihn der Tod.

„Such' Dir, was Krieger finden wollen,
Ein Heldengrab, grünübermoost,
Schau um Dich, wähle Dir die Schollen
Und stirb getrost“ —

waren die letzten Verse, die er geschrieben. Aber auch das Heldengrab blieb ihm versagt, er ruht nicht in der heiligen Erde von Hellas, nicht in der Westminsterkapelle. Und immer, wo man auch seine Werke aufschlägt, wird man zuerst des Dichters gedenken, seines Unglücks, seiner Verschuldung. Wer aber denkt an Göthe's Liebschaften, wenn er den „Faust“, oder an Schiller's Leiden, wenn er „Wallenstein's Lager“ liest? Ein Blick in Byron's „Sardanapal“ genügt, um ihn selbst in dieser scheinbar ihm so fremden Welt, mit seinen venetianischen Mädchen, unter erborgten Namen, auftreten zu sehen.

Die Form, die darum Felix Eberty seiner Biographie Byron's gegeben, indem er die Erzählung der Lebensschicksale seines Helden nicht von der Betrachtung seiner Schöpfungen trennt, ist die passendste, die Darstellung eine gefällige, das Urtheil ein mildes. Mit Sorgfalt hat der Verfasser die vorhandenen Quellen benutzt, deren wichtigste das Werk Moore's bildet, daneben kommen die Mittheilungen Trelawney's und Leigh Hunt's, über die Hermann Grimm einen Essay geschrieben. Das Bild, das man aus Eberty's Buch von Lord Byron gewinnt, ist in seinen Hauptzügen ein gut getroffenes, „es sieht ihm ähnlich“, wird man sagen. Und doch möchte ich es eher eine Photographie als ein Portrait nennen. Ihm fehlt jenes Unbeschreibliche, das uns vor einem Portrait van Dyk's, vor jenem herrlichen Gemälde Friedrich Kaulbach's, der Bildhauerin Elisabeth Ney, ausrufen läßt: „so sah

Karl Stuart, so sieht eine Künstlerin aus, das ist das Wesen dieser Persönlichkeiten.“ In der ruhigen, glatten Darstellung Eberty's will uns nichts tiefinnerst ergreifen. Die Auszüge aus den Gedichten und Briefen Byron's sind geschickt gewählt, sie erläutern nicht nur die erzählte Thatsache, sondern lassen auch in dem Leser einen Nachklang zurück, dem ähnlich, den der Held selbst von seiner Handlung oder seinem Leiden empfangen mußte. Aber der Erzähler bleibt kalt, er geräth nie in Begeisterung, sei es die des Hasses oder die der Liebe, seine Schilderungen sind farblos, seine Betrachtungen verständig, aber sie halten sich nur an der Oberfläche der Dinge. Im Ganzen, das Buch eines ruhig denkenden Mannes, eines fleißigen Sammlers, das, wie es der Zeitgeschmack will, Unterhaltung und Belehrung vereint, den Frauen angenehm und Allen, die Lord Byron lieben, willkommen sein wird — schon darum, weil es die erste größere Arbeit eines Deutschen über ihn ist, die in ziemlicher Vollständigkeit das vorhandene Material umfaßt.

Auch Lord Byron's Leben kann zum Beweis der Ansicht dienen, daß nicht der Zufall, ein blindwaltendes Ungefähr, sondern unser Wesen die Wurzel unserer Geschicke ist. Er war, am 22. Januar 1788 zu London geboren, der Sohn eines leichtsinnigen, unstäten Vaters und einer leidenschaftlichen Mutter. Nach kurzem Zusammenleben hatten sich die Eltern getrennt, der Knabe blieb der Sorge der Mutter überlassen; als er drei Jahre alt war, starb ihm der Vater. Ein schüchternes, scheues und zugleich trotziges Kind, bald von den Liebkosungen der Mutter verwöhnt, bald von ihrem Zorn zurückgestoßen. So wenig verstand sie die Seele ihres Knaben, so geringe

Gewalt hatte sie über sich selbst, daß sie in ihren Wuthausbrüchen über die Lahmheit seines Fußes spottete und ihn verhöhnte. Der Stolz, die leicht verletzte Eitelkeit, der Spott, mit dem er sich vertheidigte und sich rächte, waren ihm angeboren. Aus seinem körperlichen Gebrechen sog er gleichsam den ersten Zweifel gegen die Güte und Gerechtigkeit der Vorsehung. Und nun sollte er nicht in strenger Erziehung und harter Arbeit geläutert werden, der Kampf um das Leben nicht seinen Blick von der beständigen Betrachtung seiner halb wahren, halb eingebildeten Leiden abziehen: am 19. Mai 1798 wurde er durch den Tod seines Oheims Pair von England, Besitzer von Newstead-Abbey und Rochdale. Als der zehnjährige Knabe die Nachricht erhielt, daß er ein Lord sei, lief er, so erzählt man, zu seiner Mutter und fragte sie: ob sie eine Veränderung an ihm wahrnehme? Am nächsten Tage redete ihn der Lehrer in der kleinen Schule zu Aberdeen, die er damals besuchte, mit „Dominus“ an.

Die Byron's sind ein altes adeliges Geschlecht, sie kamen mit Wilhelm dem Eroberer von der Normandie herüber. Heinrich VIII. schenkte ihnen, nach der Aufhebung der Klöster, große Besitzungen; in dem Bürgerkriege, auf Seiten der Stuart's kämpfend, erhielten sie von Karl I. die Pairswürde. Es sind wilde, abenteuerliche Gesellen, die ihr Vermögen vergeudeten und die Schranken der Sitte durchbrachen. Der unmittelbare Vorgänger des jungen Byron war ein einsiedlerischer, mürrischer alter Mann; in einem Duell hatte er seinen Freund und Gutsnachbarn erstochen. Seit Jahren lebte er in Newstead-Abbey, die Verfallenheit des Schlosses sagte seinen seltsamen Grillen und Launen zu. Die Leute in der Umgegend fürchteten und haßten ihn, er liebte Niemand. Um seinen Sohn, seinen muthmaßlichen Erben, zu kränken und ihm in seinen Vermögen zu schaden, hatte er den Wald um Newstead-Abbey meilenweit niederschlagen lassen. Der Sohn aber starb vor ihm und seine Rache verfehlte ihr Ziel. Seinen Neffen pflegte er nie anders als den „lahmen Jungen“ zu nennen. Dieser lahme Junge war nun Herr des Schlosses — trotz der Verschleuderung des Vermögens, dem Verfall des Hauses ein Pair von England. Dies war der entscheidende Punkt in seinem Leben; der Hochmuth, der aus dem Engel des Morgens den Dämon der Finsterniß gemacht, verdarb auch ihn. Nie hat er vergessen können, daß ihn Rang und Titel von der Masse der Sterblichen unterschieden, er schätzte seinen Genius nicht höher als seine Pairschaft. Seine Leidenschaften, seine Neigungen wiesen ihn mehr in die Reihe der Don Juan's und Lovelace's, an die Seite des „vollendetsten Gentleman in Europa“, wie sich der Prinzregent zu nennen liebte, als neben die Tasso's und Camoëns'. In den Schulen lernte er nicht viel, aber er las unaufhörlich, um sich eine gewisse allgemeine Bildung zu erwerben und sprach schon damals mit Feuer und Beredsamkeit. Seine Lehrer glaubten, er werde ein großer Redner des Oberhauses werden, während sie seine poetischen Versuche gering schätzten. Auf der Schule zu Harrow on Hill — wo jener Baum steht, unter dem er in einer schwermüthigen Stunde wünschte, bestattet zu werden:

„Beweint von Freunden, die ich einst besessen,
Im Uebrigen — von aller Welt vergessen“ —

und später auf der Universität zu Cambridge, die er in seinem 17. Lebensjahre bezog, gefiel er sich in den wilden und tollen Streichen, welche die ersten Offenbarungen des Genius sein sollen. Das Abenteuerlichste war ihm das Willkommenste, das Maßvolle und Harmonische scheint nie sein Herz gerührt zu haben. Später, als er in Newstead-Abbey wohnte, hielt er sich Bären und Wölfe, er machte die Nacht zum Tage und trank aus einem Schädel, den er auf dem Kirchhof gefunden und zu einer Trinkschale hatte umformen lassen, Burgunder mit seinen Freunden. Lag doch vielleicht ein Zug des Wahnsinns in ihm? Dabei verstand er sich wie Prinz Hamlet gut auf Pferde, Weiber und Rappiere.

Die Liebesgeschichten des jungen Lords erzählen, hieße nur seinem Don Juan das Gewand der Poesie abziehen. Aber ein Fall erscheint mir nicht bedeutungslos. Ein achtjähriger Knabe, verliebte er sich in ein kleines Mädchen, Mary Duff, bei deren Vater in den schottischen Hochlanden er zum Besuche war. An der Schwelle des Mannesalters erinnert er sich dieser Neigung: „In letzter Zeit habe ich recht viel an Marie Duff gedacht. Wie seltsam, daß ich mit so vollkommen hingebender Zärtlichkeit an diesem Mädchen hangen konnte, zu einer Zeit, wo ich doch unmöglich Leidenschaft empfinden oder auch nur den Sinn des Wortes Leidenschaft verstehen konnte. Meine Mutter pflegte mich immer mit dieser kindischen Liebe zu necken und viele Jahre später, als ich 16 Jahre alt war, sagte sie eines Tages ganz plötzlich und unerwartet zu mir: ‘Byron, ich habe einen Brief aus Edinburgh gehabt, dein altes Liebchen Marie Duff hat sich verheirathet.’ Und was erwiederte ich hierauf? Ich kann mir von meinen Gefühlen in jenem Augenblicke keine Rechenschaft geben, aber ich verfiel fast in Krämpfe. Wie wunderbar ist dies ganze Verhältniß! wir waren beide in jener frühen Zeit ganz kleine Kinder, und ich hatte und habe mich seitdem mehr als fünfzig Mal verliebt und doch erinnere ich mich noch jedes Wortes, das wir mit einander gesprochen haben, jeder Liebkosung, ihres Aussehens, meiner Unruhe, meiner Schlaflosigkeit, und wie ich meiner Mutter Zofe quälte, daß sie in meinem Namen an sie schreiben sollte, was sie zuletzt auch that, um nur Ruhe zu haben. Auch unserer Spaziergänge erinnere ich mich und der Glückseligkeit, in der Kinderstube des Hauses zu Aberdeen neben ihr sitzen zu dürfen, während Helene, die jüngere Schwester, mit ihrer Puppe vor uns saß und zusah, wie wir Liebesleute spielten. Sicherlich hatte ich dabei damals und auch noch viele Jahre später keine Vorstellung von irgend etwas Unrechtem und dennoch war meine Leidenschaft für das Kind so gewaltig, daß ich manchmal zweifle, ob ich je nachher wirklich geliebt habe." Auch Dante verliebte sich als Knabe in Beatrice, aber ihm ward sie zur höchsten Seligkeit des Himmels und der Erde, zu einem Ideal, während Lord Byron in „fünfzig Liebschaften und noch mehr" Mary Duff vergaß. Byron's Leidenschaft ist stets und vorwiegend sinnlicher Natur, sie erlischt im Besitz und es ist ein trauriges Schauspiel, zu sehen, wie er bei jeder neuen Liebe die Schlacken des Irdischen abzuschütteln und sich zur Reinheit, zu seelischen Empfindungen zu erheben sucht und trotz alles Sträubens in den Schlamm zurückgezogen wird. Man hat von Märtyrern der Liebe gesprochen, zu ihnen wird man auch Lord Byron zählen. Die Puritaner mögen ihn deswegen verklagen, seine Bewunderer ihn damit entschuldigen, daß alle begabten Männer die Frauen geliebt: mir geht ein tiefes Gefühl des

Mitleids durch die Seele, wenn ich die schmerzlichen Verse lese, die er auf sich selbst gedichtet —

„Der, wie die Menge, nichts beachtet,
Das Gute kennt und nach dem Bösen trachtet,
Der, da Vernunft die Menschen nicht mehr leitet,
Durch wilde Leidenschaften kämpfend schreitet,
Den es auf alle Blumenpfade zog,
Wohin die Lust verführt, den Alles trog!"

Von beständiger Unruhe umhergetrieben, einem Ideal nachjagend, das er, in der Besonderheit seines Wesens, bei seiner Wildheit und Unstätheit nicht finden kann, fiel er aus Irrung in Irrung, sich zur Qual, den Andern ein Gegenstand des Hasses und der Verachtung. Ob Marie Chaworth, die er in einem seiner wahrsten und am tiefsten empfundenen Gedichte, im „Traum" gefeiert hat, dies unbeständige Herz dauernd zu fesseln, zu erziehen gewußt hätte? Einige Jahre älter als er, hatte sie ihre Neigung, ehe sie ihn kennen lernte, schon einem Andern geschenkt, dennoch trieb sie ein leichtsinniges Spiel mit dem Herzen des „lahmen Jungen, aus dem sie sich nichts machte", in junger, schöner Mädchen Art, denen die Huldigung knabenhafter Verehrer, wie geringen Werth sie im Ernst auch darauf legen, im Scherz gefällt. Sie ritt mit ihm aus, sie bewilligte ihm ein Stelldichein, sie schenkte ihm ihr Bild: wie ist das Alles glühend, lebendig im „Traum" geschildert, es sind Erlebnisse, die sich auch wie mit Flammenschrift seiner Erinnerung einprägten:

„Dem Einen Wahnsinn ward als Ende,
Und Elend beiden das Geschick beschied".

Diese Erkenntniß kam ihm nicht gleich; wenn ihn ein tiefer Schmerz betroffen, pflegte er sich in einen

Taumel von Vergnügungen zu stürzen. So auch, als Marie Chaworth heirathete. Mit der Pairsschaft seines Geschlechts hatte er auch die „nobeln Passionen“ seiner Ahnen geerbt. Voll brennendster Eitelkeit gefiel er sich darin, in der vornehmen Gesellschaft etwas wie einen modernen Alcibiades zu spielen. Er hatte den Kopf eines Halbgottes, einen dämonischen Zug im Gesicht — aber damit nicht zufrieden, wollte er auch durch seine Kleidung, durch jene berühmt gewordene Schleife seines Halstuchs Aufsehen erregen. In Frankreich würde man ihn als einen Gecken verlacht haben, in England bewunderte man den genialen Lord. 1807 veröffentlichte er eine Sammlung Jugendgedichte „Stunden der Muße“; in der Vorrede, die sich müht, bescheiden zu sein, athmet der Stolz des Pairs und des Dichters. „Es ist bei meiner künftigen Lage und meinen späteren Bestrebungen höchst unwahrscheinlich, daß ich mich je zum zweiten Male dem Publikum aufdrängen sollte,“ sagt er darin, er kannte sich selbst nicht. Erst die Erbitterung, die verletzte Eitelkeit sollte ihm die Kraft seines Genius offenbaren. Unter dem allgemeinen Lobe, mit dem seine Freunde diese Gedichte begrüßten, erhob sich doch ein Mißklang; in der Edinburgh Review erschien eine boshafte Kritik gegen ihn; Byron wurde zugleich als Lord wie als Dichter bis in's Innerste gekränkt. Diese schonungslose Verdammung verdienten seine harmlosen Dichtungen — Lieder eines Jünglings, nicht ungefällig im Klang und nicht jedes Gedankens baar — in keiner Weise. „Ich würde selbst eine viel witzigere Recension über mich haben schreiben können“, behauptete er; doch verfaßte er in der ersten zornigen Aufwallung in einigen Tagen die Satyre: „Englische Barden und schottische Kritiker". Dies ist der Wurf des Löwen. Der bittere, menschenverachtende, den Göttern trotzende Ton, dies Kennzeichen Byron'scher Poesie, klingt hier schon, wie jene Pfeile, die von Apollo's Bogen springen. Niemandes fast schont er — nicht Southey's, Wordsworth's, Scott's, weder seines Vormundes, des Grafen Carlisle, noch des Lords Holland . . . alle werden geschunden wie Marsyas! Von einem Satyrendichter verlangt Keiner Gerechtigkeit, nur Keulenschläge, Byron wie Juvenal lieben die Uebertreibung, das Hyperbolische — auch ein Element, das sich in allen seinen Dichtungen verfolgen läßt. Eine Zeit lang ruhte danach der Vulkan in ihm; er setzte sein wüstes Leben in Newstead-Abbey fort, bald in Eintracht, bald zerfallen mit der Mutter. Allmählig ergriff ihn der Ueberdruß, der Ekel an seinem sinnlosen Treiben, jene Schwermuth kam über ihn, die nicht ganz erkünstelt war, die in seinen besten Stunden als ein mildleuchtender Stern über ihm aufging — als der Stern, in dessen Glanze die Nachwelt ihn sieht. Seine Verachtung der Menschen und der Sitten blieb dieselbe, die Grabschrift, die er seinem Hunde schrieb — „Hier ruhen die sterblichen Ueberreste eines, welcher Schönheit besaß ohne Eitelkeit, Kraft ohne Vermessenheit, Muth und Trotz — alle Tugenden des Menschen ohne seine Schwächen! Dieser Lobspruch, welcher eine tolle Schmeichelei wäre, über menschlicher Asche geschrieben, ist nur ein geringer Zoll der Erinnerung an Boatswain, den Hund" — zeigt die Verbitterung seines Gemüths zugleich mit jener Mischung von selbstgefälliger Eitelkeit, die wie von seinem Auftreten im Leben, so von seinen Dichtungen nicht zu trennen ist. In Byron vereinigen sich Alcibiades und Timon.

Seines Vaterlandes überdrüssig, unzufrieden mit sich, verließ er im Sommer 1809 England.

„Patriae quis exsul, se quoque fugit?“ fragt einmal Horaz. So trug auch Byron seine Unruhe, sein zerrissenes Herz mit in die Ferne. Er sah Lissabon, Spanien, Griechenland — wem brauche ich diese Reise in nüchternen Worten zu schildern? Es ist „Harold’s Pilgerfahrt“ — Verse voll unnachahmlichen Wohllauts, voll Kraft und eigenthümlichen Glanzes haben diese Fahrt verewigt. Schon den Knaben hatte die romantische Natur der schottischen Hochlande mit einer schwärmerischen Begeisterung erfüllt. Auf den Vorgebirgen Griechenlands konnte er stundenlang liegen und über das blauwallende Meer blicken. Für diese großen, gewaltigen Eindrücke war seine Seele gestimmt, sein Ohr vernahm den Gesang der Meereswellen, er verstand die Sprache des Sturms. In dieser wunderbaren Umgebung, umschwebt von einem Geistergefolge, wo auf jeder rosigen Wolke des Abends ihm die Götter Griechenlands im Reigentanze vorübergaukelten, wo jeder Stein von Phidias, von Perikles und Alexander zu ihm sprach, unter Verhältnissen, die seinen Launen den weitesten Spielraum ließen, fühlte er sich erhobener, glücklicher. Die Melodie in den Stanzen Harold’s gleicht dem Rauschen der See, so schäumt die Brandung gegen die heilige Klippe von Sunion, auf der einst, den Schiffern ein Wahrzeichen, das erhabene Standbild der Pallas Athene prangte, so mag’s in den Eichen von Dodona gesäuselt haben, so mag die Quelle niederströmen, die der Huf des Pegasus aus dem Felsen schlug. Und aus dem Boden steigend Erinnerungen ohne Zahl, die wieder zu Klängen werden:

„Uraltes, herrliches Athen! wo sind
Die seelengroßen Männer deiner Macht?
Sie floh'n, ein Traum vergang'ner Zeit, geschwind;
Die ersten stets am Ziel, wo Ruhm gelacht,
Sie siegten, schwanden. Und dies heißt vollbracht?
Ein Knabenmärchen, Wunder kurzer Stunden!"

Oder hört jenen Ausruf an den Parnaß:

„Oft träumt' ich schon von Dir! die Dich nicht kennen,
Die kennen auch das Höchste nicht im Mann,
Jetzt schau' ich Dich und muß vor Schaam entbrennen,
Daß ich so schwach Dich nur verehren kann.
Da ich, wie viel Dir schon gehuldigt, sann:
Erbeb' ich und kann nur mich vor Dir neigen,
Die Stimme stockt, den Odem halt' ich an —
Das Auge starrt in Deinen Wolkenreigen,
Daß ich so nahe Dir, preis' ich mit frohem Schweigen."

Gewiß, dies ist der Gegensatz volksthümlicher Poesie, neben Empfindung und Leidenschaft ist zugleich ein rhetorischer Aufschwung darin, ein künstlicher Wohlgeruch — man athme nur einmal dagegen den Waldduft und die Nachtkühle des Goethe'schen: „Ueber allen Gipfeln ist Ruh'" — aber mich dünkt, als entspräche diese Auffassung und Ausdrucksweise am vollkommensten dem Bilde, das wir uns alle von Hellas, seiner Landschaft und seinen Trümmern gebildet haben. Diese Strophen richteten sich nicht an das Volk, sie sollten nicht, wie Moore's irische Lieder, von ihm gesungen werden: sie sind die Lectüre hochgebildeter Menschen, welche ihre vielfachen Beziehungen verstehen, deren Herz wie das des Dichters bei dem Namen Hellas erbebt. In „Harold's Pilgerfahrt" vereinigen sich alle Vorzüge und Schwächen der poetischen Begabung

Lord Byron's. Seine Harfe hat nur zwei Saiten: die Schilderung der Natur und die Betrachtung. Sie weiß er stets mit der Hand des Meisters zu rühren; ob er dann später in „Marino Faliero" ein venetianisches Fest, in „Manfred" die Alpen und Rom schildert, es sind die Melodien aus „Childe Harold," denen er andere Worte unterschiebt. Was er ferner auch für Ausdrücke des Schmerzes, zornigen Hasses und der trübsinnigsten Menschenfeindschaft finden mag, Harold spricht den ersten Fluch über die Welt aus. In Harold hat er sich zuerst geschildert — wie er der Sünde Labyrinth durchirrt, mit dem seltsamen Weh auf den Augenbrauen, der blassen Wuth im Gesicht, im Herzen bang und siech, keinen Rath wie keinen Trost begehrend. Diese Gestalt läßt er fortan in anderer Beleuchtung, in anderen Scenerien fortwährend wiedererscheinen. Nur die Decoration wechselt bei ihm, nicht der Held. Und auch der andere Mangel dieser Dichtungen, die Planlosigkeit, charakterisirt dies erste und schönste seiner Werke. So wenig wie Don Juan's Abenteuer, haben die Pilgerfahrten Harold's ein Ende, sie können nach Willkür fortgesetzt werden, auf die erste Haidé kann eine zweite folgen, wie Harold-Byron, Leander nachahmend, durch den Hellespont schwamm, könnte er im Ganges baden und nach Athen Delhi besuchen. Die erzählenden Gedichte „Der Corsar", „Der Giaur", „Die Braut von Abydos" sind in ihrer Composition nicht kunstverständiger, als Anekdoten hörte sie der Dichter erzählen oder las sie wie „Parisina" in Gibbon. Er änderte in ihrem innern Zusammenhange nichts, er behing sie äußerlich mit den goldenen Flittern seiner Schilderungen und gab ihren Helden seine Seele. Menschen, die nicht den „Kainsstempel" auf der Stirn trugen, hielt er seiner Beachtung überhaupt nicht für werth. Ueberall suchte er den gefesselten Prometheus zu zeigen; wenn Marino Faliero Venedig verflucht, ist es der alte Titan, der den Göttern trotzt.

Nach zweijähriger Abwesenheit, im Sommer 1811, kehrte Byron nach England zurück. Plötzlich, mit einem Zauberschlage, nach der Veröffentlichung der beiden ersten Gesänge des „Childe Harold“, sah er sich an der Spitze der englischen Literatur, man vergaß Southey und Wordsworth, Scott und Moore über ihn. Seine Name ward neben die Shakspeare's und Milton's gestellt. In allen Kreisen machten die Weltverachtung und die kokette Halstuchschleife des Lords ihre Eroberungen. Er erschien als das Vorbild moderner Ritterlichkeit. Eine Weile vergab die Gesellschaft ihrem verzogenen Liebling den Spott, den er gegen sie schleuderte, die Frechheit, mit der er sich über ihre Formen und Gewohnheiten hinwegsetzte; in der Laune der Bewunderung, im Rausch des Entzückens lag sie zu den Füßen ihres Idols. Die aristokratischen und romantischen Neigungen des englischen Adels, die im Gegensatz zur französischen Revolution sich noch einmal in alter Stärke erhoben hatten, fanden sich in Byron's Gesängen verklärt und verherrlicht; was Walter Scott im Roman, das leistete Byron in der erhabenern Poesie des Epos, in noch glänzenderen Farben. Dazu war es die Zeit der Pilgerfahrten; wie Chateaubriand nach Jerusalem, war Byron nach den Ruinen Athens gewallfahrt. Nie hatte ein englischer Dichter das Meer, das Schiff, den Sturm zu besingen gewußt, wie er. In rascher Folge arbeitete er den „Giaur“, die „Braut von Abydos“, den „Corsar“ und „Lara“ aus. Den Becher des Ruhmes und der

Volksbeliebtheit hatte er bis zur Neige geleert, Kränze, wie sie niemals das blinde Haupt Milton's geschmückt, zierten diese jugendliche Stirne. Man hoffte das Größte von ihm und er selbst, trunken von seinen Erfolgen und seinem Glück, hielt sich dazu befähigt. Da kam der Sturz, Lucifer's Sturz von den Höhen des Himmels in den tiefsten Abgrund. Er hatte in einer unseligen Stunde, am 2. Januar 1815, Isabella Milbanke, die einzige Tochter und Erbin des reichen Baronet Sir Ralph Milbanke, geheirathet. „Ich sah Miß Milbanke zum ersten Mal in einer Gesellschaft bei Lady Melbourne. Es war ein verhängnißvoller Tag, und ich erinnere mich noch recht gut, daß ich auf der Treppe stolperte und zu Moore, der mich begleitete, sagte, daß dies eine schlimme Vorbedeutung wäre. Ich hätte mich warnen lassen sollen.“ Ja wohl, eine schlimme Vorbedeutung; ein Jahr darauf verließ ihn seine Gattin — es hieß, Lord Byron wäre wahnsinnig, die Scheidung ward ausgesprochen. Diesen Augenblick schienen seine heimlichen Neider und Gegner erwartet zu haben. Ein Schrei der Entrüstung ging durch die Kreise, die ihn noch eben vergöttert hatten. Das sittenstrenge, puritanische Altengland wollte an diesem gottlosen und ehebrecherischen Mann sein Strafurtheil vollziehen. Nach einem Steine griff jede Hand, ein Wort des Tadels, der Verachtung scholl von jeder Lippe. Seine Gedichte waren überschätzt, seine Laster nicht gleich hinter der vorgehaltenen Maske der Tugend und Ritterlichkeit erkannt worden. Wie die Schlange des Paradieses hatte auch er durch seinen Schimmer die Einfältigen und Unschuldigen geblendet. Jetzt aber stand er in seiner ganzen Häßlichkeit, in seiner „Sünden Maienblüthe“ da. In Strophen, die man früher bewundert hatte, fand man jetzt das Gift der Verderbniß; der Halbgott war fort und nur der Dämon mit dem gelähmten Fuß und dem cynischen Lachen geblieben.

Zum zweiten Male verließ Lord Byron sein Vaterland, um es nie wiederzusehen. Mit der Zärtlichkeit einer Geliebten hatte es ihn umfangen, um ihn mit den Fackeln der Furien von seinem Herde zu jagen. Die Bitterkeit, der Schmerz, den er früher vielleicht bis zu einem gewissen Grade sich selbst als ein poetisches Gefühl angedichtet, den er weniger empfunden, als erfunden, war jetzt für ihn eine Wahrheit geworden, er und die Welt, wie sie ist, waren fortan ehrliche Feinde. Da er sie nicht vernichten konnte, wollte er ihr wenigstens seinen Groll und seine Verachtung in's Angesicht schleudern. Er wählte Venedig zu seinem Aufenthalt, die „Sirene des adriatischen Meeres", wie man sie im lustigen achtzehnten Jahrhundert genannt, damals Sirene und Niobe in untergegangener, versteinter Herrlichkeit zusammen. Das Urtheil seiner Nachbarn hatte er hier nicht wie in England zu fürchten, die italienische Sitte ist leicht und Frauen und Männer „sehen dort freundlich durch die Finger." Ein fast fürstliches Vermögen, das ihm der Verkauf seiner Güter und die Honorare seiner Werke — denn er feilschte viel mit den Verlegern — eingebracht, erlaubte ihm jede seiner Launen auszuführen. Es ist ein wüstes Bild, das sich uns hier entrollt. Umringt von seinen Odalisken, in wilden nächtlichen Gelagen verschwendete er die Kraft seines Lebens und das Feuer seines Geistes. Vor der Zeit ward sein Haar grau, ein hektisches Fieber zerstörte ihn. Nur die alte Liebe zur Natur und Einsamkeit entschwand ihm nicht, zuweilen verließ er in der Nacht sein Haus und fuhr ins Meer, zu der traurigsten und ödesten Stelle Venedigs, zum Lido hinaus. Er verwünschte seine Zerstreuungen, er verwünschte sich selbst. Glich er nicht doch, was auch seine Feinde sagen mochten, dem Hirsche im Psalme, der nach den Wasserbächen lechzt? Die Schwingen seines Genius erlahmten, seine dramatischen Versuche sind ohne Spur einer Handlung, einer tiefern Charakteristik in den Nebenpersonen und erheben sich in ihren lyrischen Stellen nicht über „Childe Harold“ und den „Corsaren“. Ganz konnte freilich das Wetterleuchten eines solchen Geistes nicht verlöschen, in „Manfred“ und „Kain“ rollen die alten Donner und zucken die Blitze aus der Schlacht, welche die guten Engel mit den bösen fochten. Denn nicht Alles in diesen Dichtungen ist der Abglanz der Hölle, sie spiegeln auch den ewig klaren Himmel wieder, der sich über Eden wölbte, und das sanfte Licht des Mondes, der die erste Liebesnacht belauschte. Und auch das Glück bewahrte seinem früheren Günstling in dieser Verkommenheit einen Rest seiner Gunst, es ließ ihn nicht in Wüstheit und Gemeinheit versinken, es gab ihm einen Freund wie Shelley, eine Geliebte wie Teresa Guiccioli. Sie war die erste Frau, zu der ihn zärtliche und reine Empfindungen zogen, ihr allein ist er treu geblieben. Von Venedig folgte er ihr nach Ravenna, wo sie geschieden von ihrem Gemahl lebte. Byron dachte daran, sie zu heirathen; seine zunehmende Kränklichkeit, seine Reizbarkeit machten ihm den Umgang mit einem Wesen fast nothwendig, das gütig und sanft seine Launen ertrug, seine Heftigkeit und seine Leiden durch tröstenden Zuspruch milderte, das „stets mit Jugend und mit Reiz im Bunde“ war. Wie alle Romantiker, wandelte damals auch ihn die Neigung an, zur katholischen Kirche überzutreten, und müde an Allem, was die Erde bietet, in den Schooß der Heiligen zu flüchten. Aber das war nicht sein Loos, eine Reihe von Zufällen, die angeborene Wanderlust änderten diesen Entschluß. Die Verwandten Teresa's waren bei den Verschwörungen im Kirchenstaat betheiligt und mußten nach Toskana flüchten. Um den Dichter hielt der Tod eine reiche Ernte, es starb seine natürliche Tochter Allegra, zwischen Livorno und Lerici fand Shelley ein geheimnißvolles Ende in den Wellen des mittelländischen Meeres. Da hielt es auch Byron nicht lange mehr auf italischer Erde. Er sammelte Freunde, er rüstete ein Schiff, um den aufständischen Griechen Hülfe zu bringen. Dies Hellas war das Land seiner Wahl, glücklichste Tage hatte er in ihm verlebt, den Eindrücken, die er hier empfangen, verdankte er die schönsten Blüthen seiner Dichtkunst. Wie ein Fürst ward er in Missolunghi am 5. Januar 1824 aufgenommen, die Bevölkerung strömte ihm entgegen, die Kanonen der Festung salutirten. Alle Schlacken waren von ihm abgefallen, er stand da, „zugleich ein Sänger und ein Held." Er entwickelte ein außerordentliches Organisationstalent, die größten Pläne schwebten vor seiner Seele. In seiner gehobenen Stimmung war ihm jede Verzögerung unleidlich und so, da die Dinge ihm nicht rasch genug vorwärts gingen, verfiel er bald wieder in jene Schwermuth und Gereiztheit, die von jeher das Unglück seines Lebens und das Uebel seines Charakters gewesen. Man rieth ihm, als er am 15. Februar einen heftigen Anfall von Epilepsie erlitten, Missolunghi's sumpfige Gegend zu verlassen, aber er weigerte sich zu gehen. Bei einem Spazierritt erkältete er sich, die ungeschickte Behandlung der

Aerzte, die ihn, wie vielleicht in unsern Tagen Cavour, durch Aderlässe entkräfteten, kam hinzu, am 19. April war er nicht mehr. Um die sechste Stunde des Morgens hatte er noch einmal die Augen aufgeschlagen und war schmerzlos verschieden. Er hatte nicht schön gelebt, aber sein Tod war der eines Helden, in noch jugendlichem Alter, dem noch nicht jede Begeisterung verflogen: er tilgte viele Flecken. Auf geweihter Erde, die sein Sang wieder in der Erinnerung der Menschen verklärt, hatte den größten englischen Dichter nach Shakspeare ein — ich kann doch nur sagen — freundliches Geschick erreicht. Das Vaterland, das ihn ausgestoßen, mochte ein Recht auf seine Gebeine haben, um sie in der Gruft seiner Ahnen zu Hucknell zu bestatten, sein Herz blieb in Griechenland; denn auch von ihm gilt, was der „Apollogott" Heine's von sich singt:

„Wohl tausend Jahr' aus Gräcia
Bin ich verbannt, vertrieben —
Doch ist mein Herz in Gräcia,
In Gräcia geblieben!"

Auf den Leichenstein Shelley's zu Rom, im Schatten der Pyramide des Cestius, ließ Byron die Worte setzen cor cordum — „Herz der Herzen". Ein Zug dieses Herzens der Herzen war auch in ihm, auch hier redet ein Genius zu Allen in jener ewigen, unvergänglichen Sprache der Schönheit und der Melancholie. Trauert um ihn, er war ein armer Mensch. Kein Mann im besten Sinne des Wortes; sondern hochmüthig und eitel, unaufrichtig gegen sich selbst wie gegen Andere, treulos in der Liebe, leichtsinnig im Handeln, büßte er sein Wesen, die Fehler seiner Erziehung, büßte, daß er ein Dichter und ein Pair von England war. Von jeher gefiel er sich darin, seine Uebertreibungen und Ausschreitungen noch häßlicher darzustellen, als sie waren; als er das Publikum seinem Ritter Harold zujauchzen hörte, wurde die Weltverachtung, der Cynismus und der Titanentrotz das Evangelium, für dessen ersten Apostel er sich hielt. Die Verstimmung, die in ihm lag, wie das Geschenk einer bösen Fee, wurde der Grundton seiner Dichtung; er selbst wird zuletzt nicht mehr gewußt haben, wo die Wahrheit ihm in die Lüge umschlug. Da er die Menschen nicht liebte, überredete er sich, sie zu hassen; er wiederholte zum Ueberdruß, wie erhaben er sich in seiner „Königseinsamkeit" fühle und die Sterblichen verachte, aber zugleich buhlte er um den Beifall dieser Menge und ließ seine Thränen, bei der Scheidung von einer ungeliebten Gattin, vor ganz Europa fließen. Ein bewegliches Herz wie das seine unterscheidet nicht mit der kaltblütigen Ruhe eines Philosophen zwischen dem Wahren und dem Falschen. Heute floh er wie Manfred in die ödeste Alpenwildniß, morgen stürzte er an die Brust eines Jugendfreundes. Nicht Alles an ihm war die Lüge des Dämons, satanischer Hohn. Schmerzlich und schrecklich hatte sich ihm das Elend des Irdischen enthüllt, er hatte seine Finger in diese Wundmale gelegt und wußte im Irrsal neckender und betrügerischer Erscheinungen kein Heil, keine Versöhnung zu finden, als im Tode. Wen hätte nicht schon eine ähnliche Empfindung beschlichen? Wer hätte so trockene Augen, um die Thränen nicht mitzuweinen, die dem Jammer des Daseins fließen? Allmählig hat sich bei Byron dieser Ton zur Manier ausgebildet und seinen Werken trotz der sinnlichen Erregung, die der leidenschaftliche Ausdruck hervorbringt, der ihm immer zu Gebote stand, eine nicht wegzuläugnende Eintönigkeit gegeben. Der Hohlspiegel, in dem er seine Helden zeigt, verzerrt sie zu oft ins Ungeheuerliche, als daß wir ein menschliches Mitleid mit ihnen haben könnten, sie sind unglücklich aber zugleich treten sie uns entgegen, halb Riesen, halb Schemen. Wie sinnlich er auch seine Frauen schildert, ihr Leib ist von Marmor, ihre Zärtlichkeit oder Leidenschaft abgerechnet sind sie nichts. Sie gleichen einander; „eine kleine Veränderung der Umstände“, sagt Macaulay, „würde Gülnare zu Medora's Harfe und Medora für Gülnare's Dolch geschickt gemacht haben.“ Unterschiede, wie sie Desdemona und Ophelia trennen, kennt er nicht, bei ihm suchen wir vergebens nach einer Iphigenie, nach Mignon oder Philine. Aber es gab neben so vielem Erkünstelten auch das Edelste und Erhabenste in Byron, er liebte die Natur treuer wie alle Frauen, denen er Liebe geschworen, er hatte das zärtlichste Gemüth für die Freundschaft und eine stolze Seele. Wie der gestürzte Engel des Morgens trauerte er über sein und der Welt Geschick. Von diesen Empfindungen rauschte seine Harfe gleich der, die an den Wassern Babels klang. „Harold's Pilgerfahrt“, der „Corsar“, „Kain“, die „Hebräischen Melodien“ — in ihnen lebt seine Unsterblichkeit.

Die großen Dichter wissen um das Geheimniß Gottes, die Versöhnung zwischen der Harmonie des Weltalls und dem Schmerz der seufzenden Kreatur, sie heilen das Herz, das sie zerrissen, wenn sie Hektor tödten, lassen sie die Götter schützend um seine Leiche stehen. Nicht zu ihnen darf sich Lord Byron gesellen; aber fahrt im Sturm über das Meer oder eilt, betrogen von der Frau, die ihr geliebt, verrathen vom besten Freunde, wenn die Freiheit sinkt und schmähliche Tyrannei triumphirt, in die Einsamkeit, in eine Gewitternacht: dann ist um euch Poesie, traurige, herzzerreißende und wiederum mächtige, himmelstürmende — die Poesie Lord Byron's.

Marie de Lafayette.

Wie ihr Lustspiel verdankt die französische Literatur ihren Charakterroman der Zeit Ludwig's XIV. Angeregt von dem Hofe und der Gesellschaft in Versailles und Paris hat Molière das erste, die Gräfin von Lafayette den andern geschaffen. Wie Molière die wüsten und geschmacklosen Nachahmungen der spanischen Komödiendichter von der Bühne, so verdrängte die Gräfin von Lafayette die endlosen Schäferromane und die eintönigen Liebesgeschichten des „Großen Cyrus" aus den Händen der Lesenden. Beide suchten an die Stelle des Gemachten und der künstlichen Wahrscheinlichkeit die natürliche Empfindung, die Wahrheit des Lebens zu setzen, soweit sie eben ihrem Wesen nach das Leben von dem Zwang der Form zu entbinden wußten. Molière bleibt immer der Dichter des Verstandes, die Gräfin verleugnet nie das Herz und die Gesinnung einer Hofdame.

Auch ist es nicht die Nothwendigkeit des Berufs gewesen, die sie zum Dichten trieb. Eines Abends, im Winter 1664, saß sie mit der Herzogin von Orleans, Henriette Stuart, am Kaminfeuer im Palais Royal. Die Herzogin theilte das Geschick aller Frauen aus diesem tragischen Geschlecht — viel zu irren, viel zu lieben und in dem Zwiespalt zwischen Neigung und Pflicht eines geheimnißvollen Todes zu sterben. Damals war eben ihr Freund, der Graf von Guiche, vom Hofe nach einer einsamen Garnison verwiesen worden und sie sprach mit der Gräfin über die Abenteuer und die Wandelungen dieser Liebe. „Schreiben Sie", sagte die Prinzessin zuletzt, „die Geschichte meines Lebens, ist es nicht ein unterhaltender Roman? Schreiben Sie nur, Sie erzählen so gut." In diesen Worten liegt der erste Antrieb, der Marie von Lafayette allmählig weiter führte, von der Darstellung des wirklich Geschehenen zu einer freien und trotz ihrer Mängel bewunderungswürdigen Schöpfung der Kunst, ihrer „Prinzessin von Clèves".

Eine feurige, leidenschaftliche Seele besaß die Gräfin nicht, es giebt kein ruhigeres Leben als das ihrige, nichts erfuhr sie in ihm als die gewöhnlichen Täuschungen, daß „wir alle zum Sterben leben". Sechzig Jahre, zuletzt voll Krankheit, Kummer und Verdruß verbracht, sind ihr fast ereignißlos vorübergegangen, eins wuchs in das andere hinein, keins änderte mit plötzlicher Entscheidung ihre Lage, ihre Anschauungen, ihr Herz. Sogar ihre Liebe ist mehr die schwesterliche Zärtlichkeit und Freundschaft, die sich in Sorgen erschöpft, als ein mächtig sie ergreifendes Gefühl. Ihre Heldinnen, glaub' ich, bewahren bei all ihrer Schuld darum eben noch den Glorienschein der Tugend, weil die Dichterin niemals an sich selbst die dämonische Gewalt der Sünde erfahren hat. Dieser gleichmäßige Verlauf des Daseins hat einen schwermüthigen Zug, dieses langsame Verrinnen etwas unsagbar Trauriges — „sichtbar schwinde ich dahin", schreibt sie in ihrem letzten Briefe an Frau von Sévigné. Nur verleiht, was ihr in der Wirklichkeit so schmerzlich war, ihren Erzählungen einen Reiz mehr, ihre Prinzessinnen sterben nicht plötzlich, sie entschwinden allmählig, wie eine rosige Wolke langsam in das Abendgrau des Himmels verblaßt. In ihrer eigenen Familie hatte sie ein gleiches Loos, ein ähnliches Ausgehen der Leidenschaft gefunden. Im Kloster der heiligen Maria von Chaillot lebte Mutter Angelika — einst ein Ehrenfräulein der Königin Anna von Oesterreich, um deren Liebe Ludwig XIII. in seiner linkischen und blöden Art geworben, bis sie vor der Welt und ihrem eigenen Herzen flüchtend zu den Nonnen geeilt war. Hier sah sie die jugendliche, lebhafte Marie de la Vergne, die Verlobte ihres Bruders, des Grafen von Lafayette, oft im Sprechzimmer, an demselben Gitter, zu dem vor Jahren unschlüssig und zerknirscht König Ludwig, mit der Geliebten von Gott zu reden, gekommen war und umsonst ihre Hand zu ergreifen gesucht hatte. Dies Beispiel konnte nicht ohne Einfluß auf das zwanzigjährige Mädchen bleiben, es entwickelte in ihr eine Anlage zur Beschaulichkeit, eine Vorliebe für die Einsamkeit.

Die gelehrte Erziehung, die sie genossen, hatte ihr von früh an etwas „Blaustrumpfiges" gegeben, das ihre angeborene Anmuth und ihr Aufenthalt am Hofe wohl milderte, aber nicht aufhob. Von ihren Aeltern, Aymar de Lavergne, Gouverneur von Havre-de-Grâce, und Marie de Pena, stammte die Mutter aus einem altberühmten Geschlecht der Provence; einer ihrer Ahnen, Hugo, hatte am Hofe Karl's von Anjou zu Neapel aus der Hand der Königin Beatrix den Lorbeer provençalischer Dichtkunst empfangen. So ward die Tochter in künstlerischen Anschauungen groß; anfangs unterrichtete sie der Vater, später der gelehrte Ménage.

Wenn dieser seine Schülerin, die er die lateinische Sprache lehrte, bald darauf in römischen Hexametern als Musterbild aller Vollkommenheiten feierte, zeigt das die gleiche Gelehrsamkeit und Pedanterie beider. Die Kreise, in denen Fräulein de Lavergne nach ihrer Verheirathung mit dem Grafen Franz von Lafayette 1655 kam, das Hôtel Rambouillet, die Gesellschaft der Frau von Sévigné, die einsame Dachstube, die Franziska Scarron manches Jahr bewohnte, entwickelten ebenso sehr ihre schöngeistigen Neigungen wie ihre Ausschließlichkeit. Seinen großen culturhistorischen und politischen Einfluß hatte das Hôtel Rambouillet mit dem Untergang der Fronde, dem Erbleichen von Corneille's Sternen und der Bekehrung der Herzogin von Longueville aus einer leichtsinnigen jungen Frau zu einer Büßerin von Port Royal verloren. Bald sollte die Stunde schlagen, wo ein kühner Schauspieler, Molière, die Geheimnisse dieses Hauses dem Gelächter der Menge preisgab. Eine Rolle auf der Bühne der Welt zu spielen, war darum Marie Lafayette nicht bestimmt. Für den glänzenden Hof des jungen Ludwig's XIV. erschien sie weder jung noch schön genug. Sie war 1632 geboren, zehn Jahre älter als ihre Freundin Henriette Stuart, die sie bei ihren Besuchen im Kloster zu Chaillot hatte kennen lernen, wo die junge Prinzessin erzogen ward. Die gegenseitige Neigung beider Frauen hielt die Gräfin in einem gewissen Zusammenhang mit den Festen und den „prächtigen Wundern“ von Versailles, sonst aber hat sie einen besondern, kleinen Kreis für sich. Nur in ihm ist sie ganz frei, ganz aufrichtig — „jene liebenswürdige Dame, zu der man sich um so inniger hingezogen fühlt, je näher man sie kennt“, hier weicht ihre strenge, leis angehauchte puritanische Miene dem fröhlichen Scherz, dem heitern Gelächter. „Denkst du noch daran“, schreibt die Sévigné ihrer Tochter, „wie oft wir mit ihr gelacht, wie viel Tollheiten wir mit ihrer Weisheit getrieben?“

In diesem Salon war, wie es nicht anders sein konnte, die alte und die neue Opposition vertreten. Da man nicht mehr politisch gegen das absolute Königthum ankämpfen kann, streitet man wenigstens gegen seine literarischen Vertheidiger, seine Dichter. „Es lebe unser alter Corneille!“ ist der Wahlspruch der alten Frondeurs, neben ihm gilt Racine kaum der Beachtung werth. Wenn ein neuer Poet vor ihnen Gnade findet, ist es Lafontaine, den der große König nicht liebt und den sie dafür mit Schmeicheleien und Geschenken überhäufen. Die Gräfin nun gar öffnet ihr Haus einem Helden der Barrikaden, des Gefechts in der Vorstadt St.-Antoine, dem Herzog Franz von Larochefoucauld. Zwischen beiden haben Zeit und Gewohnheit eins der eigenthümlichsten Verhältnisse gewoben, ein Verhältniß, das nicht Liebe und andererseits nicht durchaus Freundschaft war und wiederum sich dadurch von ähnlichen Verbindungen unterscheidet, daß es nicht zerriß, sondern beinahe zwanzig Jahre ungetrübt bestand und der Tod des Herzogs in geistiger Beziehung wirklich aus der Gräfin „eine trostlose Witwe“ machte. Wenn man ihr Herz geöffnet hätte, man würde den Namen des Herzogs und den Marien's von Sévigné darin gefunden haben, „die sie auf Erden am wahrhaftigsten geliebt“. Als sie das Schicksal einander näher brachte, waren beide über die Jahre der Leidenschaften hinaus, Franz von Larochefoucauld wenigstens über alle Träume der Jugend und alle Hoffnungen des Ehrgeizes enttäuscht, nicht mehr ein muthiger, ritterlicher Cavalier, der in St.-Antoine, „der Bravste der Braven", die Farben seiner Dame am Arm, gefochten und von einer Kugel getroffen, blutbespritzt, halb erblindet von seinem jungen Sohn durch die Straßen der Hauptstadt, das Volk zu den Waffen rufend, geführt worden war, sondern nur noch ein gichtbrüchiger, gequälter Mann, den Spott auf den Lippen und die Selbstsucht im Herzen. Wenn einer, so glaubte er die Welt und die Menschen verachten zu dürfen. Die eine hatte sich ihm so betrügerisch wie die andern falsch, boshaft und eigennützig bewiesen. Mit bitterm Hohn hatte er die Verse, die er einst unter das Bild seiner Geliebten, Genoveva's von Longueville, geschrieben:

Ihre Liebe zu gewinnen, ihren Augen zu gefallen,
Würd' ich, wie jetzt mit den Königen, kämpfen mit den Göttern allen. —

als sie treulos geworden, dahin geändert:

Um ein Herz mir zu gewinnen, das, ich kenn's jetzt! falsch geschworen,
Hab' ich mit den Königen kämpfend meiner Augen Licht verloren.

An seinen Sessel gebannt, lächelte er nur noch über die Täuschungen und Irrungen des Herzens; nicht nur in dem Genoveva's, in dem aller hatte er gelesen und nichts darin gefunden, was ihm der Achtung werth schien. Die Zurücksetzung, die er von dem Könige erfuhr, die Unthätigkeit, zu der seine ehrgeizige Seele fortan gezwungen war, verstimmten ihn täglich mehr; auch ihm war es darum wie eine Genugthuung und Anerkennung seines Genius, in einem Kreise wenigstens das Haupt zu sein und für ein Orakel zu gelten.

Später pflegte die Gräfin wohl zu sagen: „Der Herzog hat meinen Geist geweckt, ich habe dafür sein Herz gebessert", beides nicht ohne Uebertreibung. Denn wie sein Herz immer kalt und zurückhaltend blieb, so reichen die ersten und mächtigsten geistigen Anregungen, die ihr wurden, bis zum Hôtel Rambouillet zurück. Eine gewisse Wechselwirkung zweier Menschen, die sich täglich sahen, dieselbe Neigung für ein sitzendes Leben hatten, eines so außerordentlichen Verstandes, einer so gefühlvollen Seele, wird niemand bestreiten. Beider Dasein verfließt mit literarischen Beschäftigungen, im Gespräch mit wenigen Freunden, einigen Sommerfahrten in die Umgegend von Paris — beinahe, wenn man die Uebel der Sterblichkeit abrechnet, ruhig und sorglos wie den Göttern des Epikur. Die Hochachtung und Verehrung, die sie umgiebt, mag ihnen in glücklichern Augenblicken die Feste von Versailles und Fontainebleau ersetzt haben. Und erhält dann die Gräfin einmal eine Einladung nach Versailles, wie am 16. April 1671, mit welcher Auszeichnung wird sie da von dem noch jugendlichen König empfangen! Er läßt sie in seinen Wagen steigen, er zeigt ihr die Schönheiten seines Schlosses, seiner Gärten — „ganz wie es ein guter Bürgersmann thun würde, den man in seinem Landhause besucht". Das ist eine Ehre, eine unvergleichliche Auszeichnung, zu der 1673 der König noch einen sprechenden Beweis seiner Huld fügt — eine jährliche Pension von 500 Thalern. Da kann denn auch die neue Vasthi, die noch von keiner „freilich nicht allzu jugendlichen" Esther aus der Gunst des Herrschers verdrängt ist, Frau von Montespan, nicht zurückbleiben, sie schenkt der Gräfin ein kleines zierliches Schreibzeug von St.-Lucienholz mit einem einfachen Crucifix. Die Gabe eignete sich wohl für die Dichterin der liebesgebrochenen Herzen. Sie selbst sonnt sich gern in diesem

Glanze, im Mai 1673 ist sie zu Chantilly bei dem Prinzen von Condé — „von allen Orten, welche die Sonne erleuchtet, giebt es keinen, der sich diesem vergleicht", ruft sie entzückt bei ihrer Rückkehr aus. Nur verdiente sie auch die Freundschaft der Besten, sie besaß ein dankbares Herz. Als sie zwei Jahre nach dem Tode der Herzogin von Orleans das Palais-Royal wieder betrat, konnte sie ihre Thränen nicht zurückhalten, ganz verweint begrüßte sie die neue Herzogin, unsere ehrliche Elisabeth Charlotte, und einen Brief an ihre Freundin Marie Sévigné unterbricht sie plötzlich: „Heute sind es drei Jahre, daß ich die Prinzessin sterben sah, ich las gestern die Briefe, die sie mir geschrieben, ich bin ganz erfüllt von ihrem Angedenken". Wirklich, dies Herz wußte zu lieben, nicht in seinen Dichtungen allein. Unter der leisesten Berührung erklingend, erschrickt es, wenn eine geliebte Freundin Abschied für eine kurze Zeit nimmt, und weiß nur zu stammeln, daß es liebt, immer lieben wird. Nach solchen Erregungen sind die Stunden der Abspannung nicht selten, dann ermüdet es sie, „guten Morgen und guten Abend zu sagen", dann will sie „weder denken noch reden, weder hören noch antworten" und flüchtet in ländliche Einsamkeit nach dem halbverfallenen Schloß von St.-Maur, das ein Freund des Herzogs von Larochefoucauld, Gourville, von dem Prinzen Condé gekauft. Dort „schwebt sie wie zwischen Himmel und Erde", nur nicht zur Freude Gourville's. Das Blaustrumpfige, die Eitelkeit einer gelehrten und halbwegs berühmten Frau, die ihre gleichgestimmten Freundinnen übersahen, fiel dem abenteuerlichen, aber „praktischen" Gourville desto schärfer an der Gräfin auf. Er zeichnet eine bei aller Schärfe der Striche doch nicht ungefällige Carricatur der interessanten Frau. „Sie wußte sich nicht wenig mit ihrem Geiste und hatte sich die Marquise von Sablé zum Vorbild genommen.“ Die Marquise war zur Zeit der Fronde etwas wie die Oberpriesterin der Delphischen Mysterien gewesen, alle jungen Leute hatten in ihrem Salon den „guten Ton“ erlernt und waren von ihr für die Gesellschaft erzogen worden; „nur“, fährt Gourville fort, „gelang ihr dies nicht, weil sie ihre Zeit nicht in so wenig dankbarer Arbeit verschwenden wollte. So verbrachte sie gewöhnlich nur zwei Morgenstunden mit allen zu plaudern, die ihr nützlich sein konnten, und diejenigen zu schelten, die sie nicht so häufig besuchten, wie sie es wünschte.“

Gourville hatte viel von der Gräfin zu leiden. Entzückt von der Lage seines Schlosses, des Parks mit der Aussicht auf den Seinestrom, spielte Frau von Lafayette die Herrin von St.-Maur. Alle bewohnbaren Zimmer nahm sie für sich, den Herzog, die Freunde, die sie zu sich einlud, in Anspruch, Gourville ward, er wußte selbst nicht wie, gezwungen, sich mit einer einzigen schlechten Kammer zu begnügen. Aus den Bodenkammern ließ sie die alten, oft kostbaren Schränke und Sessel herabholen und richtete damit ihre Gemächer ein, täglich fuhr sie im offenen Wagen durch den Park und als ihr Gourville durch einen Dritten sagen ließ, daß er ihren Aufenthalt in St.-Maur doch etwas zu lang fände, brach sie in Vorwürfe aus und schalt ihn undankbar; er solle, wenn er nach dem Schlosse käme, zufrieden sein, dort Gesellschaft um sich zu sehen. Fortan blieb das Verhältniß beider gespannt, er beschuldigt sie sogar, daß sie ihn aus der Freundschaft des Herzogs habe verdrängen wollen, doch war er fast jeden Abend in ihrem Hause. Auch ist es klar, daß die Anmuth und Liebenswürdigkeit der Gräfin mit ihren Schwächen versöhnte. Marie von Sévigné war durch ihr langes Schweigen verstimmt worden, die Gräfin schreibt ihr: „Oh, oh! meine Theure, Sie schreien wie ein Adler! Ehe Sie mich verurtheilen, warten Sie, bis Sie hier sind, bitte, bitte. Was ist denn so Schreckliches in den Worten: meine Tage sind mit Geschäften überfüllt? Freilich ist Bayard hier und führt meine Angelegenheiten, aber wenn er den ganzen Tag in meinem Dienst hin- und hergelaufen ist — kann ich schreiben? Ich muß noch mit ihm reden. Und wenn ich umhergelaufen bin und zurückkomme, finde ich den Herzog, welchen ich den ganzen Tag nicht gesehen habe — soll ich schreiben? Larochefoucauld und Gourville sind hier — kann ich schreiben? Aber wenn sie weggegangen sind? Ach, wenn sie fort sind! Es ist 11 Uhr und ich selbst gehe aus, ich schlafe bei unsern Nachbarn, weil vor meinem Fenster gebaut wird. Aber am Nachmittag? Ich habe Kopfweh. Aber am Morgen? Da bin ich ebenso krank und trinke Kräuterbouillon, die mich betäubt. Sie, meine Theure, sind in der Provence, Ihre Stunden sind frei, noch freier Ihr Kopf, Sie finden noch Gefallen, an jedermann zu schreiben, mir ist es für jedermann vergangen und wenn ich einen Geliebten hätte, der jeden Morgen einen Brief von mir forderte, würde ich mit ihm brechen. Messen Sie unsere Freundschaft nicht nach den Briefbogen; wenn ich Ihnen in jedem Monat auch nur eine Seite schreibe, liebe ich Sie ebenso innig, als wenn Sie mir in acht Tagen zehn schreiben."

Der Tod des Herzogs von Larochefoucauld am 16. März 1680 unterbrach für immer die Sonntagsruhe dieses Daseins. Schon seine Krankheit hatte die Gräfin in die tiefste Traurigkeit, in einen Zustand der Besinnungslosigkeit versetzt. „Alle“, meinte Frau von Sévigné, „werden sich über seinen Tod trösten, sie nicht. Wo wird sie je einen solchen Freund wiederfinden? Täglich wird sie seiner gedenken.“ Sie urtheilte nur zu richtig; auf Erden gab es keine Hoffnung, keine Süße, keinen Reiz mehr für die arme, selber von Krankheiten geplagte und niedergedrückte Frau. Ihr erlosch mit dem Herzog die Leuchte ihres Lebens. Diese Freundschaft war so zärtlich und unvergleichlich gewesen, daß sie ihre Asche nur noch Gott darbringen konnte. Auf fünfundzwanzig Jahre irdischer Neigung, irdischen Genügens folgten zehn Jahre ernster Trauer, strenger Frömmigkeit, derselben Frömmigkeit von Port-Royal, der sich Racine, am Leben und der Kunst verzweifelnd, in die Arme warf. Statt des Freundes, dessen Leben sie mit dem holden Reiz weiblicher Liebenswürdigkeit verschönt, hörte sie jetzt täglich ihren Gewissensrath, den Abbé Duguet, dies Vergnügen an der Welt verdammen, das sie noch vor kurzem so sehr geliebt. Auch mit dem Hofe war sie zerfallen, die ehemalige Freundschaft, die sie mit Franziska Scarron, der Marquise von Maintenon, verbunden, längst zerrissen. „Ich habe“, schrieb die Marquise einmal, „die Freundschaft der Frau von Lafayette nicht bewahren können, sie setzte auf ihre Fortdauer einen allzu hohen Preis, doch habe ich ihr bewiesen, daß ich ebenso fest und aufrichtig bin wie sie.“ Die Aufrichtigkeit der Gräfin war sprichwörtlich geworden, seitdem der Herzog darin die eigenthümlichste Seite ihres Wesens gefunden. Sie sollte sie auch im Ausgang ihres Lebens nicht verleugnen, und als sie die Begebenheiten der beiden Jahre 1688 und 1689 erzählte, schrieb sie, die Aufführung der „Esther“

in St.-Cyr berichtend, so gefährlich es damals sein mochte, von der frühern Freundin: „Das Schauspiel stellte gleichsam den Fall der Montespan und die Erhebung der Marquise dar, nur einen Unterschied konnte man bemerken, daß Esther ein wenig jünger und weniger „précieuse" in ihrer Frömmigkeit war." Der letzte Zug malt Franziska von Maintenon sicherer, als Mignard's Pinsel es mochte oder durfte.

Nach vielen Leiden und vergeblichen Versuchen, sie zu lindern — eine Zeit lang hatte sie sogar „Vipernbrühen" getrunken, die ihr, wenn wir Frau von Sévigné glauben wollen, „sichtbar Seele und Kräfte wiedergaben" — starb die Gräfin 1693, bis zum letzten Hauch geliebt von ihren Kindern, ihren Freundinnen, selbst nur noch in Erinnerungen lebend. Nicht ihres Daseins Wandel und Verlauf, ihre Schriften machen ihren Ruhm aus und fordern die Erkenntlichkeit der Nachwelt für sie. Wesentlich ist sie eine literarische Frau, nicht nur wie die meisten ihrer Zeitgenossinnen mit dem Verfassen ihrer Memoiren und zierlicher Briefe beschäftigt, sondern mit Dichtungen, die ihren Verleger Barbin zum reichen Manne gemacht haben. Aber während Fräulein von Scudéry ihre weitschichtigen Romane aus Noth schreibt, arbeitet die Gräfin aus Neigung. Ihr ist das Dichten kein Geschäft, eher ist sie selbst die Muse der auserlesenen Gesellschaft von Versailles, ihre Klio mit ernstem Antlitz und Kalliope mit dem sinnig geneigten Haupte zugleich. Ihre Werke — einige Briefe, die sich mehr durch die Liebenswürdigkeit des Stils als durch Gedankenfülle auszeichnen, abgerechnet — sind wie die „Geschichte der Herzogin Henriette von Orleans" und die „Memoiren des französischen Hofes für die Jahre 1688 und 1689" historischer Art oder wie ihre „Zaïde", die „Prinzessin von Clèves“, die „Gräfin von Tende“, die „Prinzessin von Montpensier“ geschichtliche Novellen. Dadurch wurde sie der Ruhm wie die Liebe aller vornehmen Damen, selbst aus Savoyen schickt ihr die Regentin ihr Bild in Diamanten eingefaßt. Sie mochte dreißig Jahre zählen, als sie zu schreiben begann. Segrais, ein Poet der Zeit —

Im Hirtenlied mag er den Wald entzücken,

hat Boileau von ihm gesagt — lebte mit seiner früheren Beschützerin, Mademoiselle von Montpensier, zerfallen, in ihrem Hause, unter seinem Namen erschien ihr erster Roman „Zaïde“. Aufrichtig hat Segrais eingestanden, daß er ihr indeß nur ein und ein anderes Mal seine Ansicht über die Composition der Dichtung mitgetheilt; auch bedarf es für einen aufmerksamen Leser keiner Versicherung, daß nur eine Frau diese entzückenden Seiten schreiben konnte. Ein anderer ihrer Freunde, Huet, der Bischof von Avranches, verfaßte für die erste Ausgabe der „Zaïde“ seine gelehrte und geistvolle Abhandlung „Ueber den Ursprung der Romane“ — eine Vereinigung des Nützlichen und Schönen, über die sie lächelnd bemerkte: „Wir haben unsere Kinder zusammen verheirathet.“ So trat sie in die Literatur ein.

Der Zug, aus dem sich die ganze schriftstellerische Thätigkeit der Gräfin ableiten läßt, ist der historische. Die Liebesabenteuer der Herzogin von Orleans führten sie unwillkürlich zu Zaïde und ihren Prinzessinnen von Clèves und Montpensier hinüber. Bei einem so feinen und anmuthigen Talente, bei der wenn auch nicht schwungvollen, doch gefälligen Phantasie, die sie zweifellos besaß, mußte dieser Uebergang so leicht wie nothwendig sein. Ja vielleicht war die Wirklichkeit romantischer, seltsamer als ihre Erfindungen. Schon die Liebe der Prinzessin Henriette zu dem Grafen von Guiche, deren Lustspielabenteuer und tragischen Ausgang sie theils vernommen, theils gesehen, hatte sie so darzustellen gewußt, „daß an gewissen Stellen die Wahrheit zwar zu erkennen, aber weder verletzend noch der Prinzessin mißfällig war". Wider ihren Willen verwandelt sich hier schon Klio in Kalliope. Diese „Geschichte" ist darum die erste Studie zu ihren Romanen. Hier erfährt sie, wie weit die Liebe einer Prinzessin geht, was sie wagt, was sie duldet, hier vor allem lernt sie der Leidenschaft jenen durchsichtigen und doch wieder verhüllenden Schleier umwerfen, der die Schuld oder Unschuld ihrer Heldinnen gleich bedeckt. Wenn der Herzog von Guise, in der einsamen Sommernacht, über die niedergelassene Brücke in das Gemach der Prinzessin von Montpensier tritt, so wendet sich die Erzählerin wie selber erröthend von den beiden Liebenden ab zu jenem Vorbild ritterlichster Gesinnung, dem Grafen Chabannes, der jetzt, die Hand am Schwertknauf, obgleich er selbst die Fürstin liebt, sie in dem engen Gang vor ihrem Zimmer gegen einen plötzlichen Ueberfall beschirmt — es ist dieselbe Kunst, mit der sie die Zusammenkünfte des Grafen von Guiche und Henrietten's angedeutet, nicht ausgemalt: eine liebliche, reizende Kunst, die sich den Bildern ähnlicher Scenen von Mieris und Terburg ebenbürtig zur Seite stellt und die, so kleinlich und geschmacklos sie in der Schilderung einer Liebesnacht der Kleopatra wäre, den Hofton und das Wesen der damaligen französischen Galanterie auf das Vollkommenste trifft.

Halb ist die Welt dieser Novellen ideal, halb dem Zeitgeschmack, den Sälen und Gärten von Versailles nachgebildet. Die Decoration wechselt zwischen strahlenden Gemächern und verschwiegenen Laubgängen, einem glänzenden Balle folgt eine Nacht im Mondschein, vor dem Fenster der Geliebten, bei dem Rauschen der Springbrunnen im Park verträumt. Die Fahrten zu Wagen durch die Alleen, in buntbewimpelter Gondel über einen stillen See erinnern an ähnliche Fahrten Ludwig's XIV. mit Henriette Stuart und Luise de Lavallière. Das alles ist in sanften Strichen mit silbernem Stift wie hingehaucht, ohne die Breite der neuern Schriftsteller, andererseits freilich auch ohne ihre tiefere Naturanschauung. Der Zusammenhang zwischen unsern Stimmungen und dem Leben der Natur wird noch kaum empfunden, sicher nicht von den Schriftstellern zum Ausdruck gebracht, die „Landschaft" gehört noch durchaus dem Pinsel und der Farbe, das Wort zeigt sich noch zu unmächtig, ihre geheimen Reize, ihre Wandelungen in Licht und Schatten darzustellen. Etwas erweitert sich der Hintergrund in der Geschichte der maurischen Prinzessin Zaïde: eine einsame Gegend Cataloniens, ein einsames Schloß, der Strand des Meeres taucht vor uns auf, aber auch hier übt die Umgebung nur einen geringen Einfluß auf die Menschen aus, die vor und inmitten dieser Staffage stehen.

Diese Männer und Frauen gehen alle in Sammt und Atlas, sie sind alle adelig, ein Tropfen königlichen Blutes fließt in ihren Adern. Nie hat der Blick der Dichterin sich über den Hof Frankreichs erhoben, nie ist ihr Fuß auf eine freie Erde getreten. Ueberall Marmorboden, ein glattes Parquet, kiesbestreute Wege; überall Helden, die sich nur mit Turnieren und Liebesabenteuern zu beschäftigen brauchen, Frauen, die, nicht berührt von des Lebens Alltäglichkeit und Sorge, im Kampf zwischen Pflicht und Neigung sich verzehren und trotzdem von ihren Müttern als eine Klugheitsregel erfahren, „daß es keinen Tadel verdiene, die Geliebte eines Königs zu sein, wenn man ihn nur seiner selbst willen liebe“ — kurz mit allen Vorurtheilen und der leichten Moral der ausschließlichen Gesellschaft. Diese Gestalten wären für die Nachkommen bei all ihrer angeborenen Liebenswürdigkeit so langweilig und fadenscheinig wie die verliebten klagenden Schäfer und die ihren Geliebten nachirrenden Ritter früherer Romane, beseelte sie nicht ein historischer Hauch. In der „Prinzessin von Clèves“ verflicht sie die erfundene romantische Begebenheit so innig mit den Ereignissen im Ausgang der Regierung Heinrich's II., dem tragischen Tod des Königs im Turnier gegen den Grafen Montgomery, daß eine Trennung beider Elemente auch das Kunstwerk zerstören würde. Nicht einen Augenblick zweifelt man an dem wirklichen Dasein dieses Herzogs von Nemours, dieser Prinzessin von Clèves; ihre ganze Erscheinung paßt zu den Gestalten Maria Stuart's, Katharina's von Medici. Noch glücklicher ist das dunkle Colorit der Hugenottenkriege über die ergreifende Geschichte der „Prinzessin von Montpensier“ gebreitet. Trotz der Beschränktheit ihrer Anschauungen, ihrer Frauenvorliebe für den Zufall und die Macht des Kleinen in der Geschichte ergreift das Gefühl der innern Nothwendigkeit in den Geschicken der Welt zuweilen die Dichterin und klingt dann pathetisch in ihren Empfindungen nach und aus. Im Allgemeinen freilich kommt sie so wenig wie ihr Jahrhundert über die Anekdote, die Memoiren und die historischen Portraits hinaus. Sie betrachtet die Geschichte nur als persönliche That, sieht in ihr nur die Wandelungen des Hofes, das Gehen und Kommen der Könige, dies aber mit großer Feinheit, mit echt weiblichem Scharfsinn für kleine Schwächen, Listen und Interessen.

Den poetischen Werth ihrer Dichtungen setzte Voltaire darin, „daß man in ihnen zuerst die Sitten der gebildeten Gesellschaft und der Wirklichkeit verwandte Abenteuer anmuthig geschildert sah“: ein Urtheil, das gut den ersten Eindruck dieser Novellen bezeichnet. Gegenüber dem „Großen Cyrus“, der „Clelia“ des Fräuleins von Scudéry fühlt man hier einen realen Boden unter sich, nach so vielen phantastischen Lügen faßt man endlich eine Wirklichkeit, deren Vorhandensein, wenn es auch für uns verloren, doch an sich unbestreitbar ist. Nur hat dieser Vorzug keinen objectiven Werth, andere historische Dichtungen haben seitdem die gerühmte Natürlichkeit der Frau von Lafayette weit hinter ihren dramatischen Schilderungen und malerischen Effecten zurückgelassen; sie malte nach Poussin, sie kannte die Farbe Gallait's noch nicht. Ihre historischen Portraits übertreffen kaum die Beschreibung des Versailler Hofes in „St. Roche“ der Frau von Paalzow, einer Schriftstellerin, die sonst eine so wenig gelungene Copie der Gräfin ist; was in ihr als das Eigenthümlichste und Unnachahmlichste erscheint, bleibt der Ausdruck der Empfindung. Diese Frau verstand nichts von der dämonischen Leidenschaft in Phädra und Julia, aber das Wesen einer von Sitte und Pflicht gleich bekämpften, innerlich lohenden, äußerlich nur in Blicken und halben Worten sich aussprechenden Liebe fühlte sie in seinen feinsten Regungen nach, sie steht nicht im Glanz, sondern im Halbdunkel der Leidenschaft. Dafür findet sie die schönsten und zugleich zartesten Farben und Töne. Gonsalvo und Zaïde, die maurische Fürstin, die er aus dem Schiffbruch gerettet hat, lieben sich, ohne einer des andern Sprache zu verstehen; als sie sich gegenseitig für einige Monate zur Trennung gezwungen sehen, lernt sie die spanische, er die maurische Sprache und so, beide den Willkommengruß der fremden Sprache auf den Lippen, eilen sie sich bei ihrem Zusammentreffen entgegen. „Wie gut mußte ein Herz zu lieben wissen", ruft d'Alembert aus, „das diesen Zug erfinden konnte!" Und nicht diesen allein. Der Herzog von Nemours steht lauschend in der Nacht vor dem halbgeöffneten Fenster am Gartenhaus seiner Geliebten, der Prinzessin von Clèves; er sieht sie im weißen Nachtgewand mit frei flatterden Locken sinnend vor einem Bilde sitzen, der Belagerung von Metz, auf dem er selbst im Vordergrund gemalt ist, „aufmerksam und träumerisch zugleich, wie nur die Leidenschaft zu sein vermag"; als er nun näher tritt, seine Schärpe sich am Fensterkreuz verwickelt, das Geräusch die Prinzessin erschreckt, sie nur einen Blick nach dem Fenster zu richten wagt, vor dem ihr Geliebter erscheint, und dann entflieht — wie wahr, wie lebendig und tief ist das der Neigung eines edeln Herzens nachgefühlt! Jenes Grafen von Chabannes gedachte ich schon, der seinen Nebenbuhler selbst zur Geliebten führt, beide beschützt, sich der Eifersucht des erzürnten Gemahls, seines besten Freundes, entgegenstellt, schweigend, wortlos und dann hingeht, im Blutbad der Bartholomäusnacht zu sterben.

Frau von Lafayette beherrscht nur einen geringen Kreis von Empfindungen; Liebe, Eifersucht, Freundschaft kehren beständig bei ihr wieder, drei Accorde, die sie vom höchsten zum tiefsten Ton hinunterspielt. Alfonso's Eifersucht dehnt sich bis auf die Todten aus, der Prinz von

Clèves stirbt, an die Untreue seiner Gattin glaubend, am gebrochenen Herzen; der Prinz von Montpensier trennt sich von der seinigen. Diese Menschen gehören nicht mehr für die Tragödie und noch nicht für die Komödie, sie stehen inmitten beider. Alle Frauen der Gräfin sind blondhaarig, trotz der maurischen Zaïde, schmachtende Schönheiten; nur die französische Galanterie, deren sie als Lebensluft bedürfen, unterscheidet sie von Goethe's Prinzessin Leonore. Sie werden nie eine Gluth wie Heloise entzünden, nie einen unbegreiflichen nnd doch so unbezwinglichen Zauber ausüben wie Manon Lescaut, das wilde und verzogene Kind der Grazien, aber sie gewinnen mit stiller und inniger Neigung für sich und binden den Geliebten mit sanfter Fessel an ihr Leben; da kehrt Goethe's Wort wieder:

Wie mehrte sich im Umgang das Verlangen
Sich mehr zu kennen, mehr sich zu verstehen.

In dieser Empfindung mischen und durchdringen sich gegenseitig Liebe und Verehrung, platonische Gedanken und mittelalterliche Ritterlichkeit, es ist unmöglich, daß sie sich in einer „glücklichen Ehe“ ausleben kann. Nicht der Schatten ihres Gemahls allein, viel mehr noch das Verständniß ihres eigenen Herzens bestimmt die Prinzessin von Clèves, dem Geliebten ihre Hand zu verweigern; was sie für ihn, vor allem, was er für sie fühlt, würde in der Ehe verlöschen; die Heldinnen der Lafayette wurden für die unglückliche Liebe geboren, gerade wie Henriette Stuart und beinahe die Dichterin selbst.

Der seelische Zauber dieser Schilderungen erlangt nun seine ganze fesselnde Gewalt durch eine mustergültige Darstellung. Nicht die Frische und die Ursprünglichkeit der Natur, die Grandezza und Anmuth einer künstlichen

Welt ahmt sie nach, ich möchte sagen, man hört in dem Fall der Perioden das Rauschen der seidenen Schleppen, das Knittern der bauschigen Atlasgewänder, das Wehen der Federbüsche. Das Ausschließliche der Gefühle prägt sich in der Vornehmheit der Gefühle aus, harmonisch fließen Inhalt und Form ineinander. Wenn den Gesprächen der Liebenden das leidenschaftliche Aufflammen fehlt, und sie oft in den kühlen Ton der Auseinandersetzung fallen, so dient selbst dieser Mangel, die Feinfühligkeit der Dichterin, ihren Reichthum an zarten und sinnigen Gedanken in das hellste Licht zu setzen. Und man sagt sich andererseits, daß diese Fürstinnen nicht mit Clärchen „himmelhoch jauchzen", mit Indiana verzweifeln können, daß dies endlich bis zu einem gewissen Grade die Sprache des großen Königs war. Die Unvollkommenheit dieser Novellen liegt meiner Ansicht nach mehr in der Composition, bei der die Vorliebe für geschichtliche Studien die Gräfin zuweilen in eine allzu breite Ausmalung des Einzelnen führte, oder wie in „Zaïde" in der Ausspinnung romantischer Vorfälle, die zuletzt die Entwickelung der Charaktere vollständig überdeckt.

Eine kurze Analyse der „Prinzessin von Clèves", ihres Meisterwerks, das Fontenelle noch viermal gelesen, mag hier erlaubt sein, um das Wesen ihres Talents auch nach der Seite der Erfindung hin anschaulich zu machen und mein Urtheil zu rechtfertigen.

Es ist am Hofe Heinrich's II. von Frankreich, im Ausgang seiner Regierung, nach der Schlacht von St. Quentin. Die Personen am Hofe, Katharina von Medici, Maria Stuart, Diana von Poitiers, die Guisen, der Connetable werden geschildert, etwa wie eine Reihe

Ahnenbilder, die man im Saal eines alterthümlichen Schlosses erblickt. Der schönste Mann des Hofes ist der Herzog von Nemours, das schönste Mädchen Fräulein von Chartres, blondlockig, mit blauen, schmachtenden Augen. Zu ihrem gegenseitigen Unglück befindet sich der Herzog in Brüssel, als sie von ihrer Mutter am Hofe vorgestellt wird. Bei einem Juwelier sieht sie darauf der Prinz von Clèves und liebt sie sogleich mit innerlicher, zurückhaltender Leidenschaft, man erkennt in ihm einen „Märtyrer der Liebe“. Einige langweilige Seiten, die von zerschlagenen Heirathsplänen des Fräuleins und später von der Liebe König Heinrich's zu Diana von Poitiers erzählen, halten die Handlung auf; endlich heirathet der Prinz von Clèves die Geliebte. Aber er findet in ihrer Seele kein Gefühl, das dem seinigen entspräche, nur Achtung und Freundschaft. Ein Festabend entscheidet da über sein und seiner Gattin Geschick. Der Herzog von Nemours tritt plötzlich in den Saal, der König befiehlt ihm mit der Prinzessin von Clèves zu tanzen, es ist die Scene zwischen Romeo und Julia, aus der Welt der poetischen Anschauung in die Wirklichkeit übertragen. Von diesem Augenblick an ändert Nemours sein früheres Treiben, er bricht alle Verhältnisse mit den Damen des Hofes ab, er lebt ganz seiner neuen Liebe, doch bleibt sie schweigend, ehrfurchtsvoll. Noch verschwiegener, keuscher ist die Neigung der Prinzessin, sie äußert sich zunächst nur in der Eifersucht, die sie gegen Maria Stuart hegt, in dem Fernbleiben von Festlichkeiten, bei denen auch der Herzog fehlt. In dieser Lage verliert sie ihre Mutter durch den Tod; sterbend ermahnt sie diese, der Tugend treu zu bleiben und den Hof zu fliehen. Einige Zeit lang verweilt sie auch in einem

Landhause bei Coulommiers, dann zwingen sie die Festlichkeiten, die dem Frieden von Château-Cambrésis folgen, die Verheirathung der Prinzessin Elisabeth mit Philipp II. zur Rückkehr nach Paris, vor das Angesicht eines Mannes, den sie zugleich liebt und fürchtet. Neue Abenteuer bringen sie einander näher, ein Liebesbrief, der ihm gehören soll, entflammt ihre ganze Eifersucht und als sich herausstellt, daß man ihn fälschlich beschuldigt, ihre zärtlichste Neigung. Auch diese Episode ist zu breit angelegt, da sie auf die Entwickelung der Geschichte sich doch nicht von entscheidendem Einfluß erweist. Wieder flüchtet die Prinzessin nach Coulommiers, sie weiß kein anderes Mittel, sich vor sich selbst zu retten, als ihrem Gemahl ihre Neigung zu gestehen, ohne Nemours zu nennen. Die tiefe Empfindung, Rührung und Wahrheit in dieser Scene läßt sich eben nur nachfühlen, nicht schildern; es stört nur eins ihre Vollendung, was schon Fontenelle herausgefunden, nämlich daß der Geliebte dies Gespräch unwillkürlich belauscht. Nun drängt alles zu einer Katastrophe, die Prinzessin muß bei dem letzten Turnier Heinrich's II. erscheinen, durch ein listiges Wort erfährt ihr Gemahl den Namen seines Nebenbuhlers; gut stimmt zu der aufgeregten Stimmung der Helden, dem herannahenden Geschick die Schilderung vom Tode des Königs. Zur Krönung des neuen begiebt sich der Herzog von Nemours wie der Prinz von Clèves nach Rheims. Die Ungeduld des Herzogs, die Geliebte wiederzusehen, treibt ihn nach Coulommiers, ein Bote des Prinzen eilt ihm nach. Ich schilderte oben die Nachtscene, die nun folgt. Doch verliert die Prinzessin nicht einen Augenblick ihre Würde, ihre Zurückhaltung. Als der Herzog in der nächsten Nacht wiederum in den Garten dringt, findet er alle Fenster geschlossen, alle Vorhänge niedergelassen; als er mit seiner Schwester die Prinzessin besucht, gestattet sie ihm kein Wort mit ihr allein, kaum einen Blick. Verzweifelnd verläßt er Coulommiers, aber zu Rheims ist inzwischen der Prinz, dem sein Bote die nächtlichen Besuche des Herzogs im Garten gemeldet, von tödtlicher Krankheit befallen worden — er stirbt, nachdem er wenigstens noch die Unschuld seiner Gattin aus ihrem eigenen Munde erfahren, in der Aufopferung, mit der sie an seinem Lager sitzt und in Sorge um ihn sich verzehrt, ihre Zärtlichkeit erkannt hat. Der Ausgang leidet an einer gewissen Spitzfindigkeit und Unklarheit der Gedanken, an einer unnöthigen Breite der Ausführung; es ist klar, daß die Prinzessin nur entsagen, nur den Schleier über das weinende Gesicht gezogen verlöschen kann. Dramatischer entwickelt sich die ähnliche Handlung der „Prinzessin von Montpensier", der „Gräfin von Tende", aber es fehlt beiden der feine Schmelz, die Sentimentalität dieses Werks. Selbst ein solch „realistischer", witziger und kaustischer Schriftsteller wie Dunlop vermochte sich diesem Eindruck von Würde und Anmuth zugleich nicht zu entziehen. Es ist das einzige Mal, daß er in seiner „The history of fiction" ernst wird und ein ungeschmälertes Lob über eine Dichtung ausspricht: „Dieses vorzügliche Werk besitzt die Würde der alten Romane ohne ihre Weitschweifigkeit und Geschmacklosigkeit, es vereint die ganze Zartheit und Genauigkeit der Zeichnung, die man in den neuern Romanen findet, mit einer gewissen feudalen Stattlichkeit und Hoheit, wie sie für höhere Gebiete der Literatur in Corneille und Bossuet hervortritt."

Es handelt sich hier nicht um eine geniale Erscheinung, weder um eine Staël, noch eine Sand, es ist nur ein reichbegabtes Talent, das Frau von Lafayette besaß; allmählig trägt es seine Schätze zusammen, es erobert sie nicht mit einem Schlage wie der Adler. Sie übersah weder ihre Zeit noch fand sie deren tiefsten Gedanken heraus, aber sie wußte meisterhaft den Schein der Dinge wiederzugeben und ersetzte, was ihr nun einmal an philosophischer Anschauung versagt war, durch den ihr eingeborenen Adel schöner Weiblichkeit; überall ließ sie ihr Herz sprechen. Aus dem breiten und unsauberen Strom der modernen, historischen Romantik, der zwölfbändigen Hofgeschichten zu diesen ihren ersten und reinsten Quellen sich zu retten und an ihrem Glanz sich zu erfreuen, wird immer eine Erquickung sein.

Pierre de La Chaussée.

Die dramatische Literatur Frankreichs im 18. Jahrhundert kann weder in der Zahl ihrer Meisterwerke noch in der Schönheit des Einzelnen einen Vergleich mit den Tagen aushalten, in denen Corneille, Molière, Racine zusammen auf der Bühne wetteiferten; so viel glückliche Talente sich ihnen anschlossen und den Kreis vollenden halfen, in dem nun einmal nach ihren Kunstanschauungen, in dem regelmäßigen Schritt eines Menuets, sich das Trauerspiel wie die Komödie bewegen mußten. Die Poesie wie die Malerei der Franzosen ist in ihrem „großen Jahrhundert" wesentlich architektonischer Art, in feinen, geraden Linien, in geordneten Säulenstellungen. Da wird es als ein Verdienst des Roccoco gelten, diese Regelmäßigkeit durch seine Schnörkelzüge unterbrochen, der Laune des Einzelwillens, in welch' verzerrter und unschöner Gestalt auch, in der Eintönigkeit des allgemeinen Gesetzes einen Platz erobert zu haben. Allein der Schnörkel hebt die alte Form noch nicht auf, hier schmückt er sie mit tausend kleinen Spitzen, mit überladenem Zierwerk, dort bauscht er sie auf; es ist etwas Zaghaftes in ihm. So wagt Voltaire mit dem Feuer Shakspeare's zu spielen und an eine romantische Tragödie zu denken, aber er bleibt bei alledem innerhalb der angeblich von Aristoteles vorgeschriebenen Grenzen.

Aehnlich verhält es sich mit jener andern Erfindung des 18. Jahrhunderts im Gebiet der dramatischen Kunst, dem bürgerlichen Schauspiel. Schon vor Diderot und Lessing hat Corneille bemerkt, daß die Schicksale derer, die mit uns auf gleicher Rangstufe ständen und in ähnlichen Verhältnissen lebten, uns zum tieferen Mitleid bewegen würden, als der Fall der Helden und Könige. Dies ist dann bis gegen den Ausgang der Roccocowelt die siegreiche Waffe in den Händen der Vertheidiger des Schauspiels geblieben. „Werde ich je“, hat man gefragt, „das Geschick des Oedipus erleiden? Werden mir, wie dem Orest, die Götter die Rache an der eigenen Mutter befehlen? Im Gegentheil, mein Dasein verrinnt in kleineren Kreisen, ich werde vielleicht meine Kinder, meine Freunde in Gefahren sehen, die Pflichten meines Standes werden mit meinen Neigungen kämpfen ... hierin allein liegt die Tragödie der Zukunft.“ Und nun ist es so recht im Sinne dieser Zeit und des französischen Geistes, der sich nie ganz von dem Dogma befreit, vor dem letzten Ziele zurückzuweichen und eine bürgerliche Geschichte mit tragischem Ausgang auf der Bühne für unmöglich zu erklären — denn die Zuschauer würden über Emilia Galotti lachen und Clavigo für einen Narren halten. So entsteht jene unglückliche Mischung der „weinerlichen Komödie“ — „dies Bastardungeheuer des schlechten Geschmacks“, wie es Friedrich II. in einem Briefe an Voltaire nennt, in der Vorfälle, die an sich sehr wohl einer tragischen Vertiefung fähig wären, in die Sphäre einer unbeschreiblichen Alltäglichkeit und Niedrigkeit versetzt werden. Daß eine schwache, liebenswürdige Natur wie die

Clavigo's in dem Gegensatz des Herzens und des Geistes, der Freundschaft und der Liebe, zusammenbricht, ist so menschlich wahr, wie erschütternd, eine Begebenheit aber, wie etwa die Liebe eines reichen jungen Mannes zu einem armen Mädchen, die z. B. den Mittelpunkt des „Familienvaters“ von Diderot bildet, kann in ihrer rohen Aeußerlichkeit genommen, mit den gegenseitigen Reden und Thränen, nur der Gegenstand einer kurzen Neugierde, keiner poetischen Rührung oder Erhebung sein. Wenn die Verhältnisse und Gestalten des Lebens, wie sie uns umgeben, auf die Bühne geführt werden sollen, müssen aus ihnen heraus sich seelische Conflicte entwickeln, nicht Diebstähle, Duelle, die auf Mißverständnissen beruhen, Irrungen, die sich von selbst nach dem Verlauf einer längeren oder kürzeren Zeit, mit mehr oder weniger Thränen gelöst hätten. Vielleicht empfand der erste, der mit großem Erfolge diese Gattung des Drama's schuf, Pierre Nivelle de la Chaussée, am feinsten die Regungen des menschlichen Herzens, die an tragischen Schmerz streifen, und wußte seinen Erfindungen zugleich jenen romantischen Hauch zu verleihen, der sie über die Beschränktheit des Gewöhnlichen erhob.

La Chaussée's Leben bietet dem Erzähler keinen Augenblick und keine That, die der Aufzeichnung werth wären. Zu Paris 1692 geboren, der Neffe eines Generalpächters, hat er in Behaglichkeit und in dem Vollgenuß seines Reichthums alle Ehren eines berühmten Schriftstellers, eine ungestörte Muße und die Anerkennung der Akademie, des Hofes und der Fremden genossen. Kein irgendwie hervorragender Mensch, weder in seinen Schicksalen noch in seiner Dichtung, durchaus ein „mittelmäßiger Sohn dieser Erde.“ So ist er denn auch dem Loose nicht entgangen, in seinem Alter vernachlässigt zu werden, seine Kränze verwelken zu sehen; nur konnte er, 62 Jahre alt, am 14. März 1754, mit dem Bewußtsein sterben, nicht ganz aus dem Gedächtniß derer zu entschwinden, welche die Dichtkunst lieben.

Wenn man die Werke La Chaussée's — ein Trauerspiel, siebzehn Komödien und eine und die andere Epistel in Versen — auch nur flüchtig durchblättert, wird man die Anmuth und Leichtigkeit seines Verses bemerken, von der Zartheit seiner Empfindungen auf das Wohlthuendste berührt werden. Seine Muse erinnert an die Racine's, die hinabgestiegen von ihrem heiligen Berge sich einmal im engen Thale, statt unter den Göttern, unter den Menschen ergeht. Von ihr strahlt ein rosiges Licht auf die Heldinnen des Dichters aus, es sind alle liebliche, feine Gestalten, das Haupt ein wenig geneigt, sei es unter der Schwere des Mißgeschicks oder von dem Leide einer unglücklichen oder verrathenen Liebe. Sie ähneln sich, es sind Geschwister, zu einem reizenden Kranze vereinigt: weiße Rosen und Maiblumen. Von Balzac hat man gesagt, sein Reich sei das Herz der dreißigjährigen Frauen, La Chaussée versteht am besten in dem einer unglücklichen Gattin zu lesen; hier hat er in Constanze und Melanide zwei Gestalten geschaffen, welche der französischen Bühne eine ganz neue Reihe von Frauenbildern eröffnen. Bis zu ihm hatte die Komödie das Wesen der Ehe nur obenhin berührt, Angelika in Molière's „George Dandin“ war eine leichtsinnige, in den Augen der Zeitgenossen durch ihre Schönheit, ihren Adel und die Thorheit ihres Gatten gerechtfertigte Frau, Philaminta in den „Gelehrten Frauen“ eine wunderliche, verbildete Gelehrte; beide scheinen nur nebenhin und zufällig in der Ehe zu stehen und betrachten sie als etwas Aeußerliches, eine leere Form. Tiefer begreift freilich Elmire im „Tartüffe" dies Verhältniß, ihr aber fehlt die Wärme des Gefühls, sie hat den Geist, allein nicht das Herz für die Ehe. Und gerade in der Schilderung des Herzens liegt die Kraft und die poetische Begabung La Chaussée's. Wie so ganz anders, mit so rührenden Bitten, mit Worten, die Thränen zu sein scheinen, weiß Constanze zu reden und den Leser für ihre verrathene Liebe zu gewinnen, als in Destouches „Verheirathetem Philosophen" Melite zu ihrem Gemahl spricht, der sich schämt, geheirathet zu haben! Wie ist das alles kalt, farblos, und hier der Goldklang eines echten Gefühls:

„Mit seiner Liebe glaubte ich mein Leben
Auch zu verlieren — und ich wär' beglückt,
Allzubeglückt in meinem Schmerz gewesen!
Da fühlt' ich, daß für den geliebten Mann
Allein wir leben, daß mit seiner Neigung,
Wenn sie uns fliehet, Alles uns entschwindet..
Doch lebt' ich fort, um tausendmal zu sterben!"

Die Verse La Chaussée's hauchen oft einen entzückenden Duft, einen feinen Wohlgeruch, wie von Veilchen und Resedablüthen, aus und üben dadurch eine eigene, sanft bestrickende Macht auf uns. Damit verbindet sich ein romantischer Zug in seinen Erfindungen, eine seltsame Begebenheit, die ihnen den Glanz des Ungewöhnlichen verleiht, den Reiz eines Märchens. In Sterbliche verwandelte Genien werben um die Liebe persischer Mädchen, wie in „Liebe um Liebe", ein vornehmes Mädchen folgt in ritterlicher Kleidung dem Geliebten, um ihn den Banden einer Nebenbuhlerin zu entreißen; eigenthümliche Schicksalsfälle haben Melanide sechszehn Jahre von ihrem Gemahl getrennt, wunderliche Irrungen bedrohen die Liebe Hortensia's zu Monrose. Aber alle diese Vorzüge schaffen noch kein Drama, sie können gelungene Einzelnheiten hervorbringen, bald rührende, bald gefällige Scenen, der dramatische Dichter bedarf dagegen einer ihm eigenen Weltanschauung, er muß das Herz kennen und — die Schuld. Und hierin offenbart sich La Chaussée's Schwäche. Er kommt weder zu einem komischen noch zu einem tragischen Conflicte, seine Helden suchen im gegenseitigen Ringen nicht nach einer Harmonie des Lebens, sondern befreien sich nur von Mißverständnissen und Irrungen. Dramatisch werden sie allein durch ihre Leidenschaft; diese gedämpft, würden alle Komödien La Chaussée's Stoffe zu Novellen sein, die im Grunde immer auf derselben Empfindung beruhen. Er ist denn auch mit seinen unglücklichen Frauen und verstoßenen Kindern von den Spottvögeln nicht wenig mitgenommen worden; „den ehrwürdigen Vater La Chaussée, den Pastor im heiligen Thale" hat ihn Piron genannt und die „Thalia mit nackten Füßen und dem Lächeln der Venus" ihrer „kalten und beschuhten" Schwester vorgezogen. Nur traf, wie meist in literarischen Fehden, der Pfeil weit über sein Ziel hinaus. La Chaussée's Stirn bedecken nicht immer Furchen und Runzeln, zuweilen stimmt auch er ein fröhliches: „Es lebe die Thorheit!" an, sein Vers nimmt dann einen schnelleren Schritt, eine freiere Bewegung, es tanzt und klingt darin. Vielseitig, wie er war, hat er Alles versucht, aber er konnte doch nur eins — die Sprache des Herzens, der Rührung, das leise Weinen. Darum ist sein Trauerspiel „Maximianus" (1738) so langweilig und frostig wie seine Posse: „Die Tyrinthier", in der er den Arlecchino nach dem alten Hellas versetzt, Auge in Auge Aristophanes und Aristipp gegenüber.

Der Trödelmarkt der Literatur ist schon unendlich reich und gerade bei denen, die sich dem Studium derselben mit Vorliebe widmen, die Erkenntniß des allein der Erinnerung Werthen, des culturhistorischen Zusammenhanges so selten, daß er täglich eben durch unseren Fleiß und unsere Bemühung wächst und anschwillt. Mehr als die Hälfte der Komödien La Chaussée's gehört zu dieser nun glücklich vergessenen und verwehten Spreu, die andere hängt auf das Innigste mit der Entwickelung nicht nur der französischen, sondern auch unserer Bühne zusammen.

„Die falsche Abneigung" (1733) eröffnet das Theater des Dichters. Es ist eine seiner schlechtesten Komödien, aber alle seine Vorzüge und Schwächen sind in ihr enthalten. Zunächst der romantische Grundstoff. Sylvia ist gegen ihren Willen mit Sainflore verheirathet worden; am Hochzeitstage noch muß sich ihr Gemahl mit einem ihrer früheren Bewerber schlagen und, da er ihn tödtlich verwundet, das Land verlassen. Sylvia, in ein Kloster flüchtend, erwartet dort zwölf Jahre vergebens die Rückkehr ihres Gemahls, endlich tritt sie wieder in die Welt ein, sie nimmt den Namen Leonore an und lebt auf dem Gute eines ihrer Verwandten. Dort wird sie mit Damon, dem Gutsnachbar, bekannt. Es ist klar, daß sich beide lieben, daß Damon der zurückgekehrte Sainflore ist. Beide hassen die Fesseln, in denen sie sich noch gefangen glauben, Damon hat einen Scheidungsproceß gegen seine Frau erhoben, sie erfährt von ihrem Verwandten, daß ihr Gemahl noch lebt. In einem letzten, lebendigen und pathetischen Zwiegespräch der beiden Liebenden enthüllt sich darauf die ganze Irrung. An diese Wiedererkennung, die der Zuschauer vom ersten Augenblick an erwartet, knüpft sich die Theilnahme, die Rührung, die ein so langer und unverdienter Schmerz erweckt, das Glück des Ausgangs .. diese Momente wiederholen sich fortan in La Chaussée's Dichtungen. Sylvia ist die Skizze zu allen einen Frauen, Damon zu seinen Männern. Das Ganze leidet an einer gewissen Breite, die noch durch die unnützen Rollen des Dieners und der Zofe vermehrt wird.

In denselben Anschauungen und einem ähnlichen Kreise bewegt sich „Melanide“ (1741), doch ist die Handlung voller, die Situation vertiefter; eine Zeit lang hat man sie als das Musterstück der Gattung gepriesen, und noch Beaumarchais spricht mit außerordentlicher Anerkennung von dieser Komödie. Lessing, der sie 1767, am 24. April, zu Hamburg aufführen sah, bemerkt in der Dramaturgie, daß sie Scenen enthielte, „deretwegen ich wohl eine Melanide gemacht zu haben wünschte.“ Der Inhalt gehört der Sphäre des „Bürgerlich-Romantischen“ an. Melanide, eine edle, anmuthige und zumal rührende Gestalt, ist heimlich mit dem Marquis d'Orvigny vermählt, aber die Eltern beider haben sich der Heirath widersetzt und die Melanidens ihre unglückliche Tochter nach einem entlegenen Schloß der Bretagne verwiesen. Sechszehn Jahre sind ihr dort vergangen. Jetzt, nach dem Tode ihres Vaters nach Paris zurückgekehrt, in der Hoffnung, ihren Gemahl wiederzufinden, wohnt sie in dem Hause ihrer Freundin Dorisée; in deren Tochter Rosalie ihr Sohn Darviane, der indeß für ihren Neffen gilt, verliebt ist. Hieran knüpft sich die Entwickelung des Dramas; es ist nach unserer Auffassung der tragischen Dichtkunst eben nur ein fünfter Akt, die Lösung einer gegebenen, nicht vor den Augen der Zuschauer gewordenen Verwickelung. Denn um diese Rosalie, eine fein und zart geschilderte Mädchenerscheinung, bewirbt sich auch der Marquis d'Orvigny und wird, da er der reichere Freier ist, von der Mutter und dem Oheim des jungen Mädchens unterstützt. Alle wollen Darviane entfernen, er aber beharrt um so leidenschaftlicher auf seinem Entschluß, dem Nebenbuhler nicht zu weichen. Inzwischen entdeckt sich Melanide dem Bruder ihrer Freundin, sie erkennt in dem Marquis, als er einmal an ihr vorübergeht, ihren Gatten. Welche Verlegenheit für den wackern, würdigen Theodor, der ganz nach dem Vorbilde eines Molière'schen Arist den Beruhiger der Leidenschaft, die Vernunft und Weisheit darstellt! Schonend und doch ernst hält er dem Marquis seine Pflichten vor, die Nothwendigkeit, seiner neuen Liebe zu entsagen und zu der ersten und rechtmäßigen zurückzukehren. Mit feinem Verständniß schildert der Dichter den Kampf, den die Worte des Freundes in dem Herzen des Marquis erregen —, schwankend, das Rechte erkennend, aber doch noch nicht fähig, es auszuführen, eilt er zu Rosalien, deren Reiz ihn verhängnißvoll bestrickt. Dort geräth er mit Darviane in einen heftigen Streit, ein Zweikampf beider Männer scheint unvermeidlich: Melanide opfert sich jetzt mit großherzigem Muthe, sie gesteht Darviane ihre heimliche Ehe, daß er ihr Sohn sei. Diese Scene wird zu allen Zeiten, an jedem Orte mit dem Zauber ihrer klangreichen Verse das Ohr, mit dem mächtigeren ihrer Empfindungen das Herz fesseln und rühren. Daß sich darauf Melanide und ihr Sohn dem Marquis zu Füßen werfen und eine gegenseitige Umarmung die gestörte Harmonie wieder herstellt, bedarf keiner weiteren Ausführung. Auch hier hat La Chaussée des Guten zu viel gethan, seine Gestalten reden zu gern, es erinnert etwas in diesen Gesprächen an aufgebauschte Seidenkleider, mit unzähligen Spitzen, Falten und Frisuren; man verkehrt erfreut mit diesen edlen, gefühlvollen und sinnigen Menschen, aber zuweilen beschleicht uns doch in ihrer Gesellschaft das Verlangen nach einem Ausbruch der Leidenschaft, einem wilden Ruf des Schmerzes. Die Helden La Chaussée's sind eben alle noch Edelleute, selbst das Traurigste muß von ihnen mit einer gewissen Würde und Anmuth des Schmerzes ertragen werden, in jener Weise, in der Mieris und Terburg ja auch schmerzlich ergreifende Scenen — man verzeihe das Gewagte des Ausdruckes — mit zierlichem Pinsel und koketten Farben zu malen wußten. Ihren Bildern lassen sich am füglichsten die Frauen und Männer des Dichters vergleichen, nichts von Denners Schärfe und Bestimmtheit, gerade das Austönen und die zarten Abstufungen in den Farben zeichnen ihn aus. „Melanide“ ist nach meiner Ansicht nicht das vorzüglichste Stück La Chaussée's; es möchte, wenn es erlaubt ist, Dichtungen so abzuwägen, etwa die dritte Stelle unter seinen Komödien einnehmen, aber von seinen eigentlichen Dramen bleibt es das vorzüglichste. „Die Gouvernante“ (1747), die derselben Gattung angehört, treibt die Unwahrscheinlichkeit zum Unglaublichen und nimmt der verfolgten Tugend ihre mächtigste Waffe, das stille Bewußtsein ihres Werthes. Ein Vorfall, der sich bei einem Gerichtshofe der Bretagne zutrug, bildet die Fabel des Stücks. Durch ein falsches Document getäuscht, hat der Präsident Sainville in einem Proceß einer vornehmen Familie ihr Vermögen abgesprochen. Sie ist darüber in Dürftigkeit gerathen, verschollen. Erst nach Jahren entdeckt der Präsident seinen Irrthum, er will mit seinem Vermögen die Schuld, die er unwissentlich begangen, wieder gut machen. Trefflich ist das Gespräch, worin er seinem Sohn dies Vorhaben mittheilt und dieser ihm schon zuvorkommt und die edle That mit schöner Aufwallung als eine „sich von selbst verstehende“ bezeichnet. Aber wo die Unglücklichen finden? Nun denke man sich, daß eine Verwandte des Präsidenten, die seine Absicht weiß, die Tochter jener Familie, Angelika, in ihr Haus genommen, daß Angelika's Mutter als ihre Gouvernante bei ihr weilt — und daß alle diese Personen, die Gouvernante ausgenommen, sich nicht kennen, sich nie verrathen sollen. Die Auseinandersetzung des letzten Aktes hätte, wenn es in diesem Hause natürlich zuginge, den ersten eröffnen müssen. Die Verworrenheit dieser Verhältnisse schadet dem Ganzen, die Theilnahme, die wir der Liebe Angelika's zu dem jungen Sainville entgegenbringen, verliert sich, da alle Hindernisse, die ihr entgegentreten, nur Täuschungen und Irrungen sind. Noch weniger ist La Chaussée das Wagniß gelungen, den berühmten englischen Roman „Pamela“ (1743) in die Grenzen eines Schauspiels zu zwingen. In seiner Nachdichtung sind alle Vorzüge der Erzählung, die feine Charakterisirung der Figuren, die Ausmalung der einzelnen Vorfälle geopfert worden und eine traurige Eintönigkeit an ihre Stelle getreten.

Ich finde den eigentlich dichterischen Werth La Chaussée's in drei anderen Werken: „Das Vorurtheil nach der Mode“ (1735), „Die Schule der Freunde“ (1737), „Die Schule der Mütter“ (1744). Sie gehören in das Gebiet der von den französischen Kunstrichtern sogenannten „höheren“ Komödie, es sind die Nachkommen von Molière's „Menschenfeind“. Der Unterschied liegt, abgesehen von dem Genius des älteren Dichters, darin, daß La Chaussée die gemüthliche, Molière die geistige Saite im Wesen des Menschen berührt. Die Töne, die ihr Molière entlockt, bleiben immer kraftvoll, melodisch, lang nachzitternd in uns, die La Chaussée's sind von einer gewissen Weichlichkeit angekränkelt, verschleiert. Der Grund seiner Gemälde ist trüb, nebelbedeckt, und wenn er den Lichtschimmer des Scherzes darüber hinleuchten läßt, ist es eben kein Sonnenstrahl, nur der Schein einer Kerze. Aber seine Erfindungen in diesen Komödien nähern sich der Wirklichkeit, sie sind reicher mit kleinen, überraschenden Zügen ausgestattet. Denkt euch ein altes, mit Goldleisten, Löwenfüßen, Elfenbeinschnitzereien und Medaillons von Boucher ausgelegtes Clavier, auf dem eine vornehme, schöne, vor Allem „sensible" Frau die Arien aus Rousseau's „Dorfwahrsager" spielt, und ihr habt den Eindruck, den etwa „das Vorurtheil nach der Mode" auf den Leser ausübt. Es ist eben in der Roccocowelt ein Vorurtheil, seine Gattin zu lieben. Wehe darum diesem armen Durval, der nach mancher Untreue wieder zu den Füßen seiner schönen, tugendhaften und liebenswürdigen Frau, Constanze, zurückgekehrt ist. Um ihr besser seine Liebe gestehen zu können und dem Gespött der vornehmen Gesellschaft zu entfliehen, hat er sich nach einem seiner Schlösser in der Provinz begeben: aber die Welt ist ihm gefolgt, zwei aufgeblasene, geckenhafte Marquis', die unglücklich genug für sie an die Molière's erinnern und in dem langweiligen Landleben Constanze mit ihren Liebesbetheuerungen bestürmen; Sophie, die junge Cousine Constanzen's, frisch und rosig, wie ein Mädchenbild von Greuze, die ihren Bräutigam Damon, obwohl sie ihn liebt, nicht heirathen will, weil sie in ihm nach der Hochzeit einen zweiten Durval zu finden fürchtet; endlich oder besser zuerst Argant, Constanzen's Vater, ein alter Herr, noch aus den lustigen Tagen der Regentschaft, die Ehe verachtend und die Liebe dazu.

Die Verwickelungen, welche der Zusammenstoß und die Gegensätzlichkeit dieser Personen erzeugt, das Schwanken Durval's, der seiner Gattin die kostbarsten Geschenke macht und vor Freude aufjubelt, wenn sie über den unsichtbaren Geber erzürnt ist, ihr zärtliche Briefe schreibt und aus Furcht vor seinem Bedienten sie nicht zu übergeben wagt, diese Kämpfe der Liebe und der falschen Scham, die Ausbrüche seiner Eifersucht, als er ihr Bild in den Händen des Marquis Clitander bemerkt, die immer sich gleich bleibende Huld und Sanftmuth Constanzen's, Damon's Ernst und Freundschaft, die spöttische Laune Sophiens: Alles bildet ein kleines, wahr und warm empfundenes Stück vornehmen Lebens. In den französischen Lustspielen sind, — Molière, und auch ihn nur zum Theil ausgenommen — nicht wie in den Dramen Shakspeare's Gedanken von unvergleichlicher Tiefe und Bedeutung, symbolische Bezüge zu suchen, sie haben nicht den romantischen Glanz, die poetische Hoheit der spanischen, die immer an die für ihre Nation höchsten Begriffe, der Ehre, der Liebe und der Freundschaft streifen; als Genrebilder ihrer Zeit, sehr bestimmter Verhältnisse, eigenthümlicher Persönlichkeiten, wie sie sich im Gegensatz von Hof und Stadt, von Paris und der Provinz gebildet haben, müssen sie betrachtet werden. Sie berühren zuweilen das Allgemeine und Ewige, aber nur im Fluge, nicht mit der Absicht, es zu ergründen und ein Räthsel der Seele zu lösen. Darum betonen ihre Dichter und Kritiker so stark die moralische Absicht, die bessernde Kraft der Komödie. In diesem beschränkteren Sinne wird „das Vorurtheil nach der Mode“ als eine bescheidene Blüthe im Kranze der komischen Muse gelten dürfen.

La Chaussée hat denn auch ihre Frische und ihren

Duft nicht noch einmal hervorzuzaubern gewußt. Zwar besitzt „die Schule der Freunde“ viele Vorzüge. Ihr romantischer Charakter hat hier und dort das dunkelprächtige Colorit der Spanier, der alte Satz: „Gott bewahre mich vor meinen Freunden“ wird in feinster Weise, ohne Anwendung roher Effecte, zur Anschauung gebracht. Monrose besitzt drei Freunde, zwei gehören zu jenen „Besten“, die wir nur irgend im Leben haben können, Dornane und Aramont, der dritte ist eine verständige, kühle Natur, Arist, einer von den „zugeknöpften“ Leuten, die wir eher vermeiden als aufsuchen. Da ist nun köstlich und lebendig geschildert, wie alle Versuche des wackern, ehrlichen Aramont, seinem bedrängten Freunde zu helfen, in ihr Gegentheil umschlagen. Wenn er überall verbreitet, Monrose hätte von seinem eben gestorbenen Onkel ein reiches Erbe erhalten, findet sich, daß dieser Oheim gar nichts hinterlassen hat, und Monrose wird beschuldigt, weil er trotzdem nach Aramont's Versicherung „unendlich reich“ ist, das Vermögen seiner Geliebten Hortensia unterschlagen zu haben. Spielt er dieser einen angeblichen Liebesbrief einer Gräfin an Monrose in die Hand, um sie zu einer Erklärung gegen den Freund zu nöthigen, so hält sie das Schreiben für echt. Aramont's Verlegenheit steigt zu der rechten Höhe des Feinkomischen, als Hortense ihm ihre Schmucksachen aufdrängt, sie für Monrose zu verkaufen, und Monrose ihn beauftragt, ein kleines Gut, das er noch besitzt, für Hortense zu Geld zu machen. Daß endlich Arist Alles wieder in's Gleiche fügt und die Liebenden vereint, folgt aus der ganzen Anlage des Stücks, das leider an einer gewissen Ueberladung und Verworrenheit der einzelnen Vorfälle krankt. Damals erregte es nicht geringes Aufsehen, Riccoboni hat es der Mühe für werth gehalten, den gelehrten Muratori von dem Inhalte und Erfolge der Komödie in einem ausführlichen Briefe zu unterhalten. Die drei Hauptgestalten: Hortense, Monrose und Aramont heben sich sonst trefflich von einander ab, in den Liebesscenen der beiden ersten haucht die Anmuth und das Träumerische, für deren Ausdruck La Chaussée eine Meisterschaft besitzt. Unbedeutender ist Arist, allein auch er sagt ein und ein anderes schönes Wort über die Freundschaft:

„Oft giebt ein Augenblick uns die Geliebte,
Die Freundschaft aber, wie sie mir erscheint,
Verlangt von beiden Seiten lange Lehrzeit.
Zu deinem Schaden wirst auch du erfahren:
Ein wahrer Freund ist nur der Jahre Werk.“

In das Lob, das in Frankreich der „Schule der Mütter“ gespendet wird, kann ich nicht einstimmen. Die Moral drängt sich zu absichtlich und reizlos hervor Es handelt sich um eine Mutter, die zu Gunsten ihres Sohnes ihre Tochter enterben will. Der Vater hat das junge Mädchen aus dem Kloster, in dem sie erzogen wurde, unter dem Vorwande, sie sei seine Nichte, zu sich genommen, wagt aber seiner herrschsüchtigen Frau nicht dies Geheimniß zu offenbaren. Die Bewerbung des jungen Doligny, des Sohnes seines Freundes, um Marianne's Hand führt die Entscheidung herbei. Natürlich schmücken alle Tugenden Marianne so wie Fehler, Leichtsinn und Hochmuth ihren Bruder entstellen. Die Enttäuschung der Mutter läßt sich denn auch nur zu lange erwarten, und der plötzliche Umschlag von unverständiger Liebe zu unverständigem Haß zeigt, wie so gar nicht diese Mutter verdiente, Mutter zu sein.

Die andern Lustspiele des Dichters, „Der verliebte Greis“, „Die Schule der Jugend“, „Die unerwartete

Rückkehr", entziehen sich durch ihre Langweiligkeit jeder Beurtheilung, sie zeigen die Schwäche und den Verfall seiner Kunstweise. Günstiger stellt sich eine andere Seite seiner Begabung in „Liebe um Liebe" (1742) und „Die castilianische Liebe" (1747) dar: die Gefälligkeit des Scherzes, ein leichtes lyrisches Talent. Die beiden Dichtungen sind durchaus im Zeitgeschmack, eine Vermischung des Lustspiels mit dem Ballet und der komischen Oper: echte Roccocofiguren von kostbarem Porzellan, kokett, wunderlich. In „Liebe um Liebe" sind zwei Genien, Azor und Zaleg, von einer boshaften Fee in menschliche Gestalt gebannt worden und können des Zaubers nur ledig werden, wenn eine Sterbliche freiwillig ausruft: „Ich liebe Azor!" Sie selber aber dürfen keiner das Geständniß ihrer Liebe machen. Jeder hat nun ein Mädchen gefunden, von deren Lippen das erlösende Wort, wie er hofft, ihn bald entzücken wird. Die neidische und eifersüchtige Fee aber verwandelt sich in einen persischen Prinzen Assan, um die junge Zemire von Azor abwendig zu machen. Diese dagegen ist ein Vorbild der Treue und spricht nach vielen Scenen der Galanterie, der Klage, der Eifersucht das verhängnißvolle: „Ich liebe dich!" aus — Alles im Boudoirgeschmack einer schönen Schauspielerin; — einer von ihnen, der in ihrer Jugend, ehe sie sich dem Trunk ergab, so lieblichen Gaussin, der „Zaire" Voltaire's, ist es denn auch gewidmet: „Meine Verse sind dein Werk; wer sie eingeflößt, hat sie gedichtet." Mehr Bewegung herrscht in der „castilianischen Liebe". Die schöne Aurora folgt in Ritterkleidung ihrem Geliebten und befreit ihn aus den Schlingen einer andern Frau. Dies Gemälde, grau in grau, mochte den Frauen des „philosophischen" Jahrhunderts genügen und ihnen sogar seltsam und romantisch erscheinen, für uns ist es, selbst nur als letzter Widerschein spanischer Farbengluth betrachtet, flach und kalt.

Als La Chaussée am 25. Juni 1736 in die französische Akademie aufgenommen ward, beglückwünschte ihn der Erzbischof von Sens: er erhob seinen geläuterten Geschmack, die Reinheit und Moral seiner Komödien, er hoffte, daß er vielleicht zu dem Ruhm Molière's heranreifen werde. Ich möchte als des Dichters Talent die Kenntniß des menschlichen Herzens, die Macht, es zu rühren, die Feinheit seines Gefühls und die Anmuth seines Wortes bezeichnen. Ein Molière kann man mit diesen Gaben nicht werden, ihnen fehlt eben der Funke des Genius, aber man kann damit, wenn auch mit zögerndem und oft ausgleitendem Fuße, eine neue Bahn betreten und bis zu einem gewissen Grade des Erfolgs sicher sein. Die Mängel seiner Begabung trieben La Chaussée zum rührenden Drama, und so, ohne offen mit der Komödie zu brechen, erweitert er das Gebiet der Dichtkunst: Alles in Allem genommen, ein mittelmäßiger Poet und doch fortwirkend bis zu uns.

Zwei Romantiker im 18. Jahrhundert.

I.

De Belloy.

Nicht immer war der Name de Belloy's in Deutschland so wenig genannt, wie jetzt; im achtzehnten Stück der „Hamburger Dramaturgie" erwähnt Lessing mit ehrenvoller Auszeichnung seiner und bespricht eines seiner schwächsten Stücke „Zelmire", das zu Hamburg am 21. Mai 1767 aufgeführt wurde, in eingehender Kritik.

Damals mochten an den kleinen norddeutschen Höfen sich noch Manche des Verfassers und seiner schauspielerischen Leistungen entsinnen; denn Dormont de Belloy oder, wie er eigentlich hieß, Pierre Laurent Buirette, war in den fünfziger Jahren Mitglied einer wandernden französischen Komödiantentruppe. Von seinem Oheim zum Studium der Rechte bestimmt, konnte er dem Reiz des Theaters nicht widerstehen, er verließ Frankreich, er änderte seinen Namen, eine Zeit lang ist er in Petersburg in nicht geringer Gunst bei der Kaiserin Elisabeth gewesen. Aber die Sehnsucht nach dem Vaterlande ließ ihn nicht ausdauern, 1758 kehrte er mit einem Trauerspiel „Titus" als seiner besten Habe nach Paris zurück. Ein leidlich gefährliches Wagstück; denn sein Oheim hatte sich einen

Verhaftsbefehl zu verschaffen gewußt, um seinen Neffen gefangen zu nehmen, falls er die Bühne betreten würde. Diese Vorsicht war überflüssig. „Titus" mißfiel bei der ersten Vorstellung und de Belloy wanderte zum zweiten Mal nach Rußland aus. Erst nach dem Tode seines Oheims hielt er sich für sicher in Paris; seine „Zelmire" gewann ihm, wenn nicht die Kunstrichter, doch die Masse des Publikums und er beschloß, sich fortan der dramatischen Poesie ausschließlich zu widmen. Es hat in de Belloy's abenteuerreichem und mühseligem Dasein einen glänzenden Triumphtag, der ihn wohl mit allen Schmerzen aussöhnen konnte, gegeben: den Tag — es war der 12. März 1765 —, wo bei einer Gratisvorstellung seiner „Belagerung von Calais" die versammelte Menge in nicht endendem Jubel: „Es lebe der König und Herr Belloy!" rief. Belloy's Ruhm ist wesentlich mit dem letzten Aufflackern der alten monarchischen Begeisterung in Frankreich verknüpft, in seinen Schauspielen sind die Könige noch Götter, beschirmende, segnende Götter für ihre getreuen, ritterlichen Vasallen, er spricht das letzte „vive le roi"! auf den Brettern, die bald von ganz anderen Klängen widerhallen sollten und zugleich ist er der Schöpfer des französischen nationalen Trauerspiels. Die „Belagerung von Calais" ist ein Gelegenheitsgedicht im höheren Stil; gespielt nach dem Abschluß des Pariser Friedens, nach sieben verhängnißvollen Kriegsjahren, welche den Franzosen fast alle ihre Kolonien und bei Roßbach selbst den Ruhm ihrer Waffen gekostet, erschien es wie ein Protest gegen die Schmähungen und die Verachtung, mit denen Frankreich überschüttet war; vor Calais, wie jetzt auf allen Meeren hatten Engländer und Franzosen gestritten, die Helden des Dichters befanden sich fast in der nämlichen Lage wie die ganze Nation in diesem Augenblick, was er ihnen in den Mund legte, wird man damals tausendfach in den Salons und auf den Straßen von Paris gehört haben. Mit diesem Hervorheben des nationalen Elements verbindet sich eine im achtzehnten Jahrhundert ungewöhnliche Anerkennung der königlichen Gewalt; manche der glänzenden Tiraden Belloy's klingen wie eine Vertheidigungsrede der Monarchie und haben etwas von jenem fanatischen Zuge, der unwillkürlich an die Debatten der französischen Kammern unter Ludwig XVIII., in der Blüthe der Restauration, erinnert. Ich finde bei einem Zeitgenossen die Aufzeichnung: „Die Belagerung von Calais ist mit einem Wort eine Predigt für das Königthum, welche die Regierung beschützen, verbreiten und wo möglich der ganzen Nation mittheilen muß." In diesem Sinne ist denn auch gehandelt worden. Ludwig XV. hat, trotz der Verdrossenheit und Unempfänglichkeit seines Geistes für künstlerische Genüsse, das Schauspiel mit angesehen, die Widmung desselben angenommen und dem Dichter eine goldene Medaille ertheilt, der Stadtrath von Calais das Bild des Dichters in seinem Sitzungssaal aufgehängt. Einen Augenblick lang galten Die für schlechte Franzosen, die den Werth des Drama's nicht anerkennen wollten; „oh", hat, darüber zur Rede gestellt, einer der Tadler, der Herzog von Ayen, zum Könige gesagt, „ich wollte, Sire, daß die Verse des Stücks so gut französisch wären, als ich." „Allobrogische Verse" nannte sie später Voltaire und Grimm schreibt spöttisch: „Was braucht man, um das schönste Werk des Jahrhunderts zu dichten? Man muß in 1800 Versen, von denen 1777 abscheulich sind, in 1800 verschiedenen Ausdrucksweisen sagen, daß ein König seine Unterthanen und seine Unterthanen ihren König lieben müssen.“ Damit ist die verwundbare Seite in der ganzen Dichtung de Belloy's getroffen, er hat die Sprache nicht in seiner Gewalt, er kann eine Scene andeuten, aber sie nicht ausführen. Es war denn doch nur ein Strohfeuer, das seine „Belagerung von Calais“ entzündete; was Champfort den entzückten Hofleuten gesagt: „Es wird ein Tag kommen, wo wir, die wir dies Drama tadeln, es gegen Euch, die Ihr es jetzt zum Himmel hebt, vertheidigen müssen“, erfüllte sich buchstäblich. De Belloy's Gestirn sank immer mehr; er schrieb noch drei nationale Schauspiele: „Gaston und Bayard“ (1771), „Pedro der Grausame“ (1772) und „Gabriele de Vergy“, das erst nach seinem Tode 1777 gespielt wurde; er hat, wie die boshafte Zeitchronik wissen will, einige glückliche Monate mit der Clairon verlebt, ist in die französische Akademie gewählt worden und arm gestorben, den 5. März 1775, er zählte noch nicht achtundvierzig Jahre. Ganz hat ihn das Königthum, dessen Dichter er gewesen, nicht verlassen: als er von seiner Krankheit hörte, sandte ihm Ludwig XVI. sogleich fünfzig Louisd'or; es war noch in den Sonnentagen „vor der Sündfluth“.

Man kann nicht sagen, daß de Belloy unglücklich auf der Bühne war; aber es ist andererseits auch nichts in ihm, was sich über die Mittelmäßigkeit erhebt. Sein Verdienst besteht in der Wahl seiner Stoffe. „Titus“ ausgenommen, eine leidlich ungeschickte Uebertragung von Metastasio's „clemenza di Tito“ in schwerfällige Alexandriner, in der selbst der einzige glückliche Gedanke:

„meine Seele schufen die Götter an einem Tage der Gnade" dem Italiener entlehnt ist, stehen alle seine dramatischen Handlungen auf romantischem Boden. „Zelmire" hat schon Lessing treffend ein Gewebe von novellistischen, oft geschmacklos verknüpften Fäden genannt; dadurch, daß der Dichter das Drama nach Lesbos und in die mythische Zeit verlegt, wird seine Phantastik nicht zur Möglichkeit, im Gegentheil springt der Widerspruch zwischen der Ursprünglichkeit eines solchen Zeitalters und der philosophischen Geschraubtheit de Belloy's Jedem klar und verletzend in's Auge. Aber das Schauspiel enthält theatralische Effecte: Verschwörungen, Kämpfe, eine Tochter, die des Vatermordes beschuldigt wird und doch eben diesen Vater durch die Milch ihrer Brust ernährt, ein Tyrann, der getödtet, ein geliebter Gatte, der gerettet wird. Die vier anderen Schauspiele sind der Geschichte entnommen, auch sie leiden an der Ueberschwänglichkeit und zuweilen undurchdringlichen Dunkelheit des Ausdrucks; es ist klar, daß der Dichter, in Corneille's Schule großgezogen, wie sein Meister oft selbst nicht verstand, was er schrieb. Das Lächeln tritt uns auf die Lippe, wenn die französischen Ritter des Mittelalters wie Rousseau von den „Gesetzen der Natur" reden, oder etwa wie der schwarze Prinz in „Don Pedro" diese Bemerkung machen: „Indem er Frankreich von England trennte, rettete der Himmel die Freiheit der übrigen Welt." Fehlt der Sprache so jedes warme und wahre Colorit jener heroischen Tage, jeder Hauch, der so lebendig und anheimelnd zugleich uns aus Froissart's Chronik und der Lebensbeschreibung Bayard's anweht, so ist auch die kalte und schwächliche Phantasie de Belloy's nicht fähig gewesen, seinen Handlungen ein echtromantisches Gepräge zu verleihen; zweifellos hat er Ansätze dazu, wenn er Gaston und Bayard um dasselbe italienische Mädchen werben, den Ritter seinen Feldherrn und Fürsten zum Zweikampf fordern, Gaston ihn annehmen und nun Bayard in der Mitte der Ritter großherzig sein Schwert zu des Prinzen Füßen legen und der Geliebten entsagen läßt. In solchen Augenblicken kommt der Dichter, der Absicht nach, den prächtigen und nie genug zu preisenden Scenen des spanischen Theaters, dieser edelsten Blüte des romanischen Geistes, nahe; allein wie weit bleibt seine Ausführung dahinter zurück. Ein französischer Kunstkritiker, der ihn im Ganzen milde beurtheilt, vergleicht seine Darstellung mit der Freskomalerei; er zeichne nur in harten, großen Zügen — ich möchte noch einen Schritt weiter gehen und ihn einen Decorationsmaler nennen. Seine Dichtungen werden auf einer Volksbühne, mit einer Fülle von Blechharnischen, Schwertern, Kanonenkugeln, die zu Pyramiden aufgethürmt, mit seinen Helden, die verwundet auf Fahnen und Lanzen hereingetragen werden, ihren beständigen leidenschaftlichen Anrufungen der Ehre, der Lehnstreue, der Liebe, ihre Wirkung nicht verfehlen; bei der Lectüre glaubt man sich in die Schmiede Vulkans versetzt, ein ewiges Hämmern großwuchtiger Worte ermüdet das Ohr, das Herz bleibt ungerührt. De Belloy eröffnet die Reihe der melodramatischen Dichter; wie bei ihnen, sind seine Lösungen immer handlungsreich, oft schrecklich, so in „Don Pedro“, wo der eine Bruder auf der Bühne von der Hand des andern fällt; meist ändert er mit jedem Akt die Scene und die einmal verlangte Einheit des Orts wird dadurch hergestellt, daß sich etwa das Ganze in Brescia oder in Calais ereignet

„Die Belagerung von Calais“ ist nun, in Bezug auf die Wärme und das Feuer seiner Vaterlandsliebe, seine Verehrung des Königthums de Belloy's bestes Werk. Einen eigentlich tragischen Conflict enthält das Drama nicht. Allen ist bekannt, wie Eduard III. ein Jahr lang in harter Belagerung Calais bedrängte und nach der Uebergabe der Stadt sechs ihrer Bürger, den tapfern Maire St. Pierre an der Spitze, zum Tode verurtheilte, wie dann seine Ritter, von dem Heldenmuth der Bürger gerührt, ihn um Gnade bitten, und wie zuletzt, da er auf seinem Kopf besteht, seine hochherzige Gemahlin vor ihm niederfällt und ihn anfleht, ihr diese „armen Bursche“ zu schenken, der König sie aufhebt und sagt: „Dame, es sei Euch bewilligt, aber ich wollte, Ihr hättet mich nicht gebeten.“ Ich zweifle, daß es je einem modernen Dichter gelingen wird, diese Scene mit jener rührenden und ergreifenden Naivetät wiederzugeben, mit der sie ihr erster Erzähler Froissart dargestellt. Ein dramatischer Zug fehlt ihr durchaus. Die Situation muß mindestens durch drei Akte, wenn der erste für die Exposition und der fünfte für die Lösung bleibt, auf demselben Punkt beharren. Um diesen Stoff zu beleben, hat de Belloy einen Grafen Harcourt erfunden, der zu den Engländern übergegangen ist, dessen Kriegskunst allein sie alle ihre Siege verdanken, und eine Gräfin Aliénor, die ihn liebt, aber eine viel zu gute Französin ist, um ihrem Vaterlande nicht ihre Neigung zu opfern. Die Seelenkämpfe dieser Beiden, der Umschwung, der sich in Harcourt vollzieht, bilden, wenn ich so sagen darf, die dramatische Seele des Ganzen. Auf Stelzen gehen alle Gestalten, Aliénor ist eine von jenen furienhaften Frauen Corneille's,

Eduard III. ein Theaterkönig; am lebendigsten ergreift uns der Maire St. Pierre, obgleich auch in seiner Schilderung de Belloy nur das nationale, nicht das populäre Element wie Froissart hervorhebt. Dennoch fühlten sich, wie Collé in seinen Memoiren schreibt, die Edelleute darüber beleidigt, daß die „bürgerliche Canaille" eine so heldenhafte Rolle in dem Drama spiele. Es ist ein Bericht über die erste Vorstellung auf uns gekommen: „Das Schauspiel war ein und ein anderes Mal nahe daran, ausgepocht zu werden, nur das vorzügliche Spiel Molé's, der den St. Pierre darstellte, rettete es im vierten Akt und riß das Publikum zum Beifall hin."

Mehr Bewegung, ein tieferer Conflict sind in „Gaston und Bayard" nicht zu verkennen. Die Begebenheit spielt 1512, in Brescia; die beiden Helden lieben die Tochter eines Edlen von Brescia, Euphemia. Wie edel und voll theatralischer Wirkung sich dieser Gegensatz löst, deutete ich schon oben an. Nur schließt das Drama nicht mit diesem Aufschwung ritterlicher Hochherzigkeit, eine farblose und ungeschickt angelegte Verschwörung zweier Italiener, Avogar und Altamore, setzt an den dramatischen Anfang ein episches Ende. Im Allgemeinen sind die sich bekämpfenden Nationen, Franzosen und Italiener, in großen Strichen und überladenen Farben, doch in richtiger Erkenntniß ihrer Vorzüge und Mängel geschildert, in Avogar spricht sich die Leidenschaft des Hasses hier und dort mit überraschender Energie aus, das Gefühl der Rache, die ihm als etwas Höchstes und Heiliges erscheint. Es ist, um Geringeres mit Größerem zu vergleichen, mit de Belloy, wie mit Corneille; so sehr uns die Compositionen seiner Dichtungen zurückstoßen, so oft sie uns auch kalt lassen, immr weiß er uns auf Augenblicke mit den schönen und großen Worten „Vaterland“, „Ehre“, „Ritterlichkeit“ zu begeistern. Dieser Schwung allein macht seinen „Don Pedro der Grausame“ erträglich. Es ist die Geschichte von dem Untergang des castilischen Königs, der 1367 auf dem Felde von Montiel unter der Hand seines Bruders, Enrique's von Trastamara, mit dem Siege das Leben verlor. Merkwürdig genug hat de Belloy den rechtmäßigen König in den schwarzen Farben eines Nero und Tiberius gemalt und dem Usurpator Don Enrique freigebig alle Tugenden eines Helden und Ritters gegeben. Freilich ward Don Enrique von französischen Söldnern unter du Guesclin unterstützt, diese kriegsgewohnten Banden haben seinen Sieg entschieden. De Belloy hat durch das Gegenüberstellen des schwarzen Prinzen, Eduard's von Wales, der auf Seiten Don Pedro's war, und du Guesclin's einige pathetische Scenen gewonnen und darin seinen Ansichten über Engländer und Franzosen, auf die er gern zurückkommt, ein und ein anderes kräftiges und wahres Wort verliehen. Trotzdem erhebt er sich nie zur tragischen Größe, seine Handlung zerfließt in die wunderlichsten Zufälle, die Prinzessin Blanche de Bourbon z. B. wird dreimal im Schauspiele gefangen genommen und zweimal aus augenscheinlicher Todesgefahr gerettet. Hier ist auch dem Befangensten sichtbar, wie weit über diese Mischung des hergebrachten Pathos und der als klassisch angenommenen Form des Drama's mit einem romantischen Inhalt das echt nationale und wahrhaft romantische Schauspiel an Schönheit, Frische und Wirkung hervorragt. In den spanischen Dramen, welche denselben Stoff behandeln, und die Gestalt Don Pedro's vorführen — ich erwähne nur die bekannteren, Calderon's „Arzt seiner Ehre“ und den „ritterlichen Richter“, der meist unter Moreto's Autornamen erscheint — athmet Alles castilianische Grandezza, Leidenschaft und Poesie, der Zwist der Parteien, der Hochmuth des Adels und die strenge Gerechtigkeitsliebe des Königs heben sich gegenseitig in charakteristischen Zügen, in Bildern von glühender Farbengebung ab; vor ihnen erblaßte de Belloy, und ein Trauerspiel Voltaire's über „Don Pedro“, das in der Sammlung seiner „nicht aufgeführten“ dramatischen Werke steht, wird davor nun gar zur farblosen Skizze.

In „Gabriele de Vergy“ hatte de Belloy einen dankbaren Vorwurf gefunden. Der Ritter Fayel, der seiner Gattin das Herz ihres Geliebten, des tapfern Sängers Coucy, zum Mal vorsetzte, gemahnt an Atreus, der seinen Bruder Thyestes von dem Fleisch seiner Kinder essen ließ. Um das Entsetzlichste spielt hier noch ein Hauch zarter und schwärmerischer Poesie. Raoul de Coucy sendet der Gebieterin seines Herzens dies Herz zum Angedenken an seine Liebe, an ihn, der fern von ihr auf dem Sande Palästina's, für das Grab des Erlösers kämpfend, gestorben. Irdische und göttliche Liebe verschmelzen sich mit einander in dieser Sage, über deren schwermüthige Trauer plötzlich ein grellrothes Licht fällt — Flammen des Abgrunds, die über ein stilles Thal zusammenschlagen: die Barbarei des Mittelalters, die Eifersucht und die Rache des Gatten. Und nun betrachte man de Belloy's Dichtung. Den drei Hauptpersonen: Gabriele, Fayel und Coucy, hat er drei Vertraute gegeben, eine Erzählung folgt der anderen. Anfänglich gilt Coucy für todt, sein Knappe bringt Gabrielen die Trauerkunde, mitten in dem heftigsten Ausbruch ihres Schmerzes erscheint ihr Geliebter, hier hat de Belloy ein glückliches Wort gefunden: „sieh' da"! ruft sie mit entzückender und berauschender Leidenschaft ihrer Freundin zu — „sieh' da, meinen Sieger, Frankreichs Liebling und die Ehre des Ritterthums!" Aber der Dichter konnte sich einmal von dem Schema einer „regelrechten" Tragödie nicht befreien, seine Heldin mußte ihre Liebe zur Entsagung verklären und schuldlos bei dem Anblick seines blutenden Herzens sterben. Doch ist Gabriele die originalste Gestalt de Belloy's, sie hat einen Hauch von Goethe's „ewig Weiblichem", das Träumerische und den Wahnsinn Ophelia's, einmal wenigstens die Gluth Julia's, eine neunzehnjährige junge Frau, schleierumhüllt, zwischen Pflicht und Neigung kämpfend, durch die düsteren Hallen und Gemächer der Burg von Autrey hinabwandelnd, wie eine liebliche Feenerscheinung schwermüthigen Blicks, oder dem Sonnenstrahl gleich, der allmählig sich in die tiefen Schatten verliert. Aber so viel ursprünglicher Reiz ist von einer Wolke Puderstaub umgeben, daß der Leser sie nur mit Anstrengung zu durchdringen und den kleinen schimmernden Funken göttlichen Lichtes wahrzunehmen vermag. Zu seinem Unglück muß de Belloy mit der Poesie der Troubadoure, mit Froissart und dem spanischen Chronisten Ayala streiten, Menschen, die Alles besitzen, was ihm fehlte, die Kenntniß des Zeitalters, Colorit, eine malerische Phantasie, eine in ihrer Naivetät unnachahmliche Sprache. Das ästhetische Urtheil darf seine Dichtungen nur als kühne, aber mißlungene Versuche betrachten, die Geschichte des eigenen Volkes zum Gegenstand der Tragödie zu machen. Es ist sein Fortschritt über Voltaire hinaus, der in

„Zaire“, „Alzire“ und „Tancred“ keine bestimmte Thatsache, sondern eine erfundene Begebenheit in romantischem Gewande darzustellen liebte; der künstlerische Sinn Voltaire's begnügte sich gleichsam mit der Farbe und dem Duft des Mittelalters, de Belloy, der Realist, versuchte die Wirklichkeit, wie sie damals war, zu schildern; er ist vollständig gescheitert, allein er hatte doch den Nachfahrern den Weg geöffnet.

II.

Jean François Ducis.

Den mächtigsten Einfluß auf die Bildung und Ausbreitung des romantischen Geistes hat in Frankreich im achtzehnten Jahrhundert Shakspeare geübt. Den Franzosen ist die Romantik durchaus als ein Ausfluß des germanischen Wesens erschienen, mit dem sich dann später die auf ihrem eigenen Boden noch lebenden celtischen Erinnerungen und Anschauungen verbunden haben. Darum ließen sie sowohl das spanische Drama wie das italienische Heldengedicht, in denen beiden die Romantik sich plastisch gestaltet und etwas vom klassischen Geiste in sich aufnimmt, in ihren späteren Literatur-Epochen fast unbeachtet, und was sie im Beginn des siebzehnten Jahrhunderts diesen beiden Literaturen entlehnten, ist, Corneille's „Cid“ ausgenommen, nicht über eine unfruchtbare Nachahmung hinausgegangen. Shakspeare aber hat, unterstützt von der Revolution, die Schaubühne der Franzosen umgestaltet. Der Erste, der seinen Namen in Frankreich bekannt machte, war Voltaire. „Bei den Engländern," schreibt er aus London, „hat Shakspeare, ihr größter tragischer Dichter, keinen anderen Beinamen, als den des Göttlichen. Niemals habe ich in London bei Racine's „Andromache", so gut sie auch von Philips übersetzt ist, oder bei Addison's „Cato" das Theater so gedrängt voll gesehen, als bei den alten Schauspielen Shakspeare's . . . und ich erkannte zuletzt, daß die Engländer Recht hatten." Ihm galt es dann zunächst, diese Erkenntniß zu verwerthen und die „ungeschliffenen Edelsteine" dieses „wilden Genius" nach seiner Weise zu schleifen und in den üblichen Goldreif einzufassen: „Brutus", „Cäsar's Tod", „Zaire" sind die Zeugnisse für seine Geschicklichkeit, Shakspeare dem Roccocogeschmack genehm zu machen. Indeß nach vierzig Jahren hatten die ästhetischen Anschauungen einen für Voltaire's Dichterruhm gefährlichen Umschwung erfahren. Letourneur veröffentlichte eine — unserem Gefühl nach geschmacklose, bis zum Bombastischen entstellte Uebersetzung des englischen Dichters, die mit außerordentlicher Theilnahme aufgenommen, viel gelesen ward und ganz Paris mit dem Ruhm und der „Schrecklichkeit" Shakspeare's erfüllte, des „Gottes der Bühne", wie ihn Letourneur emphatisch in einer Vorrede genannt. Ein Greis von achtzig Jahren, saß Voltaire zu Ferney, nicht mehr der Voltaire „Zaire's", „Alzire's", „Tancred's", der dem neuen Nebenbuhler eine Schlacht hätte liefern können, sondern mit bestaubten, gebrochenen Waffen; er hört, wie alle Salons nur „Shakspeare!" rufen, wie die Kritik bewundernd den fremden Gast aufnimmt. Da erhebt er sich mit jenem Löwengrimm und den possierlichen Sprüngen eines Affen — den Gegensätzen, die seine Natur ausmachen — und schreibt an einen Freund: „Haben Sie das abscheuliche Gewäsch gelesen, das sich noch durch fünf Bände fortsetzen wird? Haben Sie einen muthigen, energischen Haß gegen diesen Schamlosen, diesen Wahnwitzigen? Werden Sie die Beschimpfung dulden, die er Frankreich anthut? Ach, es giebt in ganz Frankreich nicht genug Eselsmützen, nicht genug Schandpfähle für diesen Schuft! . . Das aber ist schrecklich, daß dies Ungeheuer eine Partei in Frankreich hat und — o des Elends und des Entsetzens! ich, ich war der Erste, der von diesem Shakspeare sprach, ich zeigte den Franzosen zuerst einige Perlen, die ich auf seinem gewaltigen Misthaufen gefunden. Daran dachte ich nicht, daß ich selbst eines Tages dazu helfen würde, die Kränze Corneille's und Racine's mit Füßen zu treten und die Stirn eines barbarischen Possenreißers mit ihnen zu schmücken . . . Die Harlekins und Pierrots auf dem Markt von St. Germain, vor fünfzig Jahren, waren Cinna's und Polyeucte's im Vergleich zu den Gestalten dieses betrunkenen Shakspeare" — und seine Anklage Shakspeare's, die er an die Akademie richtete, schloß pathetisch: „Denken Sie sich, meine Herren, Ludwig XIV. in der Gallerie von Versailles, umringt von seinem glänzenden Hofe; lumpenbedeckt drängt sich ein Harlekin aus der Menge und schlägt dieser Versammlung vor, die Tragödien Racine's für einen Seiltänzer zu verlassen, der mitten in seinen Verrenkungen ein glückliches Wort, einen guten Gedanken findet." Damals nahm die Akademie diesen Ausruf mit Beifall auf; im entschiedensten Gegensatz mit sich selbst — oder war es nur die alte, echt-romantische „Ironie des Schicksals?“ — wählte sie nicht lange nachher an die Stelle Voltaire's den größten Verehrer Shakspeare's, Jean François Ducis, zu ihrem Mitgliede.

Ducis ist am 22. August 1733 zu Versailles geboren worden und still, mit philosophischem Gleichmuth am 30. März 1816 gestorben. In diesem Leben hat es keinen außerordentlichen Zufall, keinen großen Wechsel des Glücks, so viel ich aus den Werken und Briefen des Mannes sehe, keine Wandlung und Erschütterung der Seele gegeben. Allein von allen französischen Poeten ist Ducis der edelste, der männlichste, träumerisch, wie die Franzosen so gern uns Deutsche nennen, von jener republikanischen Entschiedenheit und Tugend, wie sie Washington und seine Genossen erfüllte. Vor der Guillotine so wenig, wie vor den Augen Napoleon's hat er auch nur mit der Wimper gezuckt. Zwei Züge seines Lebens entlehne ich hier aus Villemain. In der Schreckenszeit forderte man ihn auf, Trauerspiele zu dichten. „Ach!“ sagte er, „die Tragödie läuft durch die Straßen; wenn ich aus meinem Hause trete, schwillt mir das Blut bis an die Knöchel, ich habe zu viel Atriden in Holzschuhen gesehen, um sie auf die Bühne zu führen.“ Und als dann im Beginn des Consulats Napoleon in einer großen Gesellschaft sich mit ihm unterhielt und mit ihm davon sprach, sich der neuen Ordnung anzuschließen, sie zu feiern, fragte ihn der Dichter plötzlich: „General, lieben Sie die Jagd?“ Betroffen schweigt Napoleon. „Gut,“ fährt Ducis fort, „wenn Sie die Jagd lieben, ben Sie schon wilde Enten gejagt? Das ist eine schwierige Jagd, eine Beute, die man selten überlistet, die schon von fern die Flinte des Jägers riecht; ich bin ein solcher Vogel, ich bin auch eine wilde Ente." Ein einsamer, für sich lebender Mann, der aus der Betrachtung der Natur, aus der Bibel, aus Homer und Shakspeare die Quellen seiner Dichtung schöpfte, mit tiefem und zartem Gefühl für das Rührende und Schmerzliche begabt, malt er sich am schärfsten und schönsten in seinen Briefen. „Die Einsamkeit," schreibt er da, „ist für meine Seele, was das Hauptthaar des Simson für seine Stärke. Ja, mein Freund, ich habe mich der Oede vermählt, wie der Doge von Venedig dem adriatischen Meer — ich habe meinen Ring in die Wälder geworfen." Mit welcher Ehrfurcht und Liebe spricht er von seiner Mutter, seinem Vater: „Mein Vater war ein seltener Mann, der Patriarchenzeit werth. Er hat durch sein Blut und Beispiel meiner Seele seine Züge und seine Formen verliehen. So danke ich denn Gott, daß er mir solchen Vater gegeben hat." Ihm, dieser „ernsten und melancholischen" Seele, hat er denn auch mit Worten, die immer rühren werden, sein erstes gelungenes Drama „Hamlet" gewidmet. Auf diesen Geist mußte Shakspeare wirken, wie der Magnet auf das Eisen. In Beiden waltet dasselbe Gefühl für das Natürliche, das Freie und Kräftige, Beiden ist es in ihren Tragödien um das Höchste, das Räthsel des Lebens und des Menschenwillens zu thun. — Das einmal bei Seite, daß Shakspeare der Genius und Ducis nur der Nachahmer ist, giebt es indessen noch einen entscheidenden Unterschied zwischen ihnen in der Auffassung des Tragischen selbst.

Ducis steht inmitten der klassischen Traditionen des

französischen Theaters; er wagt es nicht, diese Fesseln ganz von sich abzustreifen, mit demselben Munde bekennt er in der Vorrede zu „Lear“: „Mehr als einmal zitterte ich bei dem Gedanken, auf der französischen Bühne einen wahnsinnigen König auftreten zu lassen“, — mit dem er Shakspeare „als den bedeutendsten und außerordentlichsten tragischen Poeten, der je gelebt“, preist. Sein erstes Bestreben geht darum dahin, einen Plan Shakspeare's im Allgemeinen in die Einheiten der Zeit und des Ortes zu zwingen. Daß die Einheit des Ortes weiter und freier als von Racine gefaßt wurde, bemerkte ich schon in meinem Aufsatz über de Belloy. So sind denn auch die Decorationswandlungen nichts Seltenes bei Ducis. Aengstlicher verfährt er mit der Einheit der Zeit. Wenn er den Sieg Macbeth's,- die Ermordung Duncan's, Macbeth's Königsmahl und Reue, der Lady Nachtwandeln in die bestimmten vierundzwanzig Stunden aufeinanderhäuft, so hat schon Grimm in seiner Correspondenz fein und scharfsinnig bemerkt, daß durch diese Unmöglichkeiten das Trauerspiel verwirrter, wüster und unnatürlicher als bei Shakspeare selbst werde. Nothwendig verschwindet damit das Ergreifende und Lebensvolle der Handlung, die Charaktere der Nebenpersonen verflachen sich, sie werden wie in allen französischen Trauerspielen die Vertrauten der Helden, an die Stelle der sinnlich auf uns wirkenden Begebenheit tritt die Erzählung, die Auseinandersetzung. Der Reichthum, der thatsächliche Inhalt eines Shakspeare'schen Drama's ist in dieser Weise nicht einmal annähernd wiederzugeben, die Umwandlung Ducis' bleibt überall nur ein Auszug, und noch dazu ein unklarer, dunkler. Da er schon den „Wahnsinn eines Königs" dramatisch darzustellen fürchtete, so ist es klar, daß der Dichter nicht den Versuch wagte, die Narren und Schauspieler, Geister und Hexen, Pförtner und Musikanten zu schildern, das Gegensätzliche im Shakspeare auch nur anzudeuten. In dieser Hinsicht, wie gesagt worden ist, „blutet einem das Herz, wenn man Ducis' „Hamlet", „Romeo und Julia", „Othello" mit ihren Urbildern vergleicht." Allein ich glaube doch, daß in dieser beschränkten Form, wenn nicht Shakspeare's unerreichbare Fülle und Größe, doch der tragische Gehalt seiner Dichtung in seinem schärfsten Ausdruck darzustellen ist — und hierin liegt Ducis' größter Mangel: er verstand, er fühlte das Wesen des Tragischen nicht. Es ist dies keine Nachgiebigkeit seinerseits für den Geschmack und die Geistesrichtung seiner Zeitgenossen; in „Romeo und Julia" z. B. hat er den Schrecken noch dadurch vermehren wollen, daß er Romeo's Vater mit seinen anderen Söhnen das Schicksal des Grafen Ugolino im Hungerthurm von Pisa erdulden läßt, im „Macbeth" läßt er die Lady schlafwandelnd ihren — die Feder sträubt sich, es niederzuschreiben — eigenen Sohn ermorden: er begreift Shakspeare's Wesen nicht, bei dem der tragische Ausgang niemals als ein Werk der Vorsehung, des Schicksals, als ein „göttliches Strafgericht" im gewöhnlichen Sinne des Wortes erscheint, sondern mit zwingender Gewalt aus der Brust und den Thaten seiner Helden entspringt, und der uns dadurch eben das unbegreifliche Geheimniß des Lebens, den „Fluch des Daseins" so nahe bringt in tiefeigener Zerknirschung, daß er den Untergang seiner edelsten und rührendsten Gestalten als das nothwendige und beste Loos ihres Wesens darstellt; ihre Natur büßend und auslebend, sterben Romeo und Julia, Lear und Cordelia, Hamlet und Ophelia. Ducis und alle Franzosen haben ein feines Auge für die einzelnen Schönheiten in Shakspeare, eine und die andere Scene ist von ihnen mit außerordentlicher Kunst nachgeahmt worden, das Ganze des Dichters liegt ihnen fern und fremd; sie sehen Shakspeare immer nur im romanischen Gewand.

Nach seinem ersten, verunglückten dramatischen Versuch „Amelise“ hat Ducis sechs Trauerspiele von Shakspeare entlehnt: „Hamlet“ (1769), „Romeo und Julia“ (1772), „König Lear“ (1783), „Macbeth“ (1784), „Johann ohne Land“ (1791), „Othello“ (1792); zwei dem Euripides und Sophokles: „Oedipus bei Admet“ (1778), „Oedipus auf Colonos“ (1792); eins gehört ihm ganz zu eigen und bezeugt, da es seine vorzüglichste Dichtung ist, die Größe seines Talents: „Abufar“ (1795).

Die vorzüglichsten und allein noch einer Betrachtung werthen seiner Nachahmungen Shakspeare's scheinen mir „Hamlet“ und „Macbeth“. Beifall gewannen alle. „König Lear“ ist sogar in höchst ergötzlicher Weise auf einem Volkstheater parodirt worden, wo König Lu in der Sturmnacht mit einem Regenschirm auftrat und zu seinem Begleiter sagte: „Es ist herrliches Wetter zum Philosophiren.“ Es bezeichnet recht Ducis' Unsicherheit, sein beständiges Schwanken zwischen romantischen und klassischen Anschauungen, seine theilweise Abhängigkeit von seinen akademischen Freunden, daß er beständig in Aenderungen und Zusätzen seine Dramen dem einmal festgestellten Ideal ähnlicher zu machen suchte und sogar seine Verse, die freilich eine „allobrogische Muse“ verrathen, von Thomas und Campenon bessern ließ. Viel hat er da mit den

Schauspielern zu kämpfen, die wie Lekain etwa die „Rohheiten Shakspeare's" einem feingebildeten Parterre nicht vorzuführen wagen, mit den Damen und der Gesellschaft der Salons, die ihn „seiner Schrecklichkeit" wegen schelten . . Man sieht, es ist das letzte Athmen der Roccocowelt. Denn was ist im „Lear" schrecklich, wenn am Ende die Bösen bestraft werden, Helmonde, das ist Cordelia, sich mit Edgar, ihrem Retter, vermählt und Beide vor dem wieder verständig gewordenen Lear niederknieen? Ja, was ist überhaupt aus Shakspeare's Tragödie geworden, wenn Helmonde nicht durch ihre eigene That vom Vater sich losreißt, sondern durch ihre Schwestern bei dem Argwöhnischen in den Verdacht gedrängt wird, mit den Feinden Englands geheimes Einverständniß zu unterhalten? Giebt es einen Othello, der sich mit Desdemona aussöhnen kann? Sind Romeo und Julia als Liebende voll Entsagung denkbar?

Wie Ducis im Einzelnen arbeitete, mag mir gestattet sein, in der Schilderung seines „Hamlet" und „Macbeth" darzulegen.

Hamlet's Vater ist durch Gift gestorben; die Königin Gertrude liebte seit Jahren den Prinzen Claudius, Beide haben den Mord vollbracht. Denn Claudius ist wiederholt von Hamlet's Vater verletzt, beleidigt, seine Heldenthaten sind nicht belohnt worden, ja der König hat aus Haß wider ihn seiner Tochter Ophelia jede Ehe untersagt. Ueber den Tod des Vaters ist Hamlet, der nun regierende König von Dänemark, in Schwermuth versunken — ein Trübsinn und eine Thatlosigkeit, die es Claudius möglich machen, eine Partei zu werben und Hamlet zu stürzen. Seinem Vertrauten Polonius enthüllt er diese Pläne; den ersten Widerstand findet er bei der Königin Gertrud; reuergriffen verweigert sie ihm die Ehe, die sie ihm einst versprochen, und befiehlt die Krönung ihres Sohnes. Den zweiten Akt füllen zwei Erzählungen: die Königin gesteht ihrer Vertrauten Elvire die Ermordung ihres Gemahls; Hamlet erzählt seinem Freunde Norcestes, der eilig von England herübergekommen, die schreckliche Erscheinung seines Vaters im Traum, wie er ihn zur Rache auffordere. Schon hier springt der Grundirrthum Ducis' in der Auffassung Hamlet's hervor; sein Hamlet verfällt nicht, wie der Shakspeare's, den Wahnsinnigen spielend, in Wahnsinn, erliegt nicht den Irrungen des Gedankens; er ist einzig mit seinen Leidenschaften, dem Gegensatz zwischen der Pflicht der Rache und der Liebe zu seiner Mutter beschäftigt. Dazu kommt seine Liebe zu Ophelia, die er bekämpft, weil er ihren Vater Claudius haßt. Im Grunde sind es die alten Verwickelungen der französischen Tragödie, mit den Flittern Shakspeare's verbrämt. Um die Schuldigen zu überführen, muß Norcestes vor Gertrud und Claudius die Ermordung des Königs von England erzählen . . es ist das Schauspiel im „Hamlet"; aber Claudius bleibt seiner Rolle eines „Bösewichts" getreu, erblaßt nicht und erneuert nur seine hochverrätherischen Pläne. Inzwischen gesteht Ophelia der Königin Hamlet's Liebe, und die Frauen glauben in ihr den Grund von des Prinzen Melancholie zu finden. Bald aber enttäuscht sie Hamlet, nach seinem berühmten Monolog Ophelia zurückstoßend. Ich gebe die Hauptstellen dieses Monologs in wortgetreuer Uebersetzung. Jeder wird ihn in Gedanken mit Shakspeare's unvergeßlichen Worten vergleichen: „Wenn meine Sinne mich täuschten — wenn diese Hand dem Himmel das Blut einer unschuldigen Mutter opferte!.. Ich weiß keinen Entschluß — unbeweglich, verstört .. zu lange ist's erdrückt vom Zweifel bleiben, zu lange das Leben zu ertragen, das Gewicht, das mich erstickt. Und was bietet der Tod meiner müden Seele? Ein sicheres Asyl, den sanftesten Weg, der die unglückseligen Sterblichen zur Ruhe führt. So will ich sterben. Was giebt es noch zu fürchten, wenn man aufgehört hat zu sein? Der Tod .. das ist der Schlaf .. vielleicht ist's ein Erwachen .. vielleicht! Dies Wort, dies Wort läßt den Menschen erschreckt, erstarrt am Rand des Grabes vom Zweifel aufgehalten werden. Vor diesem Abgrund flieht er zurück, ergreift das Dasein wieder und die Erde. Wer kann in den Zweifeln, die uns bestürmen, uns die Geheimnisse jener Welt offenbaren, in die Alles hinabsinkt? Ohne das Grauen, das sie einflößt, ohne den heiligen Schrecken, der den Pfad zu ihr beschützt und an ihrem-Eingang wacht, wie viel Unselige würden im Grabe ihres langen Elends Last ablegen wollen! Ach! mit dem Auge des Neides sieht der Schwache, den des Lebens Welle umherwirft, diesen Hafen! Aber er fürchtet in den Uebeln jenseit des Todes noch schrecklichere, die er nicht kennt. Furchtbares Jenseits, vor dir erstarrt mein Muth!" Das sind im Allgemeinen auch Shakspeare's Gedanken, aber nicht seine Seele, nicht der Hauch seines erhabenen Geistes. Claudius, noch mehr durch die Zurückweisung seiner Tochter erbittert, beschließt Hamlet zu ermorden. Der aber hat indeß die Urne, welche seines Vaters Asche umschließt, aus dem Grabmal holen lassen, er weist in einer wahnwitzigen und durchaus unmotivirten Raserei, in der er beständig den Schatten seines Vaters sieht, die flehende Ophelia zurück und verlangt von der Mutter einen Eid auf die Urne, daß sie schuldlos an dem Morde ihres Gatten sei — entsetzt, vermag Gertrud nicht zu schwören — Claudius mit den Verschworenen stürzt herein und fällt unter Hamlet's Schwert. „Die ewige Gerechtigkeit zu sühnen", töddtet sich Gertrud, und Hamlet bleibt siegreich, hochgeehrt, König von Dänemark, sich bescheidend mit den Versen, die Ducis und das „philosophische Jahrhundert" charakterisiren:

„So hoch mein Elend stieg, mir bleibt die Tugend, . . .
Ein Mann, ein König . . auserseh'n zum Leiden,
So will ich leben — dies ist mehr als sterben."

Es bedarf keiner Vergleichung mit der Tragödie Shakspeare's; der Leser hat sie schon selbst vollzogen. Allein es ist andererseits klar, welch' gewaltigen Fortschritt Ducis' Drama über die Form und den Inhalt der französischen tragischen Dichtung hinauswagt, wie er zuerst das Psychische der Handlung und des Helden in innigster Verbindung mit der ihn umgebenden Natur, mit dem Stoff und seiner Entwickelung bringt, wie viel neue Motive, Anregungen er aufnimmt und wiederum ausströmt.

Am kräftigsten in der Zeichnung des Landschaftlichen und Schrecklichen, so weit es sich durch die Erzählung ausdrücken läßt, ist sein „Macbeth", der leider am meisten an der eigenthümlichen Unklarheit, die in allen Plänen Ducis' herrscht, krankt und durch eine dreimalige Umarbeitung nicht an Bestimmtheit gewonnen hat. Duncan, der schottische König, hat den einen seiner Söhne durch die Hand eines Rebellen sterben gesehen, den anderen Malcolm, um ihn vor gleichem Mißgeschick zu bewahren, heimlich in die

Hochlande zu einem getreuen Mann, Sevar, gesandt, öffentlich als todt beweint. Dies vertraut er im Walde von Inverneß seinem Liebling Glamis, dem nächsten Prinzen am Thron, während Macbeth in der Nähe mit den Rebellen kämpft. Sevar entwirft dem alten König ein anziehendes Bild von seinem jungen Sohne; hier ist die Ansicht der Revolution von 1789 nicht ohne Einfluß auf die Schilderung der Tugenden geblieben, die zumeist einem Könige geziemen. In ungeheuerlichen Versen, welche an David's wildgigantische Malerei erinnern, beklagt Duncan das Elend Schottlands; die Furie Iphyctone, die Botin der unterirdischen Götter, ist auf einem Felsen sitzend gesehen worden . . ein Zeichen, daß noch ferneres Unheil droht — unter Blitzen und Donnern bebt dann die Erde. Inzwischen hat Macbeth gesiegt; seine Gattin Fredegonde empfängt die Siegesnachricht in ihrem Schloß. Mit den eroberten Fahnen tritt Macbeth ein, die Stirne schwer, gramumhüllt; das Bitten und Dringen Fredegonden's entlockt ihm endlich die Ursache seines Kummers — es ist ein Traum, in dem ihm das erschienen, was in den ersten Scenen Shakspeare's sichtbar und sinnlich vorgeht und uns ergreift: die drei Hexen und ihre Prophezeiungen. Die Ehrsucht der Lady, das Schwanken des Helden ist dann lebhaft, wahr und kräftig geschildert. Nur einen Zug erfindet Ducis, der wieder die Shakspeare'sche Tragödie aufhebt: er giebt Fredegonden eine tiefe und innige Mutterliebe, sie ist ehrgeizig ihres Sohnes wegen — statt jenes Ausruf's, mit dem Shakspeare's Lady Macbeth einen Schauer des Entsetzens in dem Hörer erregt:

„Ich hab' gesäugt und weiß,
Wie süß das Kind zu lieben, das ich tränke,
Ich hätt', indem es mir entgegenlächelte,

> Die Brust gerissen aus den weichen Kiefern
> Und ihm den Kopf geschmettert an die Wand,
> Hätt' ich's geschworen, wie Du dieses schwurest" —

kann seine Fredegonde denn auch nur sagen: „Ich bin vom schwächeren Geschlecht, für die Spindel bestimmt; aber im Augenblick des Handelns hätte ich unter schüchterner Gestalt den Muth von zwanzig Macbeth's besessen." Iphyctone bestätigt den Schicksalsspruch der drei Schwestern; wenigstens erzählt es Fredegonde. Darauf hin ermordet Macbeth den König. Bei all diesen Mängeln hat der dritte Act des Trauerspiels das Gepräge Shakspeare's am Besten bewahrt. Bei der Krönung Macbeth's erscheint Duncan's Schatten — es ist das Königsmahl mit Banquo's Geist. Daß Macbeth die Gesetze beschwören muß, gemahnt an den „constitutionellen" Ludwig XVI. Jetzt eröffnet ihm Sevar das Geheimniß von Malcolm's Geburt; während Fredegonde rasch entschlossen ist, auch ihn zu tödten, ergreift Macbeth die tiefste Reue; er legt die Krone nieder, im Schlaf ermordet die Lady den eigenen Sohn, und Macbeth tödtet sich selbst. Wieder ist nicht der Gedanke Shakspeare's, sondern nur eine und die andere seiner Erfindungen wiedergegeben worden, nicht weil Ducis es so *wollte*, sondern weil er seiner ganzen Anschauung nach nicht anders *konnte*. Er will nicht tragischen Schrecken, nur Grauen, romantischen Schauer erwecken; das Aeußerliche des Stoffes, nicht die Seele desselben wird ihm klar.

Aber er besaß ein feines Gefühl für das Rührende, eine außerordentliche Kraft in der Beschreibung, ein edles Herz. Diese drei Vorzüge machen sein Schauspiel „Abufar" zu einer seelischen Dichtung. Die Poesie der Wüste, die Liebe eines Vaters zu seinen Kindern athmen darin aus. Abufar, der Greis, lebte glücklich mit den Seinen in der Oase des wüsten Arabiens. Da hat ihn plötzlich sein Sohn Farhan verlassen, das Zelt, den Stamm, seine beiden Schwestern Salema und Odeide. Schon im Beginn erfährt der Zuschauer, daß Salema nur ein angenommenes Kind Abufar's ist. Als dann Farhan wieder kommt, offenbart sich der Grund seiner Flucht, er liebt Salema, sie ihn — Beide wagen sich diese entsetzliche Neigung nicht zu gestehen, da Beide sich für Geschwister halten. Ein junger, gefangener Perser, Pharasmin, liebt die andere Tochter Abufar's, Odeide; er bittet den Vater um seine Zustimmung. Farhan glaubt, es gelte die Hand Salema's, so entdeckt sich endlich Alles. Es läßt sich in der französischen Dichtung des achtzehnten Jahrhunderts nur ein Werk finden, das an Süße und Innigkeit der Empfindung, an phantasievoller Naturschilderung und Reinheit des Ausdrucks mit diesem Drama wetteifern kann — es ist „Paul und Virginie". In „Abufar" hat Ducis' „allobrogische Muse" einen Kranz lieblichster und duftigster Blüthen sich auf's Haupt gesetzt und ihrer Leier harmonische Accorde entlockt. Seine Nachahmungen Shakspeare's sind nur Versuche, die Romantik mit den klassischen Formen auszusöhnen, mißglückte dazu, denn diese Aufgabe war einem größeren Geiste als ihm aufbehalten, unserm Schiller; seine eigene Dichtung aber wird seinen Namen nicht ganz von der Vergessenheit bedecken lassen und ihm einen Platz, wenn auch nur den letzten, in der Reihe der „greisen Dichter" sichern, an deren Spitze Homer und Ossian thronen.

Jean Paul.

Zu seinem Gedächtniß an seinem hundertjährigen Geburtstage.

„Im schmalsten Beete ist ein Tulpenbaum zu ziehen, der seine Blüthenzweige über den ganzen Garten ausdehnt; und die Lebensluft der Freude kann man aus einem Fenster so gut einathmen, als im weiten Wald und Himmel. Ist denn nicht selbst der Menschengeist (mit allen seinen unendlichen Himmelsträumen) eingepfählt in einen fünf Fuß hohen Körper mit Häuten und malpigischem Schleim und Haarröhren und hat nur fünf enge Weltfenster von fünf Sinnentreffern aufzumachen für das rundäugige und rundsonnige All; — und doch sieht und wiedergebärt er ein All.“

Dieser Ausspruch, den er selbst unabsichtlich in dem zweiten Kapitel seiner Lebensbeschreibung niedergeschrieben, damit seine Leser sich nicht über „ein Idyllenreich in einem Pfarrhause“ verwundern sollten, bezeichnet das Leben und die dichterische Eigenthümlichkeit Jean Paul's. Ja, wohl sieht der Mensch auf dem kleinsten Erdenfleck so gut wie in einer Welthauptstadt ein All und der dichterische Geist wird es wiederzuspiegeln versuchen; aber nicht nur ist das All verschieden, das sich hier und dort seinen Blicken darbietet, sondern auch sein Auge wird, je nach den Bildern, die es anschaut, allmählig ein anderes. In Meiningen und Coburg, Hof und Bayreuth, kleinen, lieblich gelegenen und freundlichen Landstädten, wo Jean Paul's Dasein verflossen, konnte seine Seele sich in die schönsten Morgen- und Abendröthen tauchen, konnte im stillen Dämmer des Mondes, auf den silberrandigen, dunkelblauen Wolken der Sommernacht eine Schaar idealischer Gestalten, herrlicher Jünglinge, himmlischer Frauen, Titanen und Titaniden an ihm vorüberschweben, die Natur ihren ganzen Segen, Blumen und Duft, Sonnenglanz und Nachtigallengesang über ihn ausschütten, heute Aeolsharfen der Sehnsucht und Freude um ihn klingen, morgen „der Menschheit ganzer Jammer ihn anfassen": Eins aber konnte er dort nicht gewinnen: die Anschauung eines großen, reichbewegten historischen Lebens. Er kennt keinen mächtigen Staat, nicht den schroffen Gegensatz der Parteien und Stände, er hat nie eine stolze Aristokratie gesehen, weder Frankreichs Adel noch Englands Barone. In seine Einsamkeit ist nie der Lärm der Straße und des Markts gedrungen, arme Schulmeister und Pfarrer sind ihm genug begegnet, aber keine Bettler, keine Arbeiter. Wie anders die großen, englischen Humoristen! Swift lebt und reibt sich auf in den Kämpfen der Parteien und den Hoffnungen seines Ehrgeizes, die alle scheitern sollten. Ein tragischer Zug spielt um diesen boshaften, ewig spottenden Mund, er trägt eine Wunde im Herzen, die niemals heilte, diese Wunde heißt Stella! Und Yorik Sterne selbst, wie fest steht er bei all' seiner himmelanstürmenden Sehnsucht auf dem Boden der Wirklichkeit. Wohl hatten die Musen seine Seele geküßt, aber sie ließen sie dann auf die Erde fallen, während sie der Jean Paul's Flügel gaben, daß er ruhelos zwischen Himmel und Erde flattern mußte.

Den englischen Humoristen dient, wie wunderlich ihre Launen auch sein mögen, in welchen Seltsamkeiten und Sprüngen ihre Phantasie sich auch gefällt, ihr Staat und ihre Gesellschaft zur breiten Basis, hier finden sie, wie hoch sie sich erhoben, immer wieder festen Boden. Von gewissen Erinnerungen ihrer Geschichte, von den Ansichten ihrer Partei machen sie sich nicht frei, entweder sind sie Tories oder Whigs. Das giebt ihnen einen Anhalt, ihren Gestalten, und träte das Burleske noch schärfer in ihnen hervor, einen Hauch des Lebens, ihren Erfindungen, und wären sie noch toller und märchenhafter als Gulliver's Reise nach Liliput, den Schein des Wirklichen. Bei Jean Paul zerfließt Alles in Aether oder Nebel; an seinen Schulmeister Wuz, an seinen Doctor Katzenberger und ähnliche Alltagsfiguren glaubt man, über seine Emanuel's und Albano's, über seine Clotilden und Lianen lächelt man, wenn sie gleich mit ihren Lilienhänden, wie zum Beweise ihrer Menschlichkeit und Sterblichkeit, Salat bereiten.

Die harte, mühselige und schmerzliche Jugend, die Jean Paul mit heroischem Muth durchgekämpft, hat die Neigung zum Schwärmerischen und Empfindsamen, die ihm angeboren war, verstärkt. Ihm, dem Sohne eines Landpfarrers, erschien die Idylle als das eigentlich naturgemäße Leben des Menschen. Zu Leipzig, in seiner Studienzeit, war es ihm nicht vergönnt, das lustige und wilde Treiben der studentischen Jugend mit zu genießen, ihm ist nicht wie dem jungen Goethe eine Friederike, Lotte oder Lili begegnet, nicht wie Schiller hatte er die Fesseln eines ihm widerwillig aufgezwungenen Berufs zu brechen und sein in tyrannos! zu rufen; ihn hemmte das Kläglichste und nach dem Elend der Krankheit das Schrecklichste auf Erden, weil es das Gemeinste ist, die Sorge um das tägliche Brod, die beständig wiederkehrende, ihn nie verlassende atra cura. In Jean Paul waren der Hang „Bücher zu schreiben" und die Nothdurft des Lebens wunderbar verschmolzen und eins geworden. Während seiner trübsten Jahre, als er nach seiner Flucht aus Leipzig bei seiner armen Mutter in Hof lebte, für wenige Groschen Kinder unterrichtete, seine Schriften, die „grönländischen Prozesse" so wenig wie die „Auswahl aus des Teufels Papieren" Aufmerksamkeit erregten, und es so weit kam, „daß wir" — er schreibt es an seinen Freund Friedrich von Oertel — „zuletzt von dem Verkauf alter Papiere für die Höker lebten", verlor er den Muth und den Glauben an sich selbst nicht. Er sah den Stern über seinem Haupte, lange ehe er den Augen der Andern sichtbar wurde. „Folg' Deinem Sterne", sagt so Brunetto Latini zu Dante in den Kreisen der Hölle, „der Hafen des Ruhmes wird Dir dann sicher sein." Das Unglück und die Armuth Jean Paul's sind nicht tragischer Art, sie brachen weder noch stählten sie sein Herz, sie stimmten seine Saiten nur zu noch weicheren Accorden, als schon in ihnen schliefen. Sein Gefühl wurde noch zarter, seine Thränen flossen noch leichter. Später, in seinem Glücke, unter seinen Ruhmeskränzen, die ihm Fürstinnen, die Königin Louise von Preußen gewunden, blickte er mit frohem Lächeln auf jene kummervolle Zeit zurück. Ein verklärender Schimmer breitete sich für ihn über Armuth und Noth. Die Vergangenheit gewann einen rosigen Schimmer: so blühen die eisigen, öden Gletscher der Alpen beim Sonnenuntergang im rosigen Licht. Wenn Goethe der künstlerische Zug, Schill- das Streben nach der Freiheit und dem sittlichen Ide auszeichnet, so waltet in Jean Paul das Gemüth vor. Das Gemüth gleicht dem Prisma: wie in dem geschliffenen Glase der Sonnenstrahl, so bricht die Welt sich in ihm in alle Farben des Regenbogens. Das Kleinste erweckt ihm dieselbe Freude wie das Größte, es bewundert den Grashalm so sehr wie die Sonne und findet in seiner Verzückung die Eisblumen, die der Winter an die Scheiben malt, so herrlich wie Märzveilchen und Junirosen. Jeder Ton klingt in ihm wieder, es ist ein beständiges Echo. Aber das Gemüth allein ist für ein künstlerisches Schaffen nicht ausreichend, in seiner schönen Begeisterung vergißt es Maß und Gesetz. Wenn einem Vater der beste der Söhne stirbt, so empfindet er vielleicht denselben Schmerz, wie Priamus, als er seinen Hektor von der Lanze des Achilles durchbohrt sah: aber der gemüthvolle Poet, der den ersten so beweinen und beklagen würde, wie den trojanischen Helden, verfiele in eine unleidliche Uebertreibung. Und hier ist der erste Mangel in allen Schöpfungen Jean Paul's: sie stellen das Alltägliche, das „ewig Gestrige“ auf Stelzen. Je höher seine Gestalten sich erheben, je mehr sie in himmlischen Empfindungen schwelgen, desto blutleerer werden sie, zuletzt sind es nur blinkende, glänzende Schemen, die an uns vorüberschweben. Ein toller Zauberwirrwarr, die Wirkungen des Magnetismus und die Einfälle phantastischer Laune werden im „Hesperus“ und im „Titan“ ohne Nutzen und Zweck verwandt: ein Feuerwerk nach dem andern brennt ab, das rothe bengalische Licht wechselt mit dem blauen und grünen, unsere Augen sind geblendet, aber die Albano's und die Roquairol's, die Linda's und die Idoinen haben darum keine Seele bekommen.

„Setz' deinen Fuß auf ellenhohe Socken,
Du bleibst doch ewig, was du bist."

Flügel tragen diese Ideale Jean Paul's wohl, aber nicht alle Flügel sind Adlersittige. Mehr als einmal senken sie sich und dann glaubt man dem Schalk schon, wenn er behauptet, sein hochherziger Albano, dies Vorbild der geistigen und leiblichen Männlichkeit, dieser zweite Apollo von Belvedere, sei nicht mehr und nicht weniger als ein — Kürassieroffizier. In seinen sieben magern Jahren hatte der Dichter sich in eine phantastische Welt der Schönheit, der Liebe und des Glücks geträumt. Eine Jugenderinnerung an den Park von Zedtwitz spielte in diese Träume mit hinein. Unter seinen Bäumen war er als Kind so gern, mit so eigenen, schwärmerischen Gefühlen umhergewandelt . . „welche romantische Stunden mußten die Laubengänge, die Springbrunnen, die Mistbeete, die Baumaltane einem mehr in als außer sich phantasirenden Dorfkinde geben, das zum erstenmal und einsam in diesen Herrlichkeiten mit gepreßter und weitgedehnter Brust umherwankte." Daher seine Vorliebe für Gärten im Mondschein, schweigende Lauben und Springbrunnengemurmel, es ist dieselbe Decoration, welche später die Romantiker benutzten, aber was bei ihnen den Zauber des Märchens und des Wunderbaren besitzt, hat bei Jean Paul den Charakter des Roccoco, den Charakter des Gartens der „Eremitage" bei Bayreuth. Im jugendlichen, studentischen Uebermuth, als er zu Leipzig entblößten Halses umherging, schnitt er sich einmal den Zopf ab, so mochte er sich leiblich wohl von ihm befreien, aber seine Phantasie trug beständig den Roccoco-Zopf. Die Griechen Wieland's, Agathon und Aspasia, sind Franzosen aus den Zeiten der guten Marquise von Pompadour, den philosophischen Firniß abgerechnet, den er ihnen aus eigener Vorliebe für „die Weltweisheit“ gab, unterscheiden sie sich nicht von der Auffassung des Griechenthums in den Tragödien Racine's und Voltaire's, in den Romanen Fenelon's und Barthélemy's. Aehnlich Jean Paul's Helden; sie haben ein volles, ein großes Herz, aber ihr Auftreten, ihre Bewegungen, ihre Schicksale sind verschnörkelt und unnatürlich, wie ein französischer Garten. Der Humor des 18. Jahrhunderts ist mit einem Zopf geboren, nur tragen ihn die Engländer, ohne weiter darum zu wissen, wie man in jedem Augenblick Hand und Fuß rührt, ohne sich beständig zu sagen: ich habe Hand und Fuß; Jean Paul dagegen scheint jede Stunde einmal zu fragen: sitzt er noch oder ist er herabgefallen? Aus der Vermischung der beschränkten Wirklichkeit, die ihn umgab, des Kleinlebens, in das er sich eingebaut, und einer bunten, unsagbar prächtigen, von Gold und Purpur strahlenden Traumwelt entsteht jenes Wolkenkukuksheim, in dem Alles herrlich und schön ist, bis auf den einen Uebelstand, daß man bei jedem dritten Schritte, den man in diesem verzauberten Reich thut, unsanft zur Erde stürzt. Man sagt zwar: es sei eben das Wesen des Humors, daß er jetzt auf den Sternen umhertanze und in der nächsten Minute im Sande liege; eine Behauptung, deren Wahrheit jede Seite im ersten Theile des Don Quijote bezeugt, nur sind die „idealischen“ Gestalten Jean Paul's, die Titanen und Tidaniden sehr weit vom Humor entfernt. Ist vielleicht in Roquairol's Bubenstück gegen Linda, in seinem Selbstmord Humor? Romantisch, aber nicht humoristisch ist der Grundgedanke der „unsichtbaren Loge“, die Erziehung eines Kindes unter der Erde. Wenn man im „Hesperus“, „Titan“, selbst im „Siebenkäs“ die Einfälle und Sprünge des Autors, welche die Entwickelung nur hemmen, fortließe, würde man eine wenig künstlerische Verbindung der grellsten Farbentöne vor sich haben, eine Thränenseligkeit ohne Gleichen und eine Schauerromantik, die an Hoffmann's Spukgeschichten erinnert. So wird es begreiflich, daß Goethe sich kalt von Jean Paul abwandte, von seinen Schriften sich abgestoßen fühlte; derselbe Goethe, der doch schreiben konnte: „Yorik Sterne war der schönste Geist, der je gewirkt hat; wer ihn liest, fühlt sich sogleich frei und schön; sein Humor ist unnachahmlich, und nicht jeder Humor befreit die Seele.“ Denn bei aller Wandelbarkeit und Launenhaftigkeit seines Genius besitzt Sterne zwei Eigenschaften, die nicht eben das tiefste Wesen eines Künstlers ausmachen, die aber zum freudigen Genuß jeder poetischen Schöpfung nothwendig sind; Klarheit und Geschmack. Beide fehlen Jean Paul, beide sind bei ihm von der Selbstgenügsamkeit der Individualität überwuchert und erstickt.

Wenn wir es nicht aus seinen eigenen Geständnissen wüßten, sollte man nicht glauben, daß er je von der reinen Harmonie, der plastischen Schönheit eines griechischen Trauerspiels, von dem Prometheus des Aeschylos oder dem Oedipus des Sophokles gerührt worden wäre. Nichts widerstreitet seinem Denken und Dichten mehr als diese ruhige Einfachheit, die Gliederung des Stoffes, die festen und scharfen Züge der Gestalten. Anders baute sich ihm die Welt auf, Alles wirrte und irrte durch einander, Mitternachtssonnen und Nordlichter, Mondgeflimmer und Regenbogenglanz, es war eine blumige duftige Wildniß. Nur das Herz und die schöne Seele hatten hier ein Recht, ihnen war Jegliches erlaubt. Jean Paul, der bis zu seinem dreißigsten Jahre wenig mit Menschen verkehrt und jene vornehme Roccocowelt eines kleinen Hofes, die sein Ideal war, nie beobachtet, jene heroischen Gardeoffiziere, die heimtückischen und aalglatten Kammerherren, in der Weise Marinelli's, die blasirten Fürsten, die „genialischen" Hofdamen und die starkgeistigen, amazonenhaften Fürstinnen noch nicht kennen gelernt, hatte sich in seiner Verschollenheit daran gewöhnt, Alles, was ihm durch den Sinn fuhr, niederzuschreiben, ohne Sichtung, ohne Wahl, es hat nie einen Dichter gegeben, der weniger Künstler gewesen, als er. Folianten voll von Excerpten aus allen Büchern, die ihm in die Hand gekommen, begleiteten ihn schon nach Leipzig, mit jedem Tage vermehrte sich dieser Trödel. Mit dem Eifer, fremde Gedanken und Einfälle aufzuzeichnen, ging die Lust, eigene zu bilden, Hand in Hand. Jedes Ueberquellen seines Herzens mußte seine Feder festhalten. Da er sich nicht aussprechen konnte, mußte er sich ausschreiben. Und als nun der Stern des Glücks ihm aufging, als nach der Uebersendung des Manuscripts der „unsichtbaren Loge" Moritz aus Berlin am 19. Juni 1792 ihm schrieb: „Herr! Wer Sie auch sein mögen! Als ich Ihren Brief gelesen, rief ich: das ist kein unbekannter Gelehrter, der mir dies schreibt! Das ist Goethe, Herder oder Wieland! . . Als ich nun aber das Manuscript gelesen, begriff ich es nicht! — Mann! Das geht ja über Goethe! Das ist ganz etwas Neues! Und wenn Sie am Ende der Welt wären und müßte ich hundert Stürme aushalten, um zu Ihnen zu kommen, so fliege ich in Ihre Arme" — war es ein Wunder, daß in ihm das Bewußtsein seiner Originalität stärker wurde und sein Genius über jede Schranke stürmte? Die Unzufriedenheit des Künstlers mit sich selbst, das quälende Gefühl, daß er Unvollendetes geschaffen, beunruhigt ihn nicht. „Ach!" ruft er einmal aus, „ich habe noch so wenig zu leben, und noch so viel zu schreiben." Wie nichtig und unbedeutend nimmt sich das heute so heftig getadelte „Vielschreiben" gegen die sechszig Bände, gegen die Productionssucht Jean Paul's aus! Wie der Wasserfall unablässig fortrauscht, so sprudeln die tiefsinnigsten und die leersten Gedanken, die feinsten und die schlechtesten Scherze von seinen Lippen. Zuweilen hat man die ängstliche Empfindung, in einem Treibhause zu sein, wo mit dem Aufwand künstlerischer Mittel fremdländische Pflanzen zum Blühen gebracht werden, ein betäubender Duft weht uns an, drückende Schwüle betäubt uns; oder es steigt, wie aus dem Schlunde eines Vulkans, eine prächtige Feuergarbe gen Himmel, aber ihr nach folgt eine Wolke schwarzen Rauchs.

Jean Paul hat glühendere Verehrer gehabt, als Goethe und Schiller: es ist erklärlich, nur Diejenigen bewunderten und bewundern ihn, deren Individualität der seinen wahlverwandt. In allen seinen Schöpfungen offenbarte er nur sein Herz; man kann in „Faust" das größte dichterische Kunstwerk der Welt sehen und den Schöpfer ganz darüber vergessen, Jean Paul kann man nur mit dem Herzen genießen. Wer nicht Fleisch von seinem Fleisch ist, wird in seinen Werken nur einen Weltwirrwarr ohne Gleichen finden. Balzac hat in seinem originellsten Roman „la peau de chagrin" mit jener Kunst der Schilderung, die bei ihm höchste Genauigkeit und ein Rembrandt'sches Colorit vereinigt, einen Antiquitätenladen geschildert; mit ihm möchte ich die Darstellung Jean Paul's vergleichen. Unter elendem Gerümpel steht da vielleicht ein Bild von Rubens, eine Landschaft Claude Lorrain's, neben zerbrochenen chinesischen Porcellanpüppchen ein Cruzifix aus Silber, das Benvenuto Cellini gefertigt; in einer vergessenen Ecke lehnt eine alte, wurmstichige Baßgeige, auf der ein Dorfmusikant seinen Fidelbogen und sein Leben zerstricheu, aber vor ihm liegt eine Amati, die nur den Meister erwartet, um wieder in berauschenden und schmerzlösenden Klängen aufzuleben. Weder reine Schönheit, noch klassische Ordnung ist hier, jedes Auge, das sie sucht, fühlt sich verletzt und wendet sich unwillig von dem staubigen Trödelkram ab. Jean Paul macht seinem Leser den Genuß sauer, jetzt noch mehr, als in den glücklichen Tagen, wo die Menschen ihn staunend begrüßten. Es war die Frühlingszeit des deutschen Herzens. Jeder trug ein so weites, nach Mittheilung ringendes Gemüth in der Brust; ohne einen Staat, an dem sie sich betheiligen konnten, ohne rechtes geschichtliches Leben, dämmerten die Menschen in Sehnsucht, in Ueberschwänglichkeiten und Schwärmereien hin. In diesem Sinne war Jean Paul ein Befreier, er riß die Hülle der prosaischen, engbürgerlichen Tracht von jedem Herzen, er sagte, was in allen namenlos wogte, was keiner der großen Schriftsteller der Nation bisher geschildert: er entband den bachantischen Sturm der Empfindung. Erst Austerlitz, Jena und Wagram sollten diese mondscheintrunkenen Wesen aufrütteln, erst da trat der schrankenlosen Subjectivität ein Allgemeines, Heiliges gegenüber: das Vaterland und die Freiheit. Es ist bezeichnend, daß weder Jean Paul noch Goethe nach der Schlacht bei Jena Bedeutsameres geschaffen haben. Die Zeit war eben vorüber, für ein Jahrhundert und noch länger vorüber, wo die Kunst als Kunst die Menschen mit schwärmender Begeisterung erfüllen oder sie in Abendröthen und Fliederduft das Recht und die Freiheit vergessen sollten. Diese Umwandlung der Stimmung würde Jean Paul's Dichtungen noch härter getroffen haben, als sie gethan, wenn es nicht zwei unzerstörbare Saiten in ihm gäbe: die Liebe zur Natur und eine ideale Sehnsucht.

Nicht durch Fleiß hat er sie erworben, wie wohl Schiller und Rafael sich durch ihre Arbeit zum Erhabensten hinaufgerungen, ihm waren sie geschenkt. Verschwenderisch hatte die schaffende Gottheit sein Herz ausgestattet und sein Auge. Wohin sein Blick fiel, da keimten Blumen auf, in jedem Worte das er sprach, klang der Schlag seines Herzens wieder. Nur die Hand schien er ausstrecken zu brauchen, um eine rosige Wolke der Schönheit über das ärmste Dasein dahinziehen zu lassen. Ihre geheimsten Reize hatte ihm die Natur entschleiert; er kannte die Sprache der Vögel und verstand den Gesang der Geister in den Lüften und über den Wassern. Wer kann je aus den „Flegeljahren" die Schilderung von dem Tage eines schwedischen Dorfpfarrers vergessen, wer hätte im „Titan" die Beschreibung von Ischia gelesen, ohne daß vor seiner Seele aus dem blauwogenden Meere sonnenbeschienen das glückliche Eiland und daneben die trotzige Felsenburg des Tiberius aufstiege? Er hat wohl Recht, wenn er meint: er sei nicht umsonst mit dem Beginn des Frühlings 1763 geboren worden. Als er die Natur zum ersten Mal betrachtete, feierte sie ihr Auferstehungsfest, in diesem Glanz und Schimmer ist sie vor ihm geblieben. So entsprach sie seinem Herzen. Denn dies Herz hatte etwas von der allerwärmenden Sonne. Ueberall wollte es beglücken, Thränen trocknen, Segen verstreuen. Wie das Weltgebäude, das wir kennen, einen Mittelpunkt hat: die Sonne, so ist das

Herz des Dichters das strahlende Centrum, um das alle seine Gestalten und Erfindungen in näheren oder weiteren, in helleren oder blässeren Kreisen schwingen. Eine Sage des Talmud erzählt: als Lucifer von Jehovah in den Abgrund geschleudert ward, sah er im Fallen den Engel an, der ihn verrathen hatte, und unter diesem Blicke ward der Engel bleich und bleicher und ist es geblieben bis auf diesen Tag; umgekehrt möchte ich sagen, von dem Herzen Jean Paul's geht ein goldener Glanz aus auf alle Dinge, und je länger er sie betrachtet, desto mehr leuchten sie. Für alle Geschicke und Verhältnisse des Lebens hat er das verklärende Wort gefunden, es ist, so weit die Dichtkunst Trost gewähren kann, Balsam für alle Wunden in seinen Werken. Gerade weil er selbst fortwährend in der Alltäglichkeit und in engumgrenzten Beziehungen stand, hält er sein Auge für das Unscheinbarste, für die Grasblüthe, ein Spinnengewebe und ein Sonnenstäubchen offen. In der „kleinen Welt" des Hauses, der Familie, welche die großen Dichter nicht sehen, bewegt er sich am freiesten, auf diesem Blatt giebt er praktische Regeln zur Beförderung des Hausfriedens, auf jenem schildert er die Neujahrsnacht eines Unglücklichen. Unweit des „Kampnerthals" blüht das „Immergrün unserer Gefühle." Und hierin wurzelt seine Unsterblichkeit; seine Gestalten können keine Ewigkeit beanspruchen wie Iphigenie und Tasso, wie Wallenstein und Marquis Posa, mit keinem Clärchen läßt er uns jubeln „freudvoll und leidvoll," mit keiner Philine tanzen, er hat jene kriegerische Begeisterung nicht, die durch das Reiterlied in Wallensteins Lager wie das Schmettern siegreicher Trompeten schallt, aber seine Gedanken gleichen den ewigen Gestirnen. Mild wie Sterne im Dunkel der

Nacht leuchten sie über dem Wechsel des Lebens auf, wir hier unten, sturmverschlagene Schiffer, die alle den rettenden Hafen suchen, blicken sehnsüchtig verlangend zu ihnen empor, wir regeln nach ihnen unsere Bahn und kann ihr Licht uns nicht retten, es tröstet uns doch. Jene Fackel, die vom Thurm zu Sestos Hero dem Geliebten entgegenhielt, wenn er zu ihr durch den Hellespont schwamm, leuchtet für Alle, welche die Natur lieben und am Siege des Ideals nicht verzweifeln, in Jean Paul's Schriften, sie loht zuweilen nur matt durch Nebel und Wolken, aber dann wieder bricht ihr Glanz in wunderbarer Herrlichkeit durch alle Schatten und wir erheben die Hand segnend zu ihr.

Ludwig Uhland.

1787. 1862.

In den ersten Stunden und Tagen, nachdem ein großer und guter Mensch von uns geschieden ist, verklärt sich sein Leben und seine That in den Augen der Zeitgenossen auch mit jenem Glanze, den die Gläubigen in früheren Jahrhunderten um die Häupter ihrer Heiligen und Märtyrer schweben sahen. Freier und lauter erschallen Lob und Verehrung, das Gefühl des Verlustes, den wir erlitten, ist noch so neu und schmerzlich, daß die Tugenden und Vorzüge des Verstorbenen uns doppelt so groß, als bei seinen Lebzeiten, ja unvergleichlich erscheinen. In dieser Stimmung hat es sein Bedenkliches, das Bild des Geschiedenen zu entwerfen, Hand und Auge besitzen die nöthige Ruhe nicht, man glaubt, durchaus redlich bei der Auffassung wie bei der Zeichnung zu verfahren und sagt sich dennoch, wie Lessing's Prinz zum Maler Conti: „nicht so redlich, wäre redlicher“.

Diesmal aber*) verschwinden alle Bedenklichkeiten, daß wir zu viel Licht und zu wenig Schatten erblickten, gilt es doch den Preis eines Mannes, der nicht nur der Besten und Edelsten einer war, nein, der unter den Lebenden als der gefeiertste

*) Geschrieben im November 1862.

und volksthümlichste Dichter hervorragte. Weit hinaus über die Grenzen Deutschlands ist der Name Ludwig Uhland's erklungen, selbst unsere Nachbarn jenseit des Rheins, denen die Anerkennung, ja nur das Verständniß fremden Verdienstes in der Welt der Kunst so schwer fällt, haben in schöner Begeisterung das Lob des Dichters gepriesen, der so manches Lied gegen ihre Herrschaftsgelüste gesungen; aber mag Ludwig Uhland immerhin in der Literatur Europa's, bei allen gebildeten Völkern eine ausgezeichnete Stelle einnehmen, wir Deutsche können von ihm wie von Schiller sagen: „uns ist er mehr"!

Unter den großen Dichtern lassen sich zwei Gruppen unterscheiden; in den einen waltet, wie tief sie auch in ihrer Zeit und ihrem Volke wurzeln, ein künstlerischer, auf das Allgemeine gerichteter Zug vor, der allmählig, je mehr im Verlauf der Jahrhunderte das an bestimmte Orte, Sitten und Anschauungen Geknüpfte seine Wirkung verliert, als die eigentliche Seele ihrer Dichtung sich offenbart: so sind Homer und Dante in der „Hölle", Shakspeare, Cervantes im ersten Theile des „Don Quijote", und Goethe, beinahe haben wir schon vergessen, daß Homer ein griechischer, Shakspeare ein englischer Dichter war, beide sind Dichter des Menschengeschlechts, räumlichen wie zeitlichen Bedingungen enthoben. In der andern Gruppe beherrscht das Nationale, der Genius eines bestimmten Volkes mit einer gewissen Ausschließlichkeit die dichterische Schöpfung; was diese Dichter, wenn der Ausdruck erlaubt ist, an rein künstlerischer Wirkung einbüßen, das ersetzt ihnen das tiefere Eindringen in alle Kreise ihres eigenen Volkes, sie zumeist sind die Lieblinge der Völker, Molière und Schiller, Uhland und Béranger. Die Lustspiele Molière's sind derselbe getreue Ausdruck des lustigen, burlesken, kühl verständigen und feinspöttischen französischen Volkscharakters, wie die Schiller'schen Trauerspiele in wunderbarer Weise den pathetisch-sentimentalen Grundton des deutschen Wesens anschlagen, erklingen und austönen lassen. Das Gleiche gilt von den Liederdichtern Béranger und Uhland. Wiederholt hat man beide neben einander gestellt, verglichen, gelobt und getadelt, Heine und Börne gefielen sich darin, den Franzosen mit seiner gloire und liberté, mit seiner Lisette und den Napoleonsveilchen über den deutschen Romantiker, den „großen Todten“, wie ihn Heine einmal in seinem „Schwabenspiegel“ bezeichnet, zu stellen.

In einem aber waren die beiden, so verschieden begabten, in so verschiedenen Anschauungen befangenen Dichter einander ähnlich, in dem, was sie für alle Zeit als Männer ehrt: sie liebten die Freiheit und das Recht, sie kämpften und litten dafür. Das Leben beider ist still verflossen, gemüthlich idyllisch, man erkennt es recht, wenn man ihnen die abenteuerliche Lebenswallfahrt, die Schicksalswechsel und innerlichen Kämpfe ihrer Zeitgenossen, Lord Byron's und Alfred de Musset's, gegenüberstellt. Wenn verständiges Festhalten an dem einmal Ergriffenen, ruhige und klare Auffassung der Verhältnisse, in denen wir stehen, getreue Erfüllung der Pflichten, die uns das Vaterland wie das Haus auferlegen, Freundschaft, die sich ein ganzes Leben hindurch bewährt, Tugenden, ja der Charakter eines guten Mannes sind, dann waren Béranger wie Uhland Männer im besten Sinne des Wortes. Ludwig Uhland war am 26. April 1787 zu Tübingen geboren, wo sein Vater an der Universität ein Amt bekleidete. „Gegen seines Herzens Drang“ studirte er ein Jahr lang die Rechte, seine

Neigung dagegen führte ihn bald der Dichtkunst, den Sagen und Liedern des Mittelalters zu. In den Tagen, in die seine Jugend fällt, hielt die romantische Poesie ihren Triumphzug durch Deutschland. War nun, wie ein nachfolgendes Geschlecht behauptet hat und in seiner nüchternen Prosa noch behauptet, diese Muse durchaus eine gespenstische, dem Grabe entstiegene? Ist denn in Wahrheit Romantik und Reaction derselbe Begriff, nur in verschiedener Aeußerung? Weil Friedrich Schlegel katholisch wurde und Gentz die rechte Hand Metternich's war, weil Haller in ein politisches System brachte, was Achim von Arnim und Tieck poetisch verherrlicht, soll darüber vergessen werden, daß der Tugendbund und die Sänger der Freiheitskriege, daß selbst der Gedanke eines einigen Vaterlandes ohne die Romantik, ich will nicht sagen, nicht entstanden, aber doch nicht in dieser Weise entstanden wären? Die Begeisterung, die den Kampf gegen Napoleon zu einem so einzigen und nur mit den Schlachten der Hellenen gegen die Perser zu vergleichendem Krieg macht, entsprang so aus dem Haß gegen die Franzosen wie aus der Schwärmerei für das Ideal eines großen, mächtigen, einigen Vaterlandes. Der Reaction wurde nach der Schlacht bei Waterloo ihr Spiel so leicht, weil diese Begeisterung eben nur in eine dämmernde Ferne, nach unklaren Zielen hinaus trachtete, und der einzig reale Zweck der Erhebung, der Fall Napoleon's, erreicht war. Giebt man die schlimme Folgezeit der Romantik Schuld, so lege man, sie zu entsühnen, die Siege von Dennewitz und Möckern in die andere Wagschale. Findet der unbefangene Sinn und das künstlerische Empfinden Manches in den Schöpfungen der Romantiker ungesund, gezwungen,

Blumen, die an Sümpfen wachsen, so blüht hier doch auch die blaue Wunderblume, die Novalis suchte, jene Blume der Liebe, die von Isolden's Grab sich zu dem Tristan's hinüberschlang und die König Marke vergebens dreimal nach einander mit der Wurzel ausrotten ließ. Wer wollte aus unserer Literatur die „Jungfrau von Orleans" und „Wilhelm Tell", die Dramen Heinrich's von Kleist, Tieck's Märchen und die nie wieder so frisch und hell gesungenen Lieder Eichendorff's herausstreichen? An keinem phantasiereichen Jüngling ist damals die romantische Poesie vorübergeschritten, ohne einen tiefen, unverlöschlichen Eindruck auf ihn hervorzubringen. In der „Stadt der Philosophie", in Königsberg, wie in der Mark, wo doch die Ueberreste des Mittelalters so gering und unbedeutend und durch die friedericianische Zeit aus dem Andenken der Menschen verdrängt worden, zeigte sich dieser Einfluß, wie hätte er da in Schwaben, in der Wiege der Hohenstaufen, nicht die Herzen ergreifen sollen? Schwaben hat noch seine Burgruinen, seine Klöster und mittelalterlichen Städte, romantische Thäler durchströmt der Neckar, an diese Stelle knüpft sich eine heitere, eine unheimliche Sage an jene. Auf seinen Feldern sind in blutigen Schlachten die drei Stände, darin das Feudalsystem die Menschheit getheilt, die Ritter, die Bürger und die Bauern zusammengetroffen, neben seinem Grafen Eberhardt steht sein Herzog Ulrich und wiederum haben hier einen Augenblick die Städte daran gedacht, aus Schwaben eine Republik im Sinne der schweizerischen Eidgenossenschaft zu machen, ist durch diese Dörfer der Bundschuh und Wendel Hippler's Verfassung des deutschen Reiches 1524 gegangen, welche die heit der Gemeinen, einen Kaiser aber keine Fürsten und keinen Adel forderte. Bei dieser Zeitstimmung, in diesen landschaftlichen Umgebungen und historischen Erinnerungen ist der Flug, den Uhland's dichterischer Genius nahm, in das „alte romantische Land" erklärlich und gewissermaßen nothwendig. Seine Studien wie seine Muße gehörten dem Mittelalter, seine Arbeiten über das altfranzösische Epos, über die Sagen von Thor, über das Leben und die Lieder Walther's von der Vogelweide haben auf dem Gebiete der Literaturgeschichte anregend und bedeutsam gewirkt und sind noch jetzt, trotz unserer so vielfach erweiterten Kenntniß der Ritterpoesie als Grund- und Ecksteine der Forschung zu betrachten. Doch vergaß er bei all' seinen gelehrten Arbeiten, seinem dichterischen Schaffen nicht, daß auch das Vaterland ein Anrecht auf seine Thätigkeit habe. Als der Befreiungskrieg ausbrach, hatte er gesungen:

„Man sagt wohl von den Katten,
Sie legten Erzring' an,
Bis sie gelöst sich hatten
Mit einem erschlagenen Mann.
Ich schlag' den Geist in Bande
Und werf' an den Mund ein Schloß,
Bis ich dem Vaterlande
Gedient als Schwertgenoß."

Als Streiter sollte er nun nicht, wie Körner und Schenkendorf, in den „heiligen Krieg" ziehen, aber an einem andern Platze, wo nach einem Ausdruck Macaulay's auch hitzige und erbitterte Schlachten geschlagen werden, in den Ständeversammlungen Würtembergs und später an einer erhabeneren Stelle, in der Paulskirche, trat er mannhaft und unerschrocken für das „alte, gute Recht" nicht nur des schwäbischen Stammes, sondern des ganzen deutschen

Volkes ein. In Uhland's Liedern klingt der Zorn über den Eidbruch der Fürsten und die Feigheit des Volkes, das sich nach seinen glorreichen Siegen die Waffen wieder aus der Hand winden ließ, in mächtigen Worten aus.

„Ihr Fürsten! seid zuerst befraget,
Vergaßt ihr jenen Tag der Schlacht,
An dem ihr auf den Knien laget
Und huldigtet der höhern Macht?
Wenn eure Schmach die Völker lösten,
Wenn ihre Treue sie erprobt:
So ist's an euch, nicht zu vertrösten,
Zu leisten jetzt, was ihr gelobt.“

„Ihr Völker! die ihr viel gelitten,
Vergaßt auch ihr den schwülen Tag?
Das Herrlichste, was ihr erstritten,
Wie kommt's, daß es nicht frommen mag?
Zermalmt habt ihr die fremden Horden,
Doch innen hat sich nichts gehellt,
Und Freie seid ihr nicht geworden,
Wenn ihr das Recht nicht festgestellt.“

Nein, er forderte nicht immer, ein wenig altfränkisch und nur für seine Heimath bedacht, das „alte“ Recht, zuweilen erhob er sich zu einer großartigeren Anschauung, da sah er das Leiden des gesammten Vaterlandes, erkannte er den tiefgehenden, unversöhnlichen Gegensatz, der seit 1789 Völker und Fürsten trennt, so viele Schwüre, die Verfassung zu halten, auch geleistet, so viele überschwängliche Loyalitäts-Adressen auch geschrieben worden sind und werden, dann „schütterte ihm nichts so sehr den Busen,

Als wenn du mit Schwert und Wage,
Themis! thronst in deiner Kraft
Und die Völker rufst zur Klage,
Könige zur Rechenschaft.“

Seit 1819 saß Uhland in der würtembergischen Ständeversammlung und gehörte bald zu den volksbeliebtesten Männern des Landes. Wenn seine Gedichte, sie waren 1815 zuerst erschienen, das Meiste zu seinem Ruhme beigetragen hatten und von allen Lippen klangen, so war es doch auch sein Muth gegenüber den Gewalthabern, sein Freiheitssinn und sein unbeugsames Rechtsgefühl, die ihm diese Stellung, die Verehrung des Volkes erwarben. Das Martyrthum ist mit der Vertheidigung der Freiheit in Deutschland ebenso verknüpft, wie in England unter den Stuart's. 1829 war Uhland an der Universität zu Tübingen zum Professor der deutschen Literatur ernannt worden, ein Lehramt, das seinen Wünschen und Studien auf das Glücklichste entsprach; wenige Jahre darauf, 1833, mußte er um seine Entlassung bitten, da ihm der Urlaub für die Ständesitzung versagt wurde; man gewährte ihm die Entlassung sofort und „sehr gern"! Die parlamentarischen Kämpfe der Süddeutschen, so anerkennenswerth an sich, sind doch über einen gewissen Provinzialismus nicht hinausgekommen und haben die politische Erziehung des deutschen Volkes nur wenig fördern helfen; unwiderleglich hat es die Bewegung von 1848 und die ihr folgende Reaction bewiesen, daß der Sieg des Verfassungsstaates über den Absolutismus nur von dem preußischen Abgeordnetenhause, nur in Norddeutschland erfochten werden kann. Die badenschen und hessischen, die würtembergischen und bairischen Kammern haben Vorpostengefechte geliefert, und in dieser Rücksicht mag es bedauert werden, daß die böse und eifersüchtige Göttin Politik Uhland den Musen seit 1819 beinahe ganz entzog. Sein Leben war sonst ein glückliches und sorgenloses zu nennen; eine geliebte Gattin,

Emilie Vischer, die er nach längerm Widerstreben ihrer Eltern aus einer reichen Patrizierfamilie 1820 heimgeführt, bewährte Freunde, die mit herzlichster Theilnahme an ihm hingen, die Achtung Derer, die ihm in seinem engeren Heimatlande nahe standen, die Bewunderung Aller, zu denen je eins seiner Lieder gedrungen, und wo gäbe es Deutsche im entlegensten Winkel der Erde, deren Herz nicht aufginge bei den Versen:

„Es zogen drei Bursche wohl über den Rhein" —?

eine trauliche Häuslichkeit schmückten und umfriedeten zugleich sein Leben. Aus seinem Garten, seinem stillen Neckarthal sollte er nur noch einmal auf die Bühne der Welt treten. Ueber sechszig Jahre alt saß er im ersten deutschen Parlamente. Wenn eine dichterische Natur halb aus innerm Drang, halb den Anforderungen der Zeit folgend, sich an der Politik betheiligt, so erwartet nur in den seltensten Fällen ein Verständiger von ihr den Scharfblick und die Einsicht des Staatsmanns. Das Ziel des Dichters wird auch auf diesem Felde, wo es sich ausschließlich um reale Größen und Verhältnisse handelt, ein ideales sein. Zwei Männer, die eine weit herbere und lehrreichere Schule durchgemacht, als Ludwig Uhland, Dante und Milton, haben, über die engbeschränkte Wirklichkeit hinaus, sich in einem Schattenreich des Glücks gefallen, Dante in seiner geträumten, unvergleichlich herrlichen Monarchie, Milton in seiner christlichen Republik: was konnte Uhland, der letzte Sänger des Mittelalters, der die Ritterharfe, die „einst so hell vom Staufen klang", noch einmal gerührt, in der Paulskirche erstreben als ein Großdeutschland? Ein Politiker, ein leidenschaftlicher Parteimann, wie der Florentiner und der Geheimschreiber

Oliver Cromwell's war Uhland überdies nicht, seinem Wesen, seinem Handeln wie seiner Dichtung fehlt das dämonische Element. Aber treu hielt er am Rechte und an der Freiheit fest. Ein schlichter, schweigsamer Mann von wenig Worten, über die Jahre jugendlicher Hoffnungen längst hinweg, eine deutsche Bürgernatur saß er auf der Linken im Parlament, gerade wie Béranger in der französischen Versammlung, welche die Verfassung der Republik entwarf. Sie brauchten nicht zu reden, ihr Verweilen auf jenem Platze allein schon zeigte, wo der Genius des Volkes war. In dieser Gesinnung ging Uhland mit dem Rumpfparlament nach Stuttgart, er und ein anderer in der Stadt wohlbekannter und hochverehrter Mann, Schott, ein Veteran der Freiheit, führten den letzten Präsidenten der Versammlung, Löwe von Calbe, über die Straße, als eine Schwadron Reiter sie und die Erwählten des Volkes niederritt. Nicht Rechtschaffenheit und Tugend, kein Eid hielt die Gewaltmaßregeln auf! Denn die Tyrannen beugen sich nur, wenn man ihre Bastillen bricht oder ihre Heere bei Marstonmoor und Naseby in den Staub tritt. Uhland's politische Laufbahn endet mit dieser edelsten und hochherzigsten That. Gleicht dies Häuflein entschlossener, waffenloser Männer nicht jenen römischen Senatoren, die ruhig auf ihren Sesseln blieben, als die Gallier hereinbrachen?

Von kernhafter Gesundheit sah der greise Dichter noch manches Jahr nach dem verhängnißvollen Tage vorübergehen. Er ließ die Verbitterung und den Haß nicht Macht über sich gewinnen, er blieb in jenem schönen Gleichmaß der Stimmung, das allen seinen Handlungen wie seinen Werken das Milde und Harmonische verleiht.

Dies war, wie viel er auch von ihnen gesungen hatte, kein Mann für den Hof und die Könige. Ihn zierte die Bescheidenheit besser als die Orden, die sie ihm anbieten konnten, und die er ohne Aufsehen, ganz in der stillen, fast schüchternen Weise, die ihm eigen war, ablehnte. So, im Verborgenen, wie er gelebt, ist er gestorben; bene vixit qui bene latuit. Seine Freunde meinen, daß er von dem Begräbniß seines alten Dichtgenossen Justinus Kerner den Keim des Todes mit sich getragen; am 13. November verschied er. Zwei Kränze ruhten auf seinem Sarge, der unverwelkliche Lorbeer seiner Dichtkunst und die Eichenkrone der Bürgertugend. So große Achtung oder so großen Haß hatte sein Streben und seine Rede dem Herrscherhause Würtembergs eingeflößt, daß kein Zeichen fürstlicher Theilnahme ihm in's Grab nachfolgte. Sein guter Genius beschützte seine Leiche vor der zweifelhaften Ehre einer prunkvollen Bestattung, die Napoleon III. in seiner cäsarischen Weise, der es zuweilen nicht an Großartigkeit gebricht, Béranger zu Theil werden ließ. Den deutschen Dichter trugen schlichte deutsche Männer zu Grabe, im Leben wie im Tode hatte er nichts mit der Herrlichkeit und Gunst der Mächtigen zu schaffen.

Die Mehrzahl der Uhland'schen Gedichte gehören seiner Jugend an; gleichsam als hätte er den Gegensatz gefühlt, der zwischen seiner Dichtung und seiner politischen Gesinnung lag, rührte er die Leier nicht mehr, seit er in die Ständeversammlung getreten. Wie mittelalterlich angehaucht seine staatlichen Anschauungen, das „alte gute Recht" Würtembergs selbst sein mochte, im Verlauf der deutschen Entwickelung, nach der Julirevolution konnte ihm der Widerspruch des modernen Staates und des alten Feudalwesens mit seiner ständischen Gliederung nicht entgehen. Sein Gesang verstummte, weil die Helden und Heldinnen seiner Lieder ihm selbst in immer weitere und nebelhaftere Ferne entschwanden, weil sie und die Romantik eben ausgesungen waren. Uhland's Poesie ist reproductiver Art, im Stoffe hängt sie von der Chronik, in ihrer Form von den Minneliedern ab. Daher ihre Ruhe, ihre Milde, ihr Undramatisches, beinahe ihr Unpersönliches. Die andern Romantiker sind in ihrer poetischen Verklärung des Mittelalters so oft gescheitert, weil sie dem Ausdruck ihres eigenen Wesens einen zu großen Raum darin gewährten, Uhland dagegen verschwindet als Individualität fast ganz in seinen Balladen und Romanzen, seine schönsten Lieder klingen, als hätte das Volk sie vor drei Jahrhunderten schon so gesungen und müßte sie in Ewigkeit so singen. Töne sind darin, die sich wie Naturlaute anhören, so süß und so ergreifend. Mit der Wahrheit und Wirklichkeit des Mittelalters wollen sich zwar die Uhland'schen Frauen und Helden nicht immer zusammenreimen lassen; ihre Empfindsamkeit, das Sentimentale, zu dem jede wilde Leidenschaft und herbe Tragik abgetönt wird, erscheint jenen rauhen Zeiten und selbst ihrem Ausdruck in den Nibelungen, in Wolfram von Eschenbach und Gottfried von Straßburg wenig angemessen, als eine Erfindung des Dichters, sie macht zum Theil Uhland's künstlerische Besonderheit aus. Denn im Grunde hatte sie sich schon vor ihm im Volke selbst vollzogen. In den alten Volksliedern leben schon diese Liebesgeschichten von Schäfern und Königstöchtern, die Treue über das Grab hinaus, das Ritterliche und das Rührende, das Heine so gern verspottete und wiederum so gern nachahmte. Die Stimmung der Zeit, in der Uhland dichtete, suchte das Ideal in einer längst dahingeschwundenen Vergangenheit, sie schmückte es mit den Gefühlen aus, die den Grundzug des deutschen Gemüths bilden: Treue und Trauer, Sehnsucht in die Ferne, halb naiv, halb sentimental. Umgekehrt kennt Béranger nur die Gegenwart und die Zukunft, die Adler, die er besingt, hat er selbst noch auf den Fahnenstangen glänzen sehen, weiter als bis 1789 kann weder er noch das französische Volk zurückdenken. Täusche ich mich? Wenn man ein Lied Béranger's singt, unterbricht man sich mit heiterm Lachen, nach dem Gesang eines Uhland'schen Liedes versinkt man in ein süßes Träumen. Diese Gedichte sind ein Stück Jugend, sie werden jedes heranwachsende Geschlecht begeistern, und ihm die goldenen Pforten zum Lande der Helden und der Schönheit aufthun. Mögen die einzelnen Gestalten auch geisterhaft und unfaßbar vorüberschweben, der hohe, edle Sinn, der sie beseelt, das Ueberschwängliche in Thaten und Empfindungen, dem Herzen so theuer, wenn auch der Wirklichkeit so fremd, wirken mit bestrickendem Zauber. Und nicht zu ernsten und rührenden Tönen allein wußte der Dichter seine Harfe zu stimmen, wie scherzhaft und voll drolligen Humors sind seine Gedichte von Roland, seine „schwäbische Kunde", die Erzählungen vom Grafen Richard von der Normandie! Welch Waldrauschen und Quellengeriesel geht durch seine Frühlingslieder. Zwischen ihm, der stets lebendig aus lebendigem Wasser schöpfte, und Rückert oder Platen giebt es kaum einen Vergleichungspunkt, sie sind durchaus Künstler, überlegende, rechnende, selbstbewußte Künstler, Uhland aber gehört zu der Schaar derer, die Homer folgen, bei denen die Kunst wieder zur Natur geworden ist. In diesen Gedichten findet sich keine Dunkelheit, nichts Unklares, kaum eine Unebenheit der Sprache; ob sie wie der Bergbach dahinsausen oder sanft dahingleiten, an sommergrünen Ufern vorüber, wie ein blauer Strom, sie spiegeln den Himmel wieder und die Erde. Uns, die wir mit Uhland's Gedichten so manche schöne Jugendstunde verträumt, entgeht vielleicht, was den Nachkommen schärfer auffallen wird, eine gewisse Eintönigkeit, eine Wiederholung des Stofflichen, ein Zurückkommen auf dieselben Motive und Gestalten. Diese Dichtung ist nicht reich; sie umfaßt gegen die Goethe'sche, Schiller'sche, Tieck'sche, einen nur engen Kreis, es fehlt ihr die Mannigfaltigkeit, gerade wie den Liedern Béranger's; die Könige und die Ritter, die Pagen und die Edelfräulein, Feen und Nixen und Jäger und Schäfer: sie wallen in langen Zügen auf und ab, nur sehen sie sich alle einander zum Verwechseln ähnlich. Manches Gedicht wird darum, nicht zum Schaden des Dichters, vergessen werden, immer werden noch genug bleiben, in denen der Hauch unvergänglicher Schönheit weht, um Ludwig Uhland's Ruhm und Kunst von Geschlecht auf Geschlecht zu vererben.

Annette Freiin von Droste-Hülshoff.

Nordwestlich von der Stadt Münster, in Westphalen, erhob sich in den dreißiger Jahren, hinter einem Gehölz, am Ausgang einer kleinen Eichen-Allee, durch einen Graben von der Außenwelt getrennt, das „Ruschhaus“; damals war es der Wallfahrtsort einer nicht zahlreichen aber begeisterten und, trotz der Abneigung der Westphalen gegen das Schwelgen in Gefühlen und Uebertreibungen, nicht wenig schwärmenden Gemeinde. Einer, der zu ihr gehörte und den größten Theil ihres Ruhmes geerntet, Levin Schücking *), schildert das „Ruschhaus“ so: „Das Gebäude hatte etwas Eigenthümliches; es hatte wenig gemein mit den andern adeligen Häusern, wie sie gewöhnlich in unserem Lande aussehen; es war ein Bau, vollständig wie das echte, altherkömmliche sächsische Bauernhaus, nur mit dem Unterschiede, daß es größer und ganz massiv von Steinen aufgeführt war, und daß es an der entgegengesetzten Seite, an seinem Ende, zu einer sehr hübschen, wenn auch kleinen, herrschaftlichen Wohnung ausgebaut war. Dieser Seite schloß sich ein Garten von mäßigem Umfange an,

*) Annette von Droste. Ein Lebensbild von Levin Schücking. (Hannover, Carl Rümpler, 1862.)

den einige alte Steinfiguren schmückten. Eine hohe Treppe führte aus diesem, von Wasser und Gehölz umgebenen Garten in den Gartensalon mit seinem Lambrisgetäfel aus braunem Eichenholz, mit seinem Roccoco-Kamin, über dem das lebensgroße Bildniß eines unserer früheren Landesfürsten hing; an der Wand rechts schien eine große Doppelthür ein Büffet oder irgend ein Hausgeheimniß zu verbergen, ein solches steckte in der That dahinter, aber kein Büffet, sondern ein hübscher Altar, an Sonn- und Feiertagen ließ sich so der Gartensalon in eine Hauskapelle verwandeln." Oben im Giebelzimmer standen die Fremdenbetten für Besuche, die etwa über Nacht blieben, hingen einige alte verstaubte Ahnenbilder, rauschten schwere Vorhänge — im Garten eine Bank unter Erlen:

„Dies ist der Fleck, wo man den Weg
Nach allen Seiten kann bestreichen,
Das staub'ge Gleis, den grünen Steg,
Und dort die Lichtung in den Eichen:
Ach manche, manche liebe Spur
Ist unterm Rade aufgeflogen!
Was mich erfreut, bekümmert, nur
Von drüben kam es hergezogen . . ."

weiterhin eine Taxuswand; draußen die hügelige Ebene des Münsterlandes: die grünen Wallhecken der einzelnen Gehöfte, aus dem Sand aufragend einige Tannen, schmächtig und dürftig gegen die nordischen, auf den Triften weidendes Vieh, da und hier eine Gruppe Eichen, am jenseitigen Wege ein verwittertes Steinkreuz oder ein hölzernes Crucifix, ringsumher weite, öde Haide, von Krähen überflogen, ein Weiher mit Wasserlilien, oft ein tiefes Moor, des Mittags schwehlend im Sonnenbrand, in der Abenddämmerung vom Haiderauch überwallt — der Eindruck der ganzen Landschaft einsam, gedrückt, die Gedanken des Betrachters einwiegend und zugleich in die Ferne, über dies Sandmeer hinaus führend. Wenn aber ein milder Sommerabend darüber verdämmert, gewinnt die Landschaft in dem Zauber seiner Beleuchtung eine andere Stimmung:

„'es ist Abend und des Himmels Schein
Spielt um Westphalens Eichenhain,
Giebt jeder Blume Abschiedskuß,
Und auch dem Weiher linden Gruß,
Der ihm mit seinen blanken Wellen
Will tausendfach entgegenschwellen.
Am Ufer Wasserlilien stehn
Und durch das Schilf Gesänsel gehn,
Wie Kinder, wenn sie, eingewiegt,
Verfallen halb des Schlafes Macht,
Noch einmal flüstern: „Gute Nacht!"
Es ist so still; die Ebne liegt
So fromm, in Abendduft gehüllt,
Der Wittwe gleich in Trauer mild,
Die um sich zieht den Schleier fein,
So doch nicht birgt der Thränen Schein.
Am Horizont das Wolkenbild,
Ganz wie ihr Sinnen, zuckend Licht,
Das bald sich birgt, bald aufwärts bricht,
Phantastisch, fremd, ein Traumgesicht."

So war Ruschhaus und seine Umgebung.

Es ist klar, daß nicht ihm sondern seiner Bewohnerin die Besuche und die Verehrung der stillen Gemeinde galten. Diese Bewohnerin war Annette Droste . . „ob ich sie hübsch nenne? Sie ist es zwanzigmal im Tage, und ebenso oft wieder fast das Gegentheil; ihre schlanke, immer etwas gebückte Gestalt gleicht einer überschossenen Pflanze, die im Winde schwankt; ihre nicht regelmäßigen aber scharf geschnittenen Züge haben allerdings etwas höchst Adeliges und können sich bis zum Ausdruck einer Seherin steigern, aber das geht vorüber und dann bleibt nur etwas Gutmüthiges und fast peinlich Sittsames zurück, einen eigenen Reiz und gelegentlichen Nichtreiz giebt ihr die Art ihres Teints, der für gewöhnlich bleich, bis zur Entfärbung der Lippen, ganz vergessen macht, daß man ein Mädchen vor sich hat — aber bei der kleinsten Erregung, geistiger so wie körperlicher, fliegt eine leichte Röthe über ihr ganzes Gesicht, die unglaublich schnell kömmt, geht und wiederkehrt, wie das Aufzucken eines Nordlichts über den Winterhimmel" . . . ich habe eine Selbstschilderung, die Annette von sich entworfen, abgeschrieben. So mochte sie eben als ein junges Mädchen aussehen. Ihre Gestalt hatte noch in späteren Jahren, nach der Meinung ihrer Freunde, etwas Elfenhaftes, etwas von Ariel, dem holden Geiste der Luft. Dagegen war ihre Stirne breit und hoch, fast zu mächtig für ihren Leib, hellblondes Haar in üppiger Fülle darüber zu einer Krone gewunden, und Augen im Kopfe, die groß und hellblau denen der blauäugigen Pallas Athene glichen. Jung, im Sinne der Frauen, war Annette, als sie in der Welt durch ihre Gedichte bekannter wurde und ein Kreis sich um sie schloß, nicht mehr. Auf Schloß Hülshoff, dem Stammgut ihres Geschlechts, ist sie am 10. Januar 1797 aus einer altadeligen Familie des Münsterlandes, die bis in das 13. Jahrhundert hinaufreicht und im Dienste der Bischöfe zu Ansehen und Macht gekommen, geboren worden. Seit dem Tode ihres Vaters, Clemens August von Droste, sie hat ihn „ihren herrlichen Vater, von königlicher Geberde, die majestätisch zu Herzen geht" — genannt, von 1826 an lebte sie mit ihrer Mutter, einer geborenen Freiin von Haxthausen, auf dem Wittwensitz Ruschhaus.

Eine idyllische Jugend — unter strenger Zucht, denn nur dadurch glaubte die Mutter die außerordentliche Leidenschaftlichkeit des Kindes zügeln zu können, wuchs Annette heran. Ein wenig phantastisch, ein wenig querköpfig war sie von jeher. Es lag das im westphälischen Blute. Ein Buch, ein Bild konnte das Kind in die tiefste Bewegung versetzen. Dabei ein Hang zum Seltsamen, Abenteuerlichen, der sie in die verborgensten Gemächer und Schlupfwinkel des Hauses trieb, ihr erstes Gedicht — „vom Hähnchen“ und „in Goldpapier geschlagen“ verbirgt sie so unter „dem Hahnenbalken“ des Hauses, hoch oben am Zinnenring. Aus dieser Vorliebe für das Geheimnißvolle, vielleicht unterstützt durch die eine und andere Erfahrung ihres Lebens, entwickelt sich bei ihr ein gewisser Gespensterglaube, ein Forschen und Grübeln über jene seelischen Erregungen und Erscheinungen, die von der Wissenschaft als „die Nachtseiten“ der menschlichen Natur bezeichnet werden und die ihr später die Stoffe zu mehreren ihrer eigenthümlichen Gedicht egegeben haben. Ohne höhere Bildung, selbst ohne jegliche literarische Anregung war ihre Jugend nicht. In dem Unterricht ihrer Brüder, an dem sie Theil nahm, erwarb sie eine leidliche Kenntniß des Lateinischen — eben genügend, um die Inschriften ihrer alten römischen Kaisermünzen, die sie sammelte, zu entziffern, und vielleicht auch eine und die andere Seite in der Germania des Tacitus zu lesen. Gern und mit vielem Talent widmete sie sich der Musik, mit Leidenschaft ergriff sie jedes neue Buch. Ihre Umgebung, ihre Religion, die Zeit nach den Freiheitskriegen, in der sie heranreifte, wiesen sie „in das alte, romantische Land.“ Voll romantisch-feudalistischer Grillen steckten die Köpfe ihrer beiden klugen Oheime, Werner und August von Harthausen. Es war da eine Bildung, der aber jene sonnige Klarheit und Harmonie der griechischen fehlte, die im Gegensatz zu Lessing, Schiller und Goethe sich auf das Naturwüchsige, Vaterländische, wunderlich Eigenartige stützte. Dieser Zug geht durch das Leben, die Seele und die Schöpfungen Annettens. Wie faßlich, realistisch treu und wahr ihre Schilderungen sind, etwas wie Haiderauch liegt bläulich verschwimmend und verduftend darüber. In allen ihren erzählenden Gedichten ist ein geheimnißvolles, unerklärtes oder besser unerklärbares Etwas. So war sie selbst, nach Schücking's Auffassung bald Elfe, bald Sibylle. Nach dem Frieden von 1815 kam das junge Mädchen, in der Landeshauptstadt Münster, in die Kreise der Grafen Stolberg, in die Familie des dort commandirenden Generals von Thielemann; öfters reiste sie nach Köln und Bonn, wo ihre Verwandte lebten und sich innige und langdauernde Freundschaften, mit einem so trefflichen Mädchen, wie Adele Schopenhauer, diese Seele eines Seraphs in einem unscheinbaren, häßlichen Körper es war, mit einer so geistreichen und anregenden Weltdame, wie Frau Sibylle Mertens-Schaafhausen, anknüpften. Indeß im Ganzen ist das Leben Annettens eine westphälische Idylle geblieben, beinahe wie die Wasserlilien, die am Weiher träumerisch nicken, ohne mächtige, erschütternde Ereignisse. Es giebt keinen Künstler ohne großen Schmerz: ist eine alte, unantastbare Behauptung. Aber der tiefste Schmerz einer Frau, kann er anders als aus einer unglücklichen Liebe entspringen? Hat Annette Droste geliebt? In der Jugend geliebt? Denn ihre spätere Freundschaft zu Levin Schücking, die nicht durchaus des leidenschaftlichen Klanges entbehrt, Zeuge seien ihre eigenen Worte an ihn:

„Blick' in mein Auge — ist es nicht das deine,
Ist nicht mein Zürnen selber deinem gleich?
Du lächelst — und dein Lächeln ist das meine,
An gleicher Lust und gleichem Sinnen reich."

und wieder:

„Wenn ich schaue in dein Antlitz mild,
Wo tausend frische Lebenskeime walten,
Da ist es mir, als ob Natur mein Bild
Mir aus dem Zauberspiegel vorgehalten;

Und all' mein Hoffen, meiner Seele Brand,
Und meiner Liebessonne dämmernd Scheinen,
Was noch entschwinden wird und was entschwand,
Das muß ich Alles dann in dir beweinen" ...

gleicht doch mehr mütterlicher Neigung und Sorge, sie war achtzehn Jahre älter als er und mußte, als sie ihn im Frühjahr 1830 kennen lernte, über die ersten Enttäuschungen, Freuden und Qualen eines Mädchenherzens hinaus sein. Darf man aus den, auf uns gekommenen Schöpfungen einen Schluß auf die Dichterin in dieser Hinsicht wagen, so scheint das Herz Annettens seine Jungfräulichkeit und Kälte für immer bewahrt zu haben. Wenigstens ohne tiefere Wunden kam es aus einem Liebesstrauß, wenn es aus ihm kam. Liebesgedichte im eigentlichen Sinne möchte ich unter allen ihren Dichtungen nur zwei nennen: „Brennende Liebe" und „Locke und Lied", beide athmen Zärtlichkeit, keine Leidenschaft, es klingt fast wie:

„Ritter, treue Schwesterliebe
Widmet euch dies Herz" —

und ich glaube, wie sehr auch Freunde und Freundinnen ihre weibliche Anmuth und Zartheit, ihren ächten, reinen Frauensinn rühmen, dennoch, daß sie dem Geiste nach ein Mann war, ingenio vir.

Zu Ruschhaus in der Stille saß sie Jahr aus Jahr ein. Sie hatte sich die buntesten und verschiedensten Sammlungen angelegt; Muscheln, Metallstufen, seltene Steine, die sie wohl selbst, wenn sie mit ihrem Hammer in der Hand einsam durch die Haide strich, von dem Gestein losschlug, versteinerte Thierknochen und Fossilien, die sie aus einer Mergelgrube sich geholt, daneben kostbarere Gegenstände: Münzen, Gemmen, Uhren — Dinge, die sie sorgfältig in dem Kasten ihres altmodischen Schreibtischs verwahrte, nur ihren Auserwählten zeigte und gelegentlich besang. Die Räume, die sie in Ruschhaus bewohnte, waren bescheiden, fast dürftig ausgestattet; ein großes, schwarzes Sopha, ein altes Clavier, auf dem sie wohl ihre eigenen Compositionen vortrug und das einen leisen Harfenton gehabt haben soll, der unpolirte Schreibtisch mit allerlei Blumensträußen darauf, ein zerbrochenes Tintenfaß, schlechte Federn, Papierschnitzel, auf die sie mit feinster und kleinster Schrift ihre Gedichte hinzukritzeln pflegte, an den Wänden eine Reihe Bildnisse ihrer Freunde, auch das ihrer Amme in westphälischer Bauerntracht. Annette hat diese ihre Häuslichkeit wiederholt in ihren Gedichten geschildert, die Berichte der Freunde haben einen poetischen Schimmer darüber gebreitet. Aus Münster kamen sie oft zu ihr hinaus, Levin Schücking, Wilhelm Junkmann —

„Er selbst ein wunderlich Gedicht,
Begriffen schwer, doch leicht gefühlt —“

der blinde Christoph Schlüter, ein katholischer Poet in der Gesinnung und Gluth, die in den autos sacramentales Calderon's weht, dem Annette sterbend ihre geistlichen Gedichte zur Herausgabe anvertraute, eine Dame, Luise von Bornstedt — eine leidenschaftliche, querköpfige Natur, die des festen Glaubens ist, daß ihr Vater im Grunde die Schlacht bei Waterloo gewonnen, da er die Nachhut der preußischen Armee zum Standhalten gegen Grouchy bewogen, und so allein den ungehinderten Vormarsch Blücher's möglich gemacht habe — Andere, die weniger bekannt geworden, denen Annette jedoch mit treuester Seele anhing. Diese Anhänglichkeit bis über das Grab hinaus, dies Schwärmen für „ihre Todten" spricht sich in manchen Gedichten Annettens in ergreifendster Weise aus, so in dem Nachruf an ihren Vetter, Clemens von Droste, an Schücking's Mutter, Katharina, an Henriette von Hohenhausen. Freundschaft, nicht Liebe war dieser Seele ein Bedürfniß, eine Freundschaft, die ihren zärtlichsten und tiefsten Ausdruck in der Klage über die fand,

„die, um schöne Stunden
Vom Glück getäuscht, vor mir hinweggeschwunden".

In solchem Kreise feierte sie ihre schönsten Tage, gern eilte sie mit den Freunden hinaus in die Haide, auf's Engste fühlte sie sich mit dem Leben der Natur verbunden. Nicht Regen nicht Wind hielt sie von ihren Streifereien ab. Im Hause erzählte sie ihren Gästen wunderliche Ereignisse, Anekdoten aus dem Volksleben, sie konnte die verschiedenen Dialekte Westphalens und der Rheinlande vortrefflich sprechen, Gespenstergeschichten, die durch das alte, eigenthümliche Haus, die halbdunkeln Gemächer noch einen Schauer mehr bekamen. Wenn die Damen der Gesellschaft im Giebelzimmer sich zur Ruhe begeben wollten, erschreckte sie wohl Annette, wie die eine dieser Bevorzugten, denen es gestattet war, über Nacht in Ruschhaus zu bleiben, erzählt, indem sie einer Nachtwandlerin gleich, mit aufgelöstem Haar, in das Zimmer trat und sich auf das Bett setzte. Wer möchte all' diesen kleinen Begegnissen den phantastischen Zauber absprechen, den sie jetzt, nach zwanzig Jahren vielleicht, auf die Erinnerung derer ausüben, die sie mitgenießend erlebten? Dem ferner Stehenden erscheint Annette und Ruschhaus nicht in demselben glänzenden Lichte. Es ist ein Edelsitz, der sich mit einer gewissen Vornehmheit, aber auch mit bewußtem Trotz von seinem Jahrhundert abschließt, eine adelige Dame — ein wenig alte Jungfer — die sich mit ihren Sammlungen, ihren romantischen Schwärmereien, ihrem Aberglauben eine Welt im Kleinen dünkt und die Gedanken und Bewegungen der Zeit von sich fern hält; eine Erscheinung, deren Originalität und Bedeutsamkeit ihr Schrullenhaftes vergessen läßt, weil sie eben nur in dieser Abgeschlossenheit, abwärts von der breiten Straße unserer Bildung so gedeihen und sich entwickeln konnte.

In den späteren Jahren ihres Lebens besuchte Annette wiederholt ihre an den Freiherrn Joseph von Laßberg, dem seine Kenntniß des Mittelalters und seine hochberühmte alt- und mittelhochdeutsche Bibliothek bei allen Germanisten einen gefeierten Namen verschafft, verheirathete Schwester, auf der alten Meersburg am Bodensee. Dies Schloß, dessen Sage bis in die Zeit der Merowinger hinaufreicht, von dessen Zinnen Konradin nach dem Säntis hinübergeschaut, war für Annette gleichsam ein Ruschhaus im riesigen Maaße:

„Auf der Burg haus' ich am Berge,
Unter mir der blaue See,
Höre nächtlich Koboldzwerge,
Täglich Adler aus der Höh',

Und die grauen Ahnenbilder
Sind mir Stubenkameraden,
Wappentruh' und Eisenschilder
Sopha mir und Kleiderladen."

Hier fanden sich die beiden, für ihre Dichtung mächtigsten Empfindungen ihrer Seele, die Sehnsucht nach der Natur, die Vorliebe für ihre halbverschollene, romantische Welt gleich befriedigt. Der See und die schweizer Berge am südlichen Gestade erweiterten ihren Blick und führten ihr neue, ungeahnte Bilder zu; eins ihrer schönsten Gedichte, worin sich unbewußt die Tiefe und Macht ihres Gefühls ausspricht, durch das ihr eigenstes Herzblut rollt und das ich für eine poetische Selbstoffenbarung von hohem Werth halte, beginnt:

„Ich steh' auf hohem Balkone am Thurm,
Umstrichen von schreiendem Staare,
Und lass' gleich einer Mänade den Sturm
Mir wühlen im flatternden Haare;
O wilder Geselle, o toller Fant,
Ich möchte Dich kräftig umschlingen,
Und Sehne an Sehne, zwei Schritte vom Rand
Auf Tod und Leben dann ringen!"

Hier in diesem Thurm sind in einigen Wintermonaten von 1841 — 1842 die meisten ihrer lyrischen Gedichte entstanden, hier sollte sie sterben. Seit lange litt sie an einem Brustübel, in wankender Gesundheit, ein Herzschlag tödtete sie am 24. Mai 1848 — in jenem verhängnißvollen Jahr, das, ob ihr es nun scheltet oder preiset, zwischen Vergangenheit und Zukunft eine unausfüllbare, nie zu überbrückende Kluft gerissen. Das Volk in seiner Gesammtheit, mit seinen Wünschen nach Freiheit, war für Annette von Droste nur eine Schaar losgelassener Dämonen, wenn man so will, starb sie auch an dem Anblick des Medusenschildes. Nicht, wie sie gewünscht, in heimischer Erde, auf dem Gottesacker zu Meersburg ruht ihr Leib, die Gipfel der Alpen schauen herüber, nicht fern rollt die Woge des Sees und in derselben Erde schlummert neben ihr Anton Mesmer, dem, wie viel er auch irrte, weder die Unsterblichkeit noch die Dankbarkeit der Nachwelt fehlen wird.

Karl Gutzkow.

Unter den Formen und Wandelungen, welche der Begriff des Heldenhaften annimmt, bezeichnet Thomas Carlyle als eine der jüngsten den Schriftsteller — „so lange," fährt er fort, „diese wunderbare Kunst der Schrift, oder der Schnellschrift, welche wir Buchdrucken nennen, besteht, läßt sich auch erwarten, daß er als eine der Hauptformen des Heldenthümlichen für alle kommenden Zeiten fortdauern wird." Dieses Heldenhafte ist der beständige, unermüdliche Kampf gegen den Irrthum und den Schein der Dinge, die innere Aufrichtigkeit, das Suchen nach Wahrheit. Nicht immer findet der Suchende das Licht, er fällt, er unterliegt, aber er erhebt sich wieder, er steht wieder in der ersten Reihe der Kämpfenden — eine schwierige, schlüpfrige Bahn, auf der das Erklimmen der Höhe nur mit Aufopferungen, nach vielem Straucheln zu erreichen ist.

Niemand unter den Schreibenden unserer Tage kommt diesem Begriffe so nahe, als Karl Gutzkow. Wenn eine spätere Zeit einmal mit freigewordenem Geiste auf die unserige zurückblickt, wird sie in Gutzkow den Typus eines „schriftstellernden Helden" erkennen, den Carlyle mit Unrecht in Goethe suchte, mit seiner hellen wie dunkeln Seite. Dunkel — denn der Schriftsteller ist durchaus abhängig von seiner Epoche, oft von ihren kleinsten, unscheinbarsten Interessen, er muß der Noth des Lebens, der Laune des Publikums bald minder, bald mehr opfern, nicht kann er, in die sichere Stellung Goethe's sich einwiegend, von der Höhe des Musenberges das Getümmel des Marktes überschauen, er würde seinem Beruf ungetreu werden, stände er nicht inmitten desselben. Der glücklichere Dichter concentrirt sich, arbeitet in der Stille, zwei- dreimal formt er eine Iphigenie um, der Schriftsteller zersplittert sich, bei jeder auftauchenden Frage verlangt die Menge eine Antwort, eine Meinung von ihm. Diese Nothwendigkeit, fortwährend zu kämpfen, anzuregen, zu fesseln, wird zuletzt zu einem Zauberbann, dem der einmal Gefangene sich nicht mehr entzieht. Dann knüpft ihn nicht allein die Existenzfrage an dies vielseitige unermüdliche Schaffen, es ist ihm sein Höchstes, Theuerstes geworden, wie der Redner in großen Versammlungen oft wider seinen Willen sprechen, so muß er schreiben. Die Gedanken, möcht' ich sagen, ersticken ihn sonst. Dem Dichter bleibt auch in seiner verkümmertsten Erscheinung noch ein Abglanz der Freiheit, der Schriftsteller dagegen steht im Dienste der Zeit, ihr Gladiator oder ihr Bannerträger, gleichviel, er ist ihr immer leibeigen. Nur zu oft läßt sich seiner Arbeit das Mechanische, der Druck der Nothwendigkeit ansehen — Proletarierarbeit, wie diese gefertigt und belohnt, aber zuweilen ist sie angehaucht von dem Athem der höchsten Götter, welche die Zeitgenossen verehren, zuweilen ist Schwung, Adel, Größe in ihr, die sie neben und über die herrlichsten Schöpfungen der Vergangenheit stellen.

Solches Dasein schafft sich nicht der Wille des Einzelnen, der Zufall, die Umstände bringen es verbunden mit ihm hervor. Gutzkow ist durch die Julirevolution Schriftsteller geworden. „Ich hatte,“ schrieb er 1835 zu Mannheim im Gefängniß, „Alles um Priester, Volkslehrer, Jugendlehrer, vielleicht noch Größeres zu werden; Nichts um ein Dichter, was ich wider Willen und zufällig wurde.“ Er erkannte sich wenigstens darin richtig, daß sein Wesen die Wirkung auf Andere sucht und gleichsam zur Selbstberuhigung bedarf; er verkannte, daß in ihm eine poetische Saite klang, die so oder so unter jeder Verhüllung seines äußern Menschen einmal wiedergetönt hätte.

Karl Gutzkow ist am 17. März 1811 zu Berlin, im Akademiegebäude, geboren. Sein Vater war Leibbereiter des Prinzen Wilhelm, dann Beamter im Ministerium des Generals von Boyen. Leidlich beschränkt, kleinbürgerlich, aber doch vielfach anregend, waren die Beziehungen und Verhältnisse, unter denen er groß ward, er hat sie selbst in seinem liebenswürdigsten Buche „Aus der Knabenzeit“ anziehend geschildert, so lauschig und traulich, wie die Lieblingsplätze seiner Kindheit. Berlin und die Mark sind für poetische Anschauung und landschaftliche Schönheit übel berufene Orte; doch mit Unrecht; der Landschaft fehlen zwar die großartigen wie die romantischen Ansichten, aber nicht die feinen, dem Auge wohlgefälligen Contouren, Berlin besitzt keine rauschende, glänzende Poesie, nichts Farbiges, allein es ist reich an idyllischen Plätzen, an einsamen, abgeschlossenen Gärten, voll Gegensätze, die anregend auf ein jugendliches Gemüth wirken, damals in Gutzkow's Jugend noch stärker, lebendiger wirken mußten, je unvermittelter und reicher sie neben einander standen. Es war zugleich eine [S]tadt der Helden und der Gelehrten, eines glänzenden [vorn]ehmen Lebens und der Beschränktheit norddeutscher Handwerker. Das Geschick warf den Knaben hinüber und herüber in diesen Verhältnissen... schade, daß diese Selbstbekenntnisse der frühesten Jugend gerade an dem Punkte abbrechen, wo die Wissenschaft ihre Macht auf ihn auszuüben begann. Das Buch „Aus der Knabenzeit“ endet 1821, mit seinem Eintritt in das Friedrich-Werder'sche Gymnasium; zehn weitere Jahre sind Gutzkow dann in strengen Studien hier und auf der Berliner Universität verflossen.

Wie er selbst auch darüber denken mag, diese Studien der Theologie und Philosophie haben ihn nie wieder losgelassen, sie geben allen seinen Werken einen lehrhaften, didaktischen Anhauch. Seine Ideale stammen nicht aus dem Gedanken der Schönheit allein, sie sind zugleich Ideale der erreichten oder doch zu erreichenden Tugend. Es ist thöricht, das Wesen eines Menschen „Tendenz“ zu nennen. Wenn Schiller Menschen und Dinge mit vorwiegend historischem Blick betrachtete, so sucht sie Gutzkow in die Beleuchtung zu stellen, die von den verschiedenen Anschauungen des Christenthums, der neueren Philosophie, der socialen Lehren ausströmt. Nicht äußerlich und willkürlich nimmt er diese Elemente auf, sie sind von den Tagen her, als er Hegel und Schleiermacher hörte, die Luft seines Lebens geblieben. Daß sie auch zu Fragen des Tages wurden, daß nicht mehr ein kleiner Hörsaal, eine kleine Kirche den Gedanken des Absoluten, die Forschung nach der Wahrheit des Christenthums umschloß, bestimmte dann das Loos des angehenden Schriftstellers. In allen bedeutenderen Werken Gutzkow's kehrt die religöse Frage wieder, in: „Maha Guru“, seinem ersten Roman, in „Wally“, in „Uriel Acosta“, in den „Rittern vom Geist“, sie beschäftigt ihn ausschließlich in seinem neuesten Werke „Der Zauberer von Rom“. Sie durchdringt sein Denken, sie bewegt sein Gemüth, in irgend einer Verhüllung tritt sie überall auf. Von der Ironie beginnend, durch Zweifel und Hindernisse jeder Art sich muthig hindurchschlagend, will sie eine freie Höhe erreichen, wo vor dem Lichte einer edleren und reineren Gottesverehrung die Nebel des Irdischen, des an die Kirche gefesselten Geistes zerstieben. Maha Guru, der zum Dalai Lama erhobene tibetanische Jüngling, konnte in dem Gegensatze seiner Göttlichkeit und seiner Leiblichkeit sich nur durch das Aufgeben des Göttlichen retten, Wally starb verzweifelnd, im Trachten nach Gott, der sich ihr entzog, in Uriel Acosta, der schönsten Blüthe dieser Entwicklung, steht der Einzelne, der sich frei über die Satzung des Glaubens erheben will, den objectiven, auch für ihn sittlichen und heiligen Mächten des Lebens der Familie gegenüber; der Kampf, der bisher ein einsamer, für sich abgeschlossener gewesen, tritt damit auf die Bühne der Welt, es handelt sich nicht mehr um die Verneinung, nicht mehr um den Zweifel, eine neue Anschauung ist da, ein neues Gottesbewußtsein, das nach Geltung ringt. Die Keime all' dieser Blüthen lagen in der Seele des neunzehnjährigen jungen Mannes, der am 3. August 1830 in der Aula der Universität, bei der feierlichen Begehung des königlichen Geburtstages, vernahm, daß er die von der philosophischen Facultät gestellte Aufgabe gelöst und den Preis gewonnen habe ... er selbst hörte nur mit halbem Ohre hin, ihn erfüllten zum ersten Mal in seinem Leben die politischen Neuigkeiten, die Kunde der Julirevolution. An jenem Tage, erzählte er später, er zuerst eine Zeitung. Fortan hatte seine abstracte

Wissenschaft eine Richtung auf das Leben und die Gegenwart erhalten.

Die Philosophie ist eine Vorschule der Kritik, damals zumeist, wo Alles, Staat, Religion und Gesellschaft an den Rand des Abgrundes gedrängt zu sein schien, aus dem Zusammenbrechen der alten neue Formen und Gestaltungen erwartet wurden. Der Kampf um diese Zukunft konnte, bei der Geringfügigkeit der eigentlich politischen Debatte, nur in der Literatur geführt werden. Die Kritik, die Wolfgang Menzel im Literaturblatte gegen Goethe und die herrschenden Tagesschriftsteller begonnen, fesselte die Aufmerksamkeit der Strebenden, der Jugend — die mechanisch gewordene, leere Kunstthätigkeit sollte von einem neuen, gedankenreichen Inhalte begeistigt, die abstracte, reine Schönheit durch das Ideal der Tugend, der wahren Menschlichkeit ersetzt werden. Es war, als ob wieder die Titanen die Sitze der alten Götter stürmen wollten. Die polemische Ader in Gutzkow wurde mächtig von solchen Vorspielen der Schlacht, die Alle erwarteten, angeregt, er trat mit Menzel in Verbindung, er ging 1831 nach Stuttgart. Ein zweiter Faden schlingt sich damit durch das Gewebe seiner Laufbahn, die journalistische Thätigkeit. Wenn man nur den außerordentlichen, doch mehr feingespitzten, als mächtigen Verstand, die Fähigkeiten, den Interessen jedes Tages, jeder Richtung die allgemein anregende Seite abzulauschen und sie vertheidigend oder bekämpfend darzustellen und zu entwickeln, zuletzt die geistige Unruhe und das Kriegerische in Gutzkow anerkennt: so wird man geneigt sein, auch in diesen Arbeiten seinen Werth und seinen Ruhm zu finden. Er hat so oft an der Spitze eines Journals gestanden, so oft kritische und politische

Feldzüge geführt, daß sein Bild sich wohl in dieser Form eines „Journalisten für immer" bei oberflächlichen Betrachtern festsetzen konnte. Doch offenbart sich in dieser Thätigkeit nur die eine, mehr negative Richtung seines Geistes; weil sie am schärfsten und eckigsten sich herausgebildet hat, gilt sie für den ganzen Menschen; er geht auf in „Polemik" und „Verstand", ja er schafft wohl gar, wie behauptet worden, mit dem Verstande das Gemüth seiner Helden! Allein man braucht nur sein erstes Werk „Briefe eines Narren an eine Närrin" zu durchblättern, um sich von der ursprünglich sentimentalen und weich zerfließenden Stimmung Gutzkow's, die an Jean Paul erinnert, zu überzeugen. Erst seine Kritik gegen die Andern machte ihn kritisch gegen sich selbst. In der Betrachtung des Fremden gewann er den eindringlichen, freilich auch den „bösen" Blick, sein eigenes Herz, seine Wallungen, seine Schöpfungen mißtrauisch, zweifelnd, selbstquälerisch zu betrachten und zu zerlegen. Um sie im Einzelnen zu würdigen, ist Gutzkow's journalistische Thätigkeit zu reich und umfassend, sie hat sich mit einer ihm eingeborenen und für seine poetische Begabung nicht allzu günstigen Theilnahme an jeden Namen, an jede Thatsache seit nunmehr achtundzwanzig Jahren gewandt, ihr Wesen zu erkennen, ihre Räthsel zu lösen gesucht. Es ist klar, daß hier nicht Alles echtes Gold, daß geringere Metalle sich mit den edelsten mischen, seine „Oeffentlichen Charaktere", seine „Säcularbilder", „Briefe aus Paris", „Wiener Eindrücke" gehören hierher. Vielfach und bedeutend sind die Anregungen, die sie gewähren, in einer meist wohlgelungenen Darstellung findet eine feine Beobachtung der Zeitgenossen und der Verhältnisse ihren Ausdruck. Nicht immer theilen wir die Ansichten des Verfassers, wir glauben nicht an die Freiheit, die er dem Menschen in seinen Handlungen giebt, glauben nicht, daß die Geschichte mehr ein Werk der Leidenschaft, als der Nothwendigkeit sei, allein dieser Widerspruch verleiht seinen Schriften vielleicht noch einen höheren Reiz. Auch sie wollen im Zusammenhang ihrer Zeit begriffen sein; man erkennt, wie Jeder jetzt aus Heine's und Börne's Schriften sieht, für welch' theueren Preis Deutschland die liberalen Gedanken damals erkaufte. In der Julirevolution, in den französischen Phrasen wurde etwas wie eine neue Erhebung des Menschengeschlechts gesehen, das Nationale als vollständig veraltet und geistlos in das Meer der allgemeinen Freiheit geworfen. Es muß Gutzkow zum Verdienst angerechnet werden, daß er im Ganzen und Großen sein deutsches Wesen aus dieser Zerfahrenheit rettete und nicht wie Heine in der traurigen Schwärmerei für eine Nation unterging, die nur dazu bestimmt ist, das römische Prätorianerthum und die Triumphzüge der Tyrannen nachäffend noch einmal heraufzuführen.

Die äußeren, von Frankreich kommenden Anregungen, die innere Unruhe, dasselbe ehrgeizige Streben nach Anerkennung, dieselbe Vorliebe für die „große Zukunft“ und ihre Ideale schufen das Junge Deutschland. Unter dem Namen der Guelfen haben sich einst in Mailand die Dominicaner und ihre heftigsten Gegner, die waldensischen Ketzer, gegen den deutschen Kaiser geeinigt, ähnlich stellte man von Seiten der Polizei und des Staates mehrere junge Schriftsteller unter das Schwert dieses Namens. Gutzkow, seit 1833 mit Menzel zerfallen, hatte „Wally, die Zweiflerin“ geschrieben, der frühere Freund ihn nicht nur kritisch angegriffen, sondern als Verführer des Volkes, als Verächter der Religion angeklagt. Solche öffentliche, sich an die Staatsanwaltschaft wendende Beschuldigung war damals noch unerhört, der Streit, der um Goethe's „Werther" getobt, erhob sich auch über Wally, freilich mit tragischem Ausgang. Jung Deutschland ward verfehmt, Gutzkow mußte 1835 im Gefängniß zu Mannheim drei Monate den kühnen Ausspruch büßen, „daß Gott den verzweifelnden Herzen am nächsten ist."

Was das Junge Deutschland wollte, dachte — es ist in „Wally" niedergelegt. Weder über ihren Inhalt, noch ihre krampfhafte, aber nicht unschöne Darstellung, weil sie eine von der Leidenschaft gesprengte Form ist, sind Wienbarg, Laube, Mundt und Heine hinausgegangen. Heine selbst bedeutet für die innerliche Entwickelung unserer Literatur wenig, er ist mit Goethe der größte, aber nicht der erste Liederdichter der Nation, er hat die Romantik nicht mehr als Elfenkönigin, er hat sie als Melusine mit dem Fischschwanz dargestellt. Gutzkow beklagt sich oft über das harte Urtheil, das die jetzt Lebenden über Jung Deutschland aussprechen, er vergißt, daß „Wally" allein noch ein Denkmal jener Zeit ist. Die Schöpfungen des Jungen Deutschland entspringen nicht aus der eigenen, sondern aus fremder Leidenschaft; die Lehre St. Simon's, die Romane der Sand sind die Quellen seiner Begeisterung. Was jenseit des Rheins wenigstens das Pathos des Herzens war, wurde diesseits zur Schminke des Gesichts. Als die Literatur bei uns wieder von nationalen Einflüssen ergriffen, die Vorbilder des Herrlichen und Schönen in Schiller, Goethe, Kleist und Tieck wieder das Maß der Schönheit wurden, verschwanden die Schemen, die — ich weiß nicht, welche ·fe Gedanken versinnlichen sollten. Auch Wally, von der Gutzkow selbst zugesteht, daß sie an Lelia erinnere, würde vergessen sein, enthielte sie nicht Etwas, das einem Glaubensbekenntnisse gleicht, enthüllte sich nicht schon in ihr eine Weltanschauung, die Gutzkow's Dichtung bedingt.

Mit Begeisterung gedenkt er der Jahre 1834 und 1835; nie hat ein schönerer Sommer über Deutschland gelächelt, reicher standen nie die Aehren, duftiger blühten nie die Blumen. Er selbst ist jung, von muthigen Gedanken beseelt, elektrisch durchzittert von dem Schlag einer, wie er sie damals ansah, großen That, dem Selbstmord der Charlotte Stieglitz. Eine Frau, die sich opfert, ihren Gatten zum Dichter, zu einem Sänger mit einem tragischen Geschick zu machen, ihm gleichsam den Lorbeer schon im Voraus durch ihren Tod zu gewinnen! Eine psychische Ueberspannung, die wohl zu einer poetischen Lösung auffordern konnte, die dann aber auch nur im Gebiete der Poesie, nicht in dem der Philosophie und Religion gesucht werden durfte. Freilich verschwände damit der Zauber, den die Literatur auf die Gesellschaft ausüben, der Zusammenhang, in dem sie mit der Gegenwart und der „Constituirung der Zukunft" stehen wollte. Gutzkow's Wally stirbt keinem Gatten, nicht der Liebe, sie stirbt dem Zweifel, sie ist die Märtyrerin ihrer eigenen Unklarheit. Der Roman scheidet sich in zwei von einander unabhängige Theile, in dem ersten erlebt Wally Herzenswandlungen, in dem letzten Geistesirrungen. Aus der launenhaften, vornehmen Dame wird ein grübelnder, sich verzehrender Skeptiker. In jeder Hinsicht ist der erste Theil gerundeter, vorzüglicher, wenn auch nach Lelia gearbeitet, doch innerlich wahrer, als das Tagebuch Wally's, der Aufsatz Cäsar's über die Religion. Diese Seiten führten damals des

Dichters Verurtheilung herbei, jetzt erscheinen sie ihm mehr als „Don-Quijoterie“; auch ein Zeichen, wie Menschen, Dinge und Gesinnungen sich ändern. Wie gesagt, der poetische Werth der Wally ist nicht gering anzuschlagen und es ist zu bedauern, daß mitten im Lauf Gutzkow sein Ziel änderte. Wir sehen Wally schwanken zwischen den Forderungen ihres Herzens und den Launen ihres Geistes, Alles in ihr und um sie ist sprunghaft, abgebrochen, wie ihre Rede — sie jagt durch den sonnenhellen Wald, sie wirft die Ringe ihrer Ritter spielend von ihrer Reitgerte zu Boden, sie liebt, sie vermählt sich dem ungeliebten Mann. ... Ist so das „moderne“ Leben? Ist es nur ein Traum? Und hier müssen, um eine Ansicht in das innerliche Schaffen Gutzkow's zu gewinnen, seine poetischen Arbeiten bis 1840, wo er sich fast ausschließlich der Bühne zu widmen begann, in den Kreis der Betrachtung gezogen werden: „Seraphine“ und seine vorzüglichste Novelle „Die Wellenbraut“.

Die Novelle Tieck's ist eine ironische Anschauung der Gesellschaft und steht über allen Gegensätzen. Ihr bedeutet die Sitte so viel oder besser so wenig, wie die Freiheit des Herzens. Im Reiche der Schönheit hören die socialen Conflicte auf, an ihre Stelle treten seelische Verwickelungen, deren letzter Kern auch nur der Laune des Poeten entspringt, nicht aus dem tiefsten Wesen des Menschen. Wenn diese Gestalten tragisch enden, so büßen sie keine Schuld, sondern erfahren die dämonische Macht des Mißgeschicks. Das Schicksal selbst besitzt nichts Heiliges und Reinigendes mehr, es zerstört keine Wesenheit, es löst nur ein Märchen auf, einen Traum, eine alte Geschichte. Nach der Seite des Inhaltes hin macht die Erzählung

Gutzkow's darüber hinaus einen Fortschritt. Sie nimmt Theil an ihren Helden, sie liebt, sie leidet und stirbt mit ihnen. Ein Blutstropfen aus seinem eignen Herzen ist auf sie gefallen. Den Widerspruch zwischen Gemüth und Geist, zwischen „Herz und Welt", wie er ihn später bezeichnete, er hat ihn durchgekämpft, er schlug all' seine Schlachten. Diese glänzenden, lieblichen und gefährlichen Frauen in der Pracht des Reichthums, dem Schmuck der Bildung, Wally, Julie, Idaline, auch an ihm rauschten sie vorüber — und im Hintergrunde des festlichen Bildes stand einsam, verlassen, im verschossenen Gewande die erste, die Jugendliebe, die arme Marie, die traurige Seraphine. Hier müssen alle Accorde der Zeit wiedertönen; je reicher die Bildung dieser Gestalten ist, desto tiefer schmerzt sie der Zwiespalt, den sie nicht ausheilen können. Es gelingt ihnen, die Maske der Befriedigung oder der Kälte auf Augenblicke vorzunehmen, ruhig und resignirt zu erscheinen, bis die Vergangenheit plötzlich vor ihnen auftaucht und die Narben ihrer Wunden sich öffnen. Gutzkow's Männer erinnern so oft an Werther, daß man über eine Kritik erstaunen muß, die immer nur „kühle Verstandesspeculation" in diesen Ergüssen eines vielbewegten Gemüthslebens fand! Wie einen Panzer haben sie um ihr weiches, sentimentales Herz skeptische und verzweifelnde Ansichten, einen höhnischen Trotz, eine bittere Weltverachtung gelegt, in der Gesellschaft spotten sie über Gottheit und Liebe, in ihrer Kammer weinen sie über die neue Heloise, über eine andere, für sie verlorene Charlotte. Wie viel Musik, wohllautende, entzückende Musik ist in den ersten Büchern des Romans „Seraphine", in dieser Geschichte eines armen Mädchens, die nach einander von zwei hochbegabten, aber im schroffsten Gegensatze zu einander stehenden Männern geliebt wird, jenen durch ihre Schwäche, diesen durch ihre kalte Härte auf immer von sich stößt! Es ist ein berauschender Hymnus, den Idaline am Tage ihrer Vermählung dem Manne schreibt, mit dem sie nur einmal zusammen über den See im Mondschein gefahren und der durch den Zauber seiner Erscheinung ihr Herz aus seiner Erstarrung gelöst und sie auf immer beseelt hat. Auch dies kommt hinzu, daß diese Kämpfe des Gemüths nicht willkürlich von dem Dichter erfunden sind, daß sie niemals heftiger und zerstörender als in der modernen Gesellschaft sich offenbarten — warum bestreitet man trotzdem Gutzkow den so wohlverdienten Ruhm, am deutlichsten in seinem und der Zeitgenossen Herzen gelesen zu haben? Heine's „Weltschmerz", Lenau's Schwermuth, welche Bewunderung erweckten sie nicht! Und stieg Gutzkow nicht tiefer in den Schacht der Seele hinab, fand er nicht eine reichere Ausbeute? Aber hier berührt man die Achillesferse seines Schaffens. Seine Bildung ist sein Fluch. Er verflicht in das ursprünglich einfache Gewebe seiner Erfindung die mannigfaltigsten, wunderlichsten Fäden, die Herzensgeschichte Seraphinens verläuft zuletzt in politische und philosophische Gespräche und springt mit einem gräßlichen Zufall auseinander, so daß man nur den Eindruck einer niederfahrenden und verlöschenden Sternschnuppe behält. Nebenpersonen, unbedeutende Einzelheiten sollen der Haupthandlung das Colorit der Wirklichkeit geben, während ihre Grundfärbung doch idealistisch bleibt. Zu oft erwartet der sinnige Leser die seelische Entwickelung der Charaktere an einer Stelle, wo er eine Reihe feiner, unterhaltender, aber dem eigentlichen Zweck fremder Beobachtungen antrifft. In „Maha-Guru“ sind mit dieser Vorliebe die zu Lhassa residirenden Chinesen geschildert; „die Diaconissin“, eines der letzten Werke Gutzkow's, das in dem Tagebuch Constanzens ein schönes Zeichen edelster Empfindungen giebt, leidet an dem gleichen Fehler zu weit ausgedehnter Episoden.

Darum wird es Gutzkow so schwer, einen reinen, von allen Tendenzen und dem Kunstwerke fernliegenden Gedanken freien Eindruck reiner Schönheit hervorzubringen. Seine Muse wirbelt mit dem Saume ihres nachschleppenden Gewandes den Staub der Erde empor, sie wandelt in dieser Wolke, sie schwebt nicht darüber. Weil sie eine kämpfende ist, die wie Pallas Athene neben Diomedes im dahinfliegenden Wagen steht und den Wurf seiner Lanze richtet, erfährt sie auch das Geschick der Streitenden, ihre glänzenden Waffen erblinden, ihr Antlitz droht nur, es versöhnt nicht mehr. So büßt der Einzelne die Schuld der Zeit. Diejenigen indeß, die ihn richten, sollten doch zuerst ihn inmitten dieses Schlachtstaubes zu erkennen suchen, einmal den Menschen von der Rüstung lösen. Konnte der junge, heroische Schriftsteller, der in Kerkerhaft die Tendenz des Jahrhunderts gebüßt, feige von ihr abfallen, sich hinter die „schöne Form“ verstecken, nachdem er die Zukunft der Kunst in der Bereicherung und Vertiefung des Inhaltes phrophezeit? Schmachteten denn nicht Alle einem jubelnden Erlösungswort entgegen ... einer edleren Menschlichkeit, einer freieren Liebe? Ihren pathetischen Ausdruck hatten diese Hoffnungen und Begriffe in George Sand's Indiana, Lelia, Valentine erhalten, Gutzkow nahm sie nur kritisch, aphoristisch auf. Die Moral seines Herzens ist angehaucht von dem Schimmer der neuen Gedanken, aber nicht durchleuchtet, in ihr sind für diese wilden und heftigen Neuerungen der gemüthlichen Elemente zu viel. Wie man auch seine ersten poetischen Werke betrachten mag, man sieht überall kein volles Licht, nur gebrochene Strahlen. An Feinheit und Abrundung der Composition, an dem specifisch „Schönen" stehen „Wally", „Seraphine", „die Wellenbraut" eben so gewiß den besten Novellen Tieck's nach, wie sie dieselben an lebendiger Wirklichkeit, Leidenschaft und geistigem Gehalt übertreffen.

Seit 1836 in Frankfurt am Main verheirathet, hat Gutzkow die nächsten zehn Jahre dort, in Hamburg, auf Reisen nach Paris und Norditalien in unermüdlicher Thätigkeit verbracht. Seine Arbeitskraft und die Wandlungsfähigkeit seines Talents machen nicht seine Bedeutung aus, aber sie sind nicht zu übersehen. Außer den Werken, die ich schon nannte, außer der journalistischen „Spreu", die jeder Tag von ihm forderte und wieder verwehte, schrieb er damals seine „Studien zur Philosophie der That und des Ereignisses", die er noch im Gefängniß begonnen, eine warme Anerkennung Goethe's („Goethe im Wendepunkt zweier Jahrhunderte"), ein trefflich erzähltes „Leben Börne's", in dem sich der Ernst und die Mannhaftigkeit seines Charakters wiederspiegelt, den mißlungenen komischen Roman „Blasedow und seine Söhne". Gutzkow's Witz ist zu bitter für eine komische Weltbetrachtung; Jean Paul's Gestalten tanzen beständig zwischen Wirklichkeit und Traum, die Gutzkow's streifen immer an die Satyre. Wieder verschlingen Arabesken die im Nebel zerfließende Handlung, wieder drängt sich der ganze Fleiß des Dichters, die Fülle seiner Anschauungen in bevorzugten Capiteln zusammen, diese fortwährenden Anläufe ermatten den Leser und scheinen den Dichter selbst zuletzt ermattet zu haben.

Indeß fortan ist Gutzkow nicht mehr auf dem Felde der Erzählung, sondern auf der Bühne zu suchen. Das Leben dieses Schriftstellers verfließt auch unter den „zwölf Arbeiten", welche die griechische Sage ihren größten Helden vollführen ließ. Aeußerlich mochte ihn die Nothwendigkeit, seine Familie von seinem literarischen Erwerb zu erhalten, zu der Bühne treiben, die leichteren und reicheren Gewinn versprach, innerlich drängte ihn Alles dazu. Das Volk kennt Gutzkow nur als dramatischen Schriftsteller, seine anderen Werke sind ein ausschließliches Eigenthum der Gebildeten. Auf die Masse wirkt allein das Pathetische oder das Triviale. Gutzkow erreicht weder das Eine noch sinkt er zu dem Andern herab, selbst die Verirrungen seines Geschmacks haben einen geistigen Zug. Und hier war das Publikum auf der richtigen Spur des Löwen. Den Verfall des deutschen Theaters hat Gutzkow mit mächtiger Hand aufgehalten, er erneuert nicht allein die eingehende kritische Debatte darüber, er führt ihm neue Stoffe zu, er macht die Bühne zum Kampfplatz der modernen Gedanken. Seiner eigenen Poesie gewinnt er darum keine neue Seiten ab, er schafft ihr nur eine bessere, wirkungsreichere Form. Die inneren Gegensätze des Lebens, das psychologische Problem des Herzens wagt er zuerst dramatisch zu gestalten. Die Familienstücke Iffland's sind idyllischer Natur, sie bewegen sich um Aeußerlichkeiten, um die grell gezeichneten Charaktere des moralisch Guten und Bösen, Gutzkow knüpft an Lessing's „Emilia Galotti" wieder an. Der Mensch spricht sich aus, nicht mehr der Hofrath, der Jäger, der Spieler. Wir Alle empfanden die

Wunden, welche „die Welt“ Werner schlug, wir Alle irrten einmal von dem stillen Veilchen Agathe zu der glänzenden Rose Sidonie hinüber, wie Ottfried, auch in uns kämpfte die Liebe des Herzens mit der des Geistes. Wer wollte sich für so bettelarm erklären, daß er nie in diesen Gefühlen geschwelgt, gelebt und gelitten? Welche Frau hätte, wenigstens in der Phantasie, nicht einen Augenblick wie Ella Rose zwischen dem Geliebten und dem Gatten geschwankt? Solche Gestalten tragen den Kern der Wahrheit in sich und verlieren ihren hohen Werth nicht, weil vielleicht ihre Gewänder sie nicht harmonisch genug drapiren. Sie rühren uns, denn wir erkennen in ihnen unser Fleisch und Blut, auch sie erfüllen, so weit die Form des gesellschaftlichen Dramas es gestattet, Shakspeare's Wort von der dramatischen Kunst: sie halten der Natur den Spiegel vor. In seinen Schauspielen: „Werner“, „Ottfried“, „Ella Rose“, zeichnet Gutzkow in meisterhafter Ausführung das innere Leben der Zeit, in ihnen waltet der Flügelschlag der Seelen, die in Schmerzen, wie diese Tage es wollen, nach der Schönheit und der Freiheit trachten. Wie hoch eine strenge, aber gerechte Kritik einzelne Mängel der Composition, das Ausgebauschte und Ueberladene der Handlung anschlagen mag, das Echte und Poetische, das Originale darin kann sie nicht verkennen, am wenigsten in der Perle von Gutzkow's Dichtung, in „Uriel Acosta“. Der Gegensatz des Glaubens, der in „Nathan“ sich auf geschichtlichem Boden bewegt, tritt hier, nicht weil es Gutzkow wollte, sondern naturgemäß im Kreise der Familie auf. Es giebt keine Kreuzzüge, keine dreißigjährigen Glaubenskriege mehr. Am Herde des Hauses kann allein noch die Schlacht der Glaubensfreiheit geschlagen werden, nur hier sind noch Märtyrer möglich. Nie hat Gutzkow das Familienleben seelischer geschildert, nie ist seine Form reiner, seine Sprache edler gewesen.

Gleich schöpferisch bewies sich Gutzkow im Lustspiel. Mit „Zopf und Schwert“ steigt die komische Muse im patriotischen Gewande auf die Bühne. Die uns so lang verschlossen war, unsere Geschichte, thut sich vor uns auf. Die Roccocozeit ist nur durch die Komödie wiederzugeben. In die heiterste Laune, den muntersten Scherz verwandelt sich der bisherige Ernst des Dichters. Gutzkow hat ein Auge für die Schnörkellinie, für die komischen Züge historischer Persönlichkeiten. Zu diesen Vorzügen kommt im „Urbild des Tartüffe“ die Schilderung Molière's, eines seiner poetischen Meisterwerke, und eine auch ethisch uns ergreifende Handlung.

Eine so lange theatralische Laufbahn, die sich bis zum Jahre 1849 fast ununterbrochen, in seiner Stellung als Dramaturg des Dresdener Theaters seit 1846, und dann bis jetzt, wenn auch nur in Zwischenräumen, fortzog, konnte nicht ohne Niederlagen bleiben. Gutzkow arbeitete rasch, oft zu viel; sein erstes aufgeführtes Trauerspiel „Richard Savage“ und „Der dreizehnte November“ errangen mit ihren melodramatischen Effecten vorübergehend Erfolg, ganz aber verkannte er das Wesen und die Grenze seines Talentes in den historischen Tragödien. „Patkul“, „Putgatschew“, „Wullenweber“ sind wie „Nero“ verfehlte Schöpfungen. Es war schon wunderlich, in „Nero“ eine moderne Komödie und einen geschichtlichen Vorfall zusammenzuleimen, die Personen bald im antiken, bald im Stil des Jahres 1832 sich äußern zu lassen, allein man konnte das Ganze wie ein allegorisches Schattenspiel betrachten.

In den anderen Trauerspielen ist die Uebertragung der liberalen Anschauungen, der Herzenskämpfe ernst gemeint. Nur läßt sich die Geschichte nicht so verklären; nie vermochte in Wullenweber's Tagen ein Mensch den Gedanken „eines freien Bundes für alles freie Denken und Handeln“ zu hegen, nie war Patkul mehr als ein unruhiger, aufständischer, eitler Edelmann. Diese Conflicte, diese Helden schweben in der Luft. Nachdichten kann die Geschichte allein ein pathetischer Geist, Shakspeare, Schiller; selbst Goethe vermochte im „Götz“ und „Egmont“ nur die Schauspieleffecte, nicht die Tragödie einer geschichtlichen That darzustellen.

Jetzt hat sich Gutzkow wieder seiner journalistischen Thätigkeit und dem modernen Roman zugewandt. Seine „Ritter vom Geist“ haben ihn an die Spitze der deutschen Literatur gestellt. Was ihm an der intensiv nur poetischen Wirkung fehlt, ersetzt sein umfassender Geist. Die „Ritter vom Geist“ erfuhren die verschiedensten Beurtheilungen, die Gegner sahen in ihnen eine neue Auflage von Eugène Sue's „Geheimnissen von Paris“ und verspotteten schon ihre neun Bände. Ueber den ästhetischen Werth eines „Culturbildes“ ist schwer ein gültiges Urtheil zu fällen, da wir in den „Rittern“ das erste und einzige besitzen. Diese Frage ist eine offene für die Zukunft, schwerlich würde Aristoteles aus den Tragödien des Aeschylos allein seine Theorie des Trauerspiels entwickelt haben. Das Gemälde einer Zeit läßt sich von den Zeitgenossen selber nicht auf das Maß, nicht auf den künstlerischen Abschluß eines vollendeten Romans führen, seiner Natur nach ist es zu weit für diese Grenzen. Ja, es hat nicht einmal einen nothwendigen Schluß, seine Fäden reichen in die fernste Zukunft. Dieser Bruch der ästhetischen Gesetze scheint ein der Gattung angeborener Fehler. Aber der Zauber eines solchen Werkes muß in anderen Reizen gesucht werden — es ist das Leben, das uns aus ihm anhaucht, dasselbe Leben, das wir führen, in dessen Beziehungen, Verwickelungen und Wogen wir stehen, dem wir die Fahne voran oder die Schleppe nachtragen, der Athem der Begeisterung ist es, der aus den „Rittern" uns entgegenweht, der Gedanke einer Verbrüderung der Besten, das dämmernde Roth eines schöneren Tages, das diese Geschichte wie mit einer Glorie krönt und uns mit Hoffnungen und Zukunftsträumen erfüllt. Die Bewegung von 1848 fand in diesem Werke ihren poetischen Ausdruck und plastische Gestaltung, wir waren diese Dankmar und Egon, wir verkehrten mit Justus und Schlurk, wir sahen an den Tagen der „großen Demonstrationen", auf den Barricaden des März jenen unheimlichen Hackert dahinschleichen..... Und kannten wir sie nicht die holden, verstrickenden Gestalten, nicht Melanie und Helene? In ihnen vermählte sich das Leben harmonisch mit der Romantik, in ihnen klang aus, was Cäsar einst zu Wally geführt und dann von ihr getrieben, was Seraphine verschuldet und gelitten. Die Frage, die in dem tiefgefühlten Gedicht an Helene d'Azimont in den „Rittern" sich wendet —

„Ist es denn Dein innerstes Bedürfen
Andern Alles, Nichts Dir selbst zu sein?
Nichts der Frauen höchstem Liebesruhme,
Nichts, Helene, dem Entsagungsschmerz?"

schloß mit wehmüthigem Ausklang die tiefe Kluft zwischen Herz und Geist.

An Kunstwerth, an romantischem Schmelz sind die

ersten drei Bände der „Ritter" vorzüglicher, als die letzten, sie gehören mit wenigen Ausnahmen durchaus der Welt der Schönheit an. Später tritt der Fluß der Begebenheiten von den Höhen in die Ebene, er wird breiter, aber seine Ufer flacher, Aehrenfelder bedecken sie, aber es fehlen ihnen zu oft der rauschende Wald, die murmelnden Bäche, die aufragenden Felsen, die uns in dem oberen Laufe des Stromes entzückten. Was Jeder auch an den „Rittern vom Geist" tadeln mag, er weiß, daß er, sie lesend, ein Stück Leben erlebte.

Ueber keinen zeitgenössischen Schriftsteller schwankt das Urtheil so vielfach, als über Karl Gutzkow — darum, denken wir, weil er die Zeit in allen Formen und Wandelungen ihrer Ideen wiederspiegelt und wie sie selbst, ewig anders erscheint. Und doch ist der Grund seiner Arbeiten und seines Wesens derselbe, die Sehnsucht, sich selbst klar zu werden, aus dem Gewirr des Daseins sein Ideal zu retten, das Herz mit dem Geiste zu versöhnen. Wäre er reicher an Witz, ärmer an Gemüth und dem Adel des Herzens, könnte man ihn mit Voltaire vergleichen. So aber ist er ureigen, verschlossen, hart und voll Stacheln nach außen, während im Innern eine heilige Flamme loht — gewiß, weder dem Manne noch seinem Lebenslaufe fehlt der *heroische* Zug.

Der Zauberer von Rom*).

„Der letzte Papst!“

Dieser Gedanke, der in Folge der italienischen Bewegung, unter den mannigfachsten Formen, als politische Frage, als ein Gegenstand des Erschreckens oder der Freude, im Geist und Herzen der Menschen aufgetaucht ist, schließt, ob er nun verwirklicht oder erdrückt wird, die Zukunft der katholischen Welt in sich. Zweimal haben sich in den letzten Jahrhunderten, um in ihrer bilderreichen Sprache zu reden, die Pforten der Hölle gegen sie aufgethan, beidemal ist ihr ein Erzengel Michael entstanden, der den Drachen in die Finsterniß zurückgeworfen. Den Ansturm der Reformation hielt sie durch den Orden Jesu und das Haus Habsburg auf; alle Fürsten, ein schismatischer voran, Alexander I. von Rußland, bändigten ihr zu Gunsten den Geist der Revolution. Jenes Gefühl von der Zusammengehörigkeit geistlicher und weltlicher Interessen im Gegensatz zu der großen beherrschten Masse des Volkes, das sich im 18. Jahrhunderte ganz verloren, erstand mit erneuerter Kraft und Lebendigkeit, was früher mehr ein dunkles

*) Der Zauberer von Rom. Roman in neun Büchern von Karl Gutzkow. 9 Theile. Leipzig, F. A. Brockhaus.

Ahnen und Empfinden, als Gewißheit gewesen, wurde jetzt durch eine im Glauben und im Despotismus aufgehende Philosophie zum Bewußtsein und Grundsatz des Handelns erhoben. Von jeher hatte die Kirche mit dem Geist der Forschung und den Naturwissenschaften in Streit gelegen, nach 1815 verließ sie für immer auch die Sache des Volkes, die sie mehr als einmal mit beredtem Wort und den ihr eigenthümlichen Waffen wider die Könige vertheidigt. Damit stieg sie von ihrer einsamen Höhe herab, hier und dort erniedrigte sie sich zu Schergendiensten. Der Gegensatz, in den sie so, vor allem in Italien, mit den Massen des Volkes gerieth, hat ihre Grundfesten erschüttert. Einer wesentlich ungebildeten und wundersüchtigen Bevölkerung wie der Italiens, Spaniens und des südlichen Frankreichs wäre es nicht schwer gewesen, die Vortheile und das Licht der modernen Wissenschaft noch lange vorzuenthalten; nicht der Gedanke des Protestantismus, der politische Druck hat die Bewohner des Kirchenstaats mit wehenden Fahnen Victor Emanuel zugeführt. Viele meinen, das geistliche Papstthum würde die weltliche Herrschaft des römischen Bischofs glorreich überdauern und der Fels der Kirche Fels bleiben, unbewegt, wie die eherne Gestalt des Apostelfürsten. Aber mit dem Zauber, fürchten wir, schwindet auch der Zauberer, wenn das Wunder enthüllt, ist der, welcher es vollbrachte, nicht mehr Petrus oder Paulus, sondern Simon Magus.

So lange mit der schweigenden Jungfrau der Priester die Stufen zum Kapitol hinanschreitet, so lange, sang einst Horaz, wird mein Lied dauern. Das Papstthum hat in etwas das römische Heidenthum fortgesetzt, schweigend, üllt sind seine Mönche und Nonnen diese Stufen hinaufgewandelt; wenn jetzt von ihnen über eine unermeßliche Volksmenge das neue Zauberwort una! schallt, werden die Schatten von Innocenz III. und Bonifaz VIII. einsam und still durch die öden Gassen der Leoninischen Stadt schleichen? Gespenster im Sonnenlicht der Freiheit?

Der letzte Papst! — Ein Gedanke, der um so tiefer und mächtiger einen Dichter begeistern kann, je faßlicher und erschütternder die in ihm liegende Tragik und Symbolik auf Jeden wirkt. Jahre vorher, ehe die Zeitereignisse mit drängender Gewalt, auch wie eine Hand mit feurigen Buchstaben schreibend, auf diesen Ausgang hinwiesen, hatte Karl Gutzkow diese tragische Phantasie in der Form eines culturhistorischen Romans zu gestalten begonnen, der erste Theil seines „Zauberers von Rom“ erschien im September 1858. Denen, die das eigenthümliche Wesen eines Dichters eingehender zu ergründen sich mühen, kann der Zug nicht verborgen geblieben sein, der Gutzkow schon im Anfang seiner Laufbahn zu religionsphilosophischen Problemen zog. Keime liegen in „Maha Guru“, in „Wally“, Gutzkow's edelste Schöpfung „Uriel Acosta“ ist von diesem Gegensatz des Glaubens und der Forschung erfüllt und getragen. Einem solchen Geiste, der über den beiden streitenden Kirchenparteien, den Katholiken und Protestanten, in ihrer Beschränktheit stehend, jedem Einzelnen die Freiheit seines Gottesbewußtseins gewahrt sehen möchte, mußte der schöne Traum Leibnitzens wieder aufdämmern, der Gedanke an eine Versöhnung und Ausgleichung der beiden Kirchen. Ein Hirt und eine Heerde, beide wiedergeboren im Geiste der Freiheit und jener christlichen Brüderlichkeit, die wir gern, als ein Ideal der Vollkommenheit, in den ältesten Gemeinden walten lassen. Dieser

Traum ließ sich, seiner Natur nach, nur in einer Allegorie verkörpern. In der Wirklichkeit ist eine Verschmelzung der Bekenntnisse unmöglich, ein Widersinn. Der Katholicismus beruht auf Ueberlieferung, der Protestantismus auf der Forschung der Vernunft. Ein Begriff verzehrt den andern; gnädig mögen uns die Götter vor jener Zeit bewahren, in der es keinen Streit auf Erden giebt, in der, wie Anastasius Grün einmal gesungen, man vor Rosen weder Kreuz noch Schwert mehr sieht. In Beginn, Verlauf und Ende ist das Dasein ein Kampf und dieser unbarmherzigen Bestimmung gegenüber bleibt uns der Gedanke eines ewigen Friedens, eines goldenen Zeitalters so schmeichelnd, wohlthuend und poetisch schön. Der letzte Papst Gutzkow's, der selbst die Freiheit der Geister verkündigt und in seiner, vom Dichter geschilderten irdischen Laufbahn etwas von einem Halbgott und jener Verklärung hat, darin es den Schülern des heiligen Franciscus von Assisi gefiel, ihren Herrn und Meister zu kleiden, ist darum nur ein Symbol. Seine Idee zu verkörpern gebraucht der Dichter einen Helden, ihn darf es nicht kümmern, daß sie auf anderm Wege in's Leben tritt.

Wenn aber das Ganze in dem symbolischen Untergange des römischen Zaubers — des römischen Katholicismus — sich gipfeln sollte, so mußte die Nothwendigkeit dieses Falls auch aus tieferen Ursachen, als politischen und freigeistigen, abgeleitet werden; nur wenn das Große und Bedeutende durch einen in seinem Wesen begründeten Fehler zu Grunde geht, wirkt es tragisch. Die eigentlich dichterische Bedeutung des Werkes finden wir darum weniger in seiner romantischen Verknüpfung und seinem Schluß, als in der Entwickelung des tragischen Gedankens vom innersten Kern des Katholicismus heraus. Im Mittelpunkt des Zauberkreises aber steht der Priester, das Mittel, wodurch er fort und fort die Gläubigen anzieht und beherrscht, ist die Beichte. Seitdem der Bann seine Kraft verloren, die wunderthätigen Bilder und Reliquien nur noch im Verborgenen Kranke heilen, wodurch kann Rom noch blenden und verwirren? Die Pracht seiner Ceremonien, sein Weihrauchduft und seine Gesänge sind wie jene Wolken, darin Homer seine Götter hüllt, in ihnen schreitet der Priester einher, weniger ein Mensch, als ein Begriff, unter oder über der Menschlichkeit, wie die Auffassung eines Jeden eben ist. Denn indem ihm das Cölibat das Recht der Liebe raubt und einer Neigung, die er empfindet, nicht nur den Stempel des Verbotenen, sondern fast des Unnatürlichen aufdrückt, nimmt es ihm zugleich den Willen des Lebens. In der strengen Bedeutung des Begriffs ist der katholische Priester ein wandelnder Schatten, der Glanz der Gottheit, der er am nächsten von allen Sterblichen steht, verlöscht sein Wesen, um diesen Preis trägt er die Schlüssel des Himmels und der Hölle. Der Einwand, daß wie wir alle, auch die Priester der Sinnlichkeit verfallen, vernichtet den Begriff als solchen nicht; die Kirche hat von ihrem Standpunkte Recht, die Regel unverbrüchlich festzuhalten und den sündigen Priester als Ausnahme zu bestrafen. Die Novellen des Boccaz richten sich nie gegen die Wesenheit der Ehelosigkeit und des Gebots der Keuschheit, stets verspotten sie den einzelnen Mönch, den einzelnen unkeuschen Priester, bei all' seiner Leichtfertigkeit und Bosheit scheint dem Erzähler das Bild eines heiligen und lauteren Geistlichen vorzuschweben, des heiligen Franz, des heiligen Dominicus. „Die romanische

Opposition gegen die römische Kirche," bemerkt Gustav Diezel in seiner Vorrede zum Decamerone, „hat zu allen Zeiten eine andere Form angenommen, als die germanische Opposition, eine Form, in der sie immer unfähig war und sein wird, den Katholicismus wahrhaft zu überwinden; sie strebt zum Heidenthum zurück." Ihr fehlt Sinn und Bewußtsein für die tiefen und mächtigen Gedanken, welche bei alledem den Katholicismus bilden und bewegen. Da zeigt es den philosophischen und poetischen Blick Gutzkow's, daß ihn diese Hülle nicht irrte, daß er freiwillig auf den ergreifenden Eindruck verzichtete, den der Sündenfall einer ursprünglich edeln und über das Irdische hinausstrebenden Natur erweckt, und seinen Helden Bonaventura gerade dadurch die Nichtigkeit und Tragödie des katholischen Priesterlebens erweisen läßt, daß er rein von jedem Makel, aber auch einsam, freudlos, mit gebrochenem Herzen aus den Kämpfen zwischen Neigung und Pflicht hervorgeht. Aus der Gemeinde trat das Priesterthum als ein Besonderes und suchte sich in dieser bevorzugten Stellung trotz des in ihm wohnenden Widerspruchs zu erhalten. Erkennt der Einzelne diesen Widerspruch in seinen letzten und eingreifendsten Folgen, so hört er dem Geiste nach auf Priester zu sein; wie wir alle sterbend in den Schooß der Natur, so sinkt das Priesterthum, indem es Allen die Freiheit ihres Gott-Wissens und Gott-Verehrens wiedergiebt, in die Gemeinde, in die Menschheit zurück. Diese Wandlung, dies Leiden vollzieht sich im Roman an Bonaventura; er ist das Ideal eines Priesters.

In der Seelengeschichte eines katholischen Geistlichen handelt es sich im Grunde nur um zwei Punkte: wie leicht seine menschliche Empfindung sich mit seiner überweltlichen Bestimmung aus, wie erfüllt er seine Sendung vor den Laien? Wie man es faßt, das Erste bleibt eine Herzenssache, das Zweite berührt die Zucht und das Wesen der Kirche. Hier ist, wie gesagt, die Beichte der Pfeiler, auf dem sie ruht. Der Verbrecher, der seine Schuld in das Ohr des Beichtvaters flüstert, ist oft geschildert worden, Gutzkow hat das Interesse solcher Scenen von der sprechenden auf die schweigende Person gelenkt. Aeußerlich genommen, giebt die Beichte dem Priester eine unermeßliche, unumschränkte Macht; beredte Gegner des Jesuitismus haben in ihr die Unterdrückung der Freiheit und Sittlichkeit gesehen und sie, im Hinblick auf die Frauen, als die Störerin des häuslichen Friedens, an Jacques Clément und Ravaillac denkend, als die Werkstätte des Aufruhrs und des Königsmordes angeklagt. Aber unwillkürlich setzen sie einen schlechten Priester voraus. Kann Carlo Borromäus, Franz von Sales oder Fenelon Aufstand und Mord empfehlen? Ehen trennen, statt sie zu befestigen? Unmöglich, im Gegentheil, es muß den Reuigen und Schuldbewußten ein süßer Trost sein, Worte strafender Gerechtigkeit und zugleich barmherziger Milde von solchen Lippen zu hören. Sinniger hat Gutzkow das Unnatürliche und Gefährliche der Beichte in der Last erkannt, die sie vom Haupt des Schuldigen ab auf den unschuldigen Priester wälzt. Er ist nun „das Lamm, das schweigend der Welt Sünde trägt." Er geht umher, das Herz schwer von begangenen und noch zu vollführenden Verbrechen, ruhig an ihm vorüber schreitet der Mörder, der Mordbrenner, der Fälscher: er darf sie nicht halten, er kennt sie nicht. Durch einen Betrug sonder Gleichen sieht er die Seelengeliebte seines Herzens die Gattin eines

Andern werden, er darf sie nicht warnen, er kann sie nicht hindern, für ihn ist Kassandra's Wort die schrecklichste Wahrheit: „nur der Irrthum ist das Leben und das Wissen ist der Tod". In ihrer lebendigen Darstellung und der Bedeutsamkeit ihres Inhalts gehören diese Schilderungen, von der Beichte Hammacker's und Lucindens bis zu den schwatzhaft naiven Bekenntnissen der Nonnen, zu den vorzüglichsten Seiten des Romans, immer neu weiß sie der Dichter zu gestalten, wiederholt knüpft er den Fortgang der Erzählung an sie und vergißt doch niemals in der Spannung, die er erweckt, seinen Hauptzweck: ihre Rückwirkung auf Bonaventura's Seele. Gutzkow's Auffassung nach ist das Leiden die Bestimmung des Priesters, er hat für ihn etwas von dem todtbetrübten Propheten im Garten von Gethsemane. Wir gedachten oft, wenn die sanftgeneigte Gestalt Bonaventura's vor uns hintrat, an die Sage vom heiligen Franciscus, der, bei der Betrachtung der Wunden des Heilands in Verzückung fallend, als er erwachte, die blutigen Spuren der Nägel auf seinen Händen und Füßen fand. Im Mittelalter wurzelt der Glanz, die Macht und die Symbolik der Kirche, je umsichtiger und sorgfältiger Gutzkow's Studien waren, desto sicherer wiesen sie ihn dorthin.

Dieser Hauch des Mittelalters haftet für uns an Bonaventura, aus manchen Einzelheiten der Erzählung weht er uns an. Die unterirdischen Gänge, die Lucinde wandelt, das lateinisch geschriebene Bekenntniß Leo Perl's, zu den Füßen einer Muttergottesstatue verborgen, Bruder Hubertus, der Todtenkopf, seine und Klingsohr's Flucht aus dem Kloster, ihr Aufenthalt in hohlen Baumstämmen — diese Dinge und Figuren, deren Wirkung in der Erzählung wir nicht bestreiten, gehören kaum der katholischen Kirche der Neuzeit an; wenn solche absonderlichen Vorfälle sich auch ereignen mögen, der Dichter sollte bedenken, daß häufig „das Wahre nicht wahrscheinlich ist“. Und das Concil, das Bonaventura beruft, wie ist es so ganz ein Nachhall vergangener Zeit und Größe! Pius IX. wußte recht wohl, warum er kein Concil in diesen Tagen des Unglaubens um sich sammelte, als er wider Gesetz und Gewohnheit der Kirche das Dogma der unbefleckten Empfängniß schuf. Freilich entspricht der phantastische Schein über dieser Gruppe, um jenes Ereigniß den Vorstellungen, die der Titel des Werkes „Der Zauberer von Rom“ erweckt. Gleichsam die letzten Spiegelungen und Strahlenbrechungen der alten tausendjährigen Zauberei gaukeln magisch um uns hin. So innig und tief hat sich Gutzkow in diesen Schein — und wer möchte leugnen, daß er vor Allem schön und poetisch sei, wie jener Vorhang, der im Tempel zu Jerusalem das Allerheiligste den Augen des Volkes verbarg? — eingelebt, daß ihm hier und dort von Befangenen der Vorwurf einer ungerechtfertigten Vorliebe für den Katholicismus gemacht wird! Ein Vorwurf, der die Dichtung eben um ihrer Wahrheit und Zauberei willen lobt! Nur ein kalter und trockener Sinn kann sich in vornehmer Verständigkeit von den vielen gemüthlichen, bald sanft das Herz bewegenden, bald mächtig erschütternden Ceremonien der katholischen Kirche, denen doch auch, wie der sola fides des Protestantismus, eine Innerlichkeit zum Eckstein dient, achselzuckend abwenden; nicht um Propaganda zu machen, schildert sie der Dichter, um so schärfer tritt die Tragödie des katholischen Priesterthums hervor, wenn man sein geistiges Elend mit dem Schimmer seiner Erscheinung vergleicht. Wie hier Form und Wesen auseinanderfallen, hat Gutzkow in einem Motiv angedeutet, das leider nicht zu seiner ganzen Bedeutung ausgenutzt, sondern mehr als ein Hebel zur Spannung verwandt ist, wir meinen das Geständniß Leo Perl's, des zum Christenthum übergetretenen jüdischen Gelehrten, daß er, in Unruhe über seine That, aus Zweifel und Haß, Bonaventura nur äußerlich, nicht mit der Absicht seines Willens getauft habe. So ist, da nach katholischer Anschauung zu jeder priesterlichen Handlung die recta intentio, der Wille des den Gebrauch Vollziehenden, gehört, den Thaten wie den Worten Bonaventura's die Weihe vorweg genommen, sie sind bedeutungslos, ihre Kraft ist entflohen. Einst wirkte der Zauber Heilung, Bekehrung, tausendfältige Wunder, jetzt blendet er nur noch die Unfreien und die Befangenen.

Aber, und dies ist der Einwand, den wir gegen den Dichter in dieser Hinsicht erheben, wer vernichtet denn in der Wirklichkeit den falschen Schein? Wer stürzt Rom? In ihm selbst liegt der Keim seines Unterganges, wird er antworten. Eine Ansicht, die doch nur eine relative Wahrheit hat. Die Kirche besteht nicht allein auf Erden, mächtige Kräfte sind da und regen sich wider sie: der Protestantismus, die freie Forschung. Es befremdet, daß Gutzow in einem so großartig umfassenden Zeitbilde ihnen keine, oder doch nur eine sehr untergeordnete Stelle eingeräumt. Gräfin Erdmuthe, die einzige thatkräftige Protestantin der Erzählung, bewegt sich in dem entgegengesetzten Extrem, sie ist Herrnhuterin und dennoch, wie erquickend, frisch, einem Strahle lautern Wassers gleich, ist ihre Erscheinung und ihre Rede unter all' den katholischen Wundern und Wundergläubigen! Die Gefahr, die in dem Einführen von Protestanten lag, verkennen wir nicht, Gutzkow fürchtete, bittere Controversen nicht vermeiden zu können — daher seine abgeschlossene, katholische Welt. Möglich, daß wir irren, daß die Mehrzahl der Leser die Abwesenheit jedes Streits über die Auffassung Gottes und der Welt nicht einmal bemerkt und gern dem Dichter sich fügend an weite Lebenskreise glaubt, in welche die Bewegung unseres Jahrhunderts nicht gedrungen sei: wir haben eine andere Anschauung von dem Genius der Zeit. Er hat Italien befreit und die Hierarchie besiegt. Aus dem Katholicismus als solchem wird nun und nimmermehr Rettung und Läuterung kommen. Die Zerstörung der weltlichen Macht des Papstthums wird durch den Gedanken der Freiheit und der Nationalität herbeigeführt. Dies ist schön von Gutzkow nachempfunden und dargestellt; die Herrschaft der Kirche über die Geister sinkt durch das Vordringen der Philosophie, durch die erweiterte Kenntniß der Natur: absichtlich hat Gutzkow diese Seite in dem großen, römischen Drama nicht dargestellt. Bis zu einem gewissen Punkte hin wird man in einem Worte Bonaventura's das Glaubensbekenntniß des Dichters erkennen dürfen: „Einst werden die Protestanten nicht mehr Nichtkatholiken, die Katholiken nicht mehr Nichtprotestanten, sondern beide erst wahre Christen sein“ — eine Anschauung, die nicht allein gut zu dem milden Wesen des Redenden, sondern auch zu dem versöhnenden und ausgleichenden Gedanken des Werkes stimmt. Hieraus entspringt die Vorliebe, die Gutzkow wiederholt für die Form des Deutschkatholicismus ausspricht, die Trauer, die er über das Mißglücken dieser Bewegung — das Monika, eine der Gestalten des Romans, doch wo' nur einseitig der Nichtbetheiligung der Protestanten zuschreibt — tiefinnerlich empfindet. Es heißt das Wesen und den Sinn des Buches absichtlich verkennen oder voll Befangenheit es nicht durchdringen, wenn man katholische Tendenzen darin findet, im Gegentheil, es ist eine laute, männliche Kriegserklärung gegen Rom, die, unserm Gefühl nach, nur darin mehr aus poetischem Schönheitssinn als gedanklichem Irrthum sich täuscht, daß sie von irgend welchen noch so großartigen und umfassenden Formen, die ein letzter Papst, ein letztes Concil uns geben könnte, Rettung einer dem Untergang geweihten Religionsanschauung erwartet. Die Religion der Zukunft kann nur diese einzige Forderung umschließen: das Moralgesetz des Christenthums bindend für Alle und sein Gottesbewußtsein frei für Jeden. Das Schlußwort des Werkes „die Forderung der Jahrhunderte, die unvertilgbar ewige Losung und das gottgegebene Erbe der Menschheit: Freiheit!“ wendet es sich nicht auch gegen den letzten Papst?

Wie tritt nun dieser Idee des Dichters vom Katholicismus der wirkliche, reale, die bestehende Kirche gegenüber? Welche Männer pflanzen sie als ihr Banner auf, welche Gegner erheben sich wider sie? Mit dieser Frage steigen wir aus dem idealen Gebiet des Romans zu seinen Gestalten, den Zuständen und Begebenheiten hinab, die er schildert.

In einer Kirche Mailands, erzählt Federigo, einer der Helden des Romans, befindet sich ein Bild, das einen Traum des heiligen Bernhard darstellt — „zwei Schiffe steuern dem Himmel zu; des einen Steuer führt der Herr; das andere Maria... Jenes bricht zusammen und seine Mannschaft sinkt in den Abgrund, dieses gleitet sicher dem Hafen des Himmels zu — Maria streckt ihre hülfreiche Hand nach den Scheiternden aus und nun kommen auch sie in den Hafen der Gnade, sie, die mit Christo gingen, sie, die mit Christo verloren sein sollen, sie, nur noch erlöst durch Maria —!“

So treiben nach des Dichters Ansicht auf dem Meere der Zeit zwei Schiffe, welche aus Sturm und Brandung die heiligsten Schätze der Kirche zu retten suchen: in dem einen birgt sich die Wahrheit, das geistige Element des Katholicismus, seine aus ihm selbst heraus sich vollziehende Läuterung; auf dem andern segeln unter den Fahnen der Inquisition, mit den Schwertern, welche gegen die Waldenser, den Dolchen, welche zum Mord Heinrichs IV. geweiht wurden, die Anhänger des alten Formelwesens, die Ehrgeizigen, die Stolzen, die Apostaten, wie Lucinde und Klingsohr. Noch hat jeder Leser die Hölle Dante's seinem Paradiese vorgezogen; die nicht mit Sünden, nur mit Schwächen behafteten Männer in der Barke der Läuterung erregen darum, Bonaventura ausgenommen, nur eine geringere Theilnahme, in etwas gleichen sie alle — der Kardinal Ambrosi, Paolo Vigo, der abgesetzte Pfarrer eines neapolitanischen Dorfes, Federigo, der vom deutschen Freiherrn der Lehrer und Prediger waldensischer Gemeinden in Nord- und Süd- (?) Italien geworden — den Seligen, welche Fiesole am Tage des Gerichtes zur rechten Seite seines Gottes zu malen liebte: sanfte, stille, verklärte Gestalten, mit dem Zug des Schwärmers in ihrem Gesicht, in Melancholie versunken, die den einen von ihnen, den Wiener Chorherrn Grödener zum Selbstmord treibt. Solchen Naturen fehlt die Kraft des Eingreifens in die Dinge, es ist bezeichnend für Bonaventura, daß er, hinter der

Scene gleichsam, vom Pfarrer zu St. Wolfgang am Rhein bis zum Papst emporsteigt, allein durch seine Tugenden, wie für seinen Vater, den Einsiedler Federigo, daß er trotz seines innerlichen Bruches mit der Kirche seine Anhänger im Silaswalde ermahnt, treu ihren Pflichten als Katholiken obzuliegen. Und hier muß nun für sie und ihre Gedanken, die thatsächlich durchzuführen ihnen die Kraft gebricht, das Walten des Weltgeistes eintreten. Gutzkow schließt das achte Buch seines Werkes nach der Eroberung Roms, etwa 1850, das neunte trägt die Ueberschrift 18??. Inzwischen ist die jesuitische Reaction in der Kirche wie im Staat besiegt worden, unweit der Pyramide des Cestius hält ein Dictator Heerschau, im Vatikan wählen sie zum „letzten" Papst Bonaventura, den deutschen Priester. Ein großartiges, das Ganze harmonisch abschließendes Bild — aber doch nur — ein Bild, keine Lösung der wachgerufenen Fragen.

Auch darum nicht, weil die Gegner im andern Schiffe wohl vom Tod hinweggerafft, ihre Prinzipien aber nicht überwältigt sind, und der Leser an sie und ihre geistigen Nachfahren gedenkend, von dem allgemeinen Concil sich nicht zu viel des Guten versprechen kann. Ueber dies Alles setzt sich der Dichter im idealen Schwunge fort, er verlangt, möchten wir sagen, bis zu einem gewissen Maße, die edle Schwärmerei, die seine Helden beseelt, auch von uns; auch wir, Weltkinder und Söhne des 18. Jahrhunderts, Voltaire's und Kant's, Schiller's und Goethe's, sollen an die frohe Botschaft glauben, die unter den „Bluteichen", in den Schluchten der calabrischen Berge, gepredigt wird.

Kein größerer Gegensatz, als der dieser naiven Frömmigkeit und der absichtlich zur Schau getragenen Glaubensseligkeit und Buße, in der Lucinde und Klingsohr vom Protestantismus zur katholischen Kirche sich wenden. Auf beiden beruht nicht allein das Wesentliche der Fabel, der romantische Reiz des Romans, sondern sie vertreten auch am entschiedensten den Begriff der „streitenden" Kirche, recht eigentlich dem Charakter der Apostaten, auf politischem wie religiösem Gebiet, gemäß. Bis zu ihrem Ausgang halten sie die Theilnahme an ihrem Geschicke wach, in ihnen offenbart sich die Kunst des Dichters in der Darstellung gemischter Charaktere am reichsten und schönsten. Eine kurze Andeutung ihres Lebenslaufes sei darum hier erlaubt.

Lucinde ist die Tochter eines hessischen Dorfschullehrers. Armuth, Dienstbarkeit, widrige Verhältnisse werfen sie hin und her, aus einer Hand in die andere, früh reifen in ihr mit einem hochstrebenden Sinn böse, ihr angeborene Leidenschaften. So kommt sie in das Schloß Neuhof, zu dem westphälischen Freiherrn Wittekind, halb als Geliebte, halb als Wärterin seines wahnsinnigen Sohnes Jerome. Dort lernt sie Klingsohr kennen, den Göttinger Studenten, eine an sich begabte Natur wie sie, aber, wie sie durch die Erkenntniß des Weltlaufs, so durch die Gebrochenheit seines Willens, die Sucht nach dem Außerordentlichen den dämonischen Mächten verfallen. Sichtbar greifen dann diese in ihr Schicksal ein; Wittekind erschlägt im Streit Klingsohr's Vater, den Deichgrafen, und will, als Sühne seiner Schuld beinahe, dem Sohne des Getödteten die Geliebte geben. Aber die Rachegöttinnen verschlingen anders den blutigen Faden; im Duell tödtet Klingsohr Jerome; wie ein dunkles Ne-

schwebt die Sage über seinem Haupt, daß er selbst der Sohn des Freiherrn wäre, zuletzt wird Lucinde seiner überdrüssig, reißt sich von ihm los und der völlig haltlose Mann wirft sich in die Arme der Kirche. Aber der Zauber, mit dem ihn dies Mädchen gebunden, verläßt ihn nicht; ob er als Mönch, ob als Gefangener, im Professhause zu Köln oder auf einer römischen Villa ihr gegenübertritt, immer ist sie für ihn der Magnet, der ihn widerstandslos an sich zieht. Klingsohr endet in der Stellung Augustin Theiner's im Vatikan: er zeigt der Curie die ketzerischen und verderblichen deutschen Bücher an, die sie auf ihren Index setzt, sittlich ein durchaus verworfenes, elendes Wesen, aber zugleich von einem reichen, in den wunderbarsten Strahlen sich brechenden Geist, der zuweilen, während seines Ringens mit dem Dämon, wie eine zersprungene Harfe tönt. Stahlkräftiger erscheint Lucinde, eine bewußte Sünderin. Nach der Trennung von dem Freiherrn und Klingsohr beginnt sie wieder ihr früheres Abenteuerleben, in ihr ist ein zigeunerhafter Zug, äußerlich wie seelisch, Weltverachtung und daneben ein ewiges Dürsten nach dem Genuß dieser Welt, oder, wie sie sagt: „nach Herzen, die sie lieben.“ Ihr Versuch, als Schauspielerin sich eine Zukunft zu schaffen, schlägt fehl, sie mißfällt und wird katholisch, um in einem orthopädischen Institut eine Stelle als Lehrerin zu erhalten; Irdisches und Himmlisches verschlingen sich in dieser Seele so unauflöslich, daß man nicht zu entscheiden wagt, ob mehr dieser „materielle“ Vortheil oder eine plötzlich in ihr aufsteigende Leidenschaft für den jungen Bonaventura, dessen Priesterweihe sie zuschaut, diesen Schritt bestimmt. Fortan ist ihr Würfel geworfen, wohin sie kommt, was sie wird,

Erzieherin, Gesellschafterin, zuletzt in Rom eine Gräfin Sarzana, heute betheiligt bei frommen Andachtsübungen, morgen bei einer Brandstiftung, diesmal vor der unheimlichen Begierde eines alten Mannes flüchtend, ein ander Mal einen Kardinal in ihren Armen auf den Tod verwundet sehend; von der Liebe zu Bonaventura läßt sie nicht — darum zumeist, weil er sie verstößt. Dies ist ihre letzte und einzige Hoffnung; „ich liebe den Katholicismus", schreibt sie ihm einmal, „weil er die Religion der menschlichen Schwäche ist", der ihrigen vor allem. Bei all ihrer Schrecklichkeit hat diese Leidenschaft doch auch ihr Rührendes, dies Verfolgen seiner Spur, dies Anklammern an den geliebten Mann, der doppelt gebunden ist, als Priester durch Gelübde und Amt, als Mensch im Herzen durch seine Seelenfreundschaft zu Paula, dies „Hangen und Bangen", dem bei einer so stolzen und maßlosen Natur wie Lucinden eine dreifach größere Pein inwohnen muß, als Clärchen und Mignon. Wen der Hauch des Dämons berührt, der trägt auch ein Kainszeichen: in Lucinden scheint alles Finsterniß und Sünde, wo sie hinschreitet, wandelt das Verbrechen mit ihr, die unheimlichsten und gefährlichsten Menschen treiben in ihrer Nähe umher: ein lichter Punkt ist doch in ihr, ihre Liebe und ihre Aufopferung; jene Urkunde vor seinen Feinden vertheidigend, die das Bekenntniß enthält, daß Bonaventura nicht recta intentione getauft sei, mit der sie ihn einst im Aufwallen ihrer Rachsucht und beleidigten Selbstliebe zu vernichten drohte, stirbt sie in den Flammen ihres Hauses. Ihr Wesen wie ihr Ausgang ist nicht ohne Aehnlichkeit mit dem Hackert's in den „Rittern vom Geist". Doch erscheint Hackert reicher, ausgiebiger, seine Anschauung der

Welt gerechtfertigter, Lucinde hat zu oft das Unglück — oder ist's nicht eher ihre Eigenheit? ihre „Freunde" in dem zweideutigen Sinn des Wortes zu wechseln; trotz der Größe ihres Willens und der Festigkeit, mit der sie ihrem einzigen Ziele nachstrebt, sind ihre Mittel zuweilen kleinlich. Sie bannt die Männer, wie die Schlange die Vögel, mit der Verzauberung durch ihren Blick, allein Musik ist nicht in ihr und entzückende Anmuth, die Zeit ausgenommen, wo sie im Schloß zu Neuhof verborgen fast wie Dornröschen blüht. Dem wilden Heere voran, geht die Sage, schwebe Herodias, die in wahnsinniger Liebesgluth das auf ihre Bitte abgeschlagene Haupt des Täufers auf die Lippen geküßt und zur Buße nun im ewigen Sturme umhertreibe: mit ihr ist Lucinde wahlverwandt.

Wenn ihr und Klingsohr's Anschluß an die Kirche, zum Theil wenigstens aus Herzensbedürfnissen und geistigen Motiven entspringt, so hat Wenzel von Terschka nur aus der „Noth des Lebens" das Kleid des Ordens Jesu angenommen. Auch er gehört zur „streitenden" Kirche, der Orden sendet ihn in die „Welt", um den protestantischen Grafen Hugo von Salem-Camphausen zum Katholicismus zu bekehren. Die Tiefe des Gefühls abgerechnet, ist Terschka die männliche Lucinde. Auch er erlebt eine wüste, abenteuerliche Jugend, in der freilich der Schrecknisse zu viel auf einander gehäuft sind, dann ein Schwanken von Frau zu Frau, von der Mutter zur Tochter, des augenblicklichen Vortheils wegen ein beständiger Umtausch der Religion. Die Vorliebe, mit der Gutzkow bei der Schilderung solcher Renegatennaturen verweilt, hat Bedenklichkeiten erweckt, aber man verwechsele doch nicht ein ethisches Mißbehagen mit einem ästhetischen:

wer fühlt sich denn im Shakspeare von Jago, von Regan und Goneril „wohlthuend“ berührt!

Die reinste und würdigste Gestalt unter den Vertheidigern der Kirche, in der das künstlerische Auge sich wahrhaft befriedigt fühlt, ist der Erzbischof von Truchseß-Gallenberg; die Kölner Wirren im Ausgang der Regierung Friedrich Wilhelms III. sind gemeint. Die Scene, in der er handelnd und eingreifend auftritt, erinnert an jene erstaunlichen und ergreifenden Bilder Rembrandt's, wo aus gelb und grau und schwarz sich ein strahlender Schimmer, Physiognomien entwickeln, die einmal gesehen, unvergeßlich bleiben. Ein Mann Roms, „mager, starkknochig, länglichen Antlitzes, hart, ernst,“ aus einer Meerschaumpfeife rauchend, seines Königs Brief uneröffnet neben sich, gleichmüthig, als handele es sich nicht um seine Freiheit. Und Wort und Beschluß wie das Antlitz, Alles aus einem Guß. Eine Schilderung von ähnlicher, geistvoll historischer Auffassung ist das Auftreten Pio Nono's, während das Bild Metternich's im 7. Bande in der Feinheit seiner Züge und der Sauberkeit der Ausführung Denner's Köpfen ähnelt. Mit diesen Figuren eröffnet sich schon jenes Reich, das nach dem Spruche Christi freilich „nicht von dieser Welt“ sein sollte, aber dennoch ganz darin untergegangen ist: das päpstliche Rom.

Auf diesem Boden verschmilzt Heidenthum und Christenthum. Der Cardinal Ceccone, der in der Kirche nur die trefflichste Handhabe zur politischen Herrschaft sieht, neigt zum ersten, Fefelotti faßt das zweite, wie die Ketzerrichter unter den Dominicanern auf. Daneben, im Schatten der Peterskirche, in den Sälen des Vatikan, ein wildes Genußleben, in der altrömischen Weise Nero's ur

Heliogabal's, mit Frauen, die einen Zug von Messalina, wie Olympia, oder von Medea wie die Herzogin von Amarillas geborgt zu haben scheinen. Der Unterschied der deutschen und italienischen Geistlichkeit ist auf das Lebendigste ergriffen. Dort am Rhein wohnt in der Brust des Kirchenfürsten, seines Caplans, Aller, die zur Kirche gehören, in der nardenduftenden Poesie des Beda Hunnius, wie in dem fanatischen Glauben Müllenhoff's Ehrfurcht und Scheu vor dem Heiligsten. Ihre Anschauungen vom Göttlichen mögen noch so befangen, dürftig und von ihren schlechten Leidenschaften verdunkelt sein, eine wahrhaftige Ergriffenheit läßt sich ihnen nicht absprechen, nicht mit dem Munde, mit dem Herzen stehen sie für Christus ein. Bei den Römern dagegen, den ketzerhassenden Fefelotti ausgenommen, gleichen alle den Taschenspielern, den indischen Gauklern und Schlangenbeschwörern, sie wissen, daß ihre Lehren, ihre Symbole Trug und Wahn sind aber, so mächtig ist dies Spielen mit dem Zauber über die Zauberlehrlinge geworden, daß Ambrosi, einer der Heiligen des Buches, alte Knochen aus den Katakomben für Mexiko als „Reliquen des heiligen Xystus“ verpackt!

So sehen wir auf der Barke derer, welche der Jungfrau Maria folgen, um in der Allegorie zu bleiben, Herrschsucht, Eigennutz, Laster und Leidenschaften, äußerlich mit den heiligen Gewanden bedeckt — eine Fülle verschiedenartig bewegter Gestalten, alle zu dem einen Zweck vereinigt, den römischen Zauber in die entferntesten Kreise zu verbreiten, die Spiegelungen des *einen* Gedankens in hundert Herzen. So sorgfältig hat der Dichter gearbeitet, jeden Punkt beobachtet, daß es nicht schwer fallen dürfte, eine Stufenfolge von dem Papst bis hinab zu dem armen westphälischen Dorfpfarrer Müllenhoff oder dem wunderlichsten der Wunderlichen, Bruder Hubertus mit dem Todtenkopf, der unter seiner Franciscanerkutte die treueste Dienerseele auf Erden besitzt, aufzustellen. Und dies Gemälde wird noch reicher durch das Gewühl der sich mehr in den Hintergrund verlierenden Schaaren von Geistlichen, Mönchen und Nonnen aller Orden, die Kreuzgänge der Klöster, die emporstrebenden Thürme gothischer Münster, die es abschließen; hier lebt wirklich die geistliche Welt des Katholicismus sich aus.

Während das muthige Häuflein der heiligen Streiter um Bonaventura gegen dies Heer der Hierarchie sich zum Kampfe anschickt, hat ein einzelner Mann sich von allem Streit entfernt und sich schweigend zum leidenden Gehorsam beschieden, wenn auch mit widerstrebendem Willen: der Oheim Bonaventura's, der Dechant von St. Zeno zu Kocher am Fall, der letzte jener Geistlichen, welche für Voltaire's „Mahomet" schwärmten und das „Seligwerden nach seiner Façon" in das Belieben eines Jeden stellten. Alter, freundlicher, liebenswürdiger Mann, mit deiner Neigung für die Sterne, die Seelenwanderung, deinen Vögeln und Blumen um das stille, epheuumrankte Haus! Wie so mild und sonnig und klar blickt dein Auge in diese Welt! Die Sünden deiner Jugend, die nachgiebige Schwäche deines Alters gegen die Römlinge, wie gern verzeihen wir sie dir um die Worte, die du redest, auch wie jener griechische Kirchenvater, mit goldenem Munde. Trotz des äußerlichen Drucks ist die Seele des Dechanten frei geblieben und hat nicht im Blendwerk prunkender Ceremonien das Gefühl ihres Zusammenhangs mit der übrigen Natur eingebüßt, für ihn weht auch aus Pflanze und Thier der Odem des Göttlichen. Vor dem alten Cultus Roms wie vor dem neuen, den Bonaventura aufzurichten gedenkt mit Waldenser-Litaneien, flüchtet er in den ewig offenen Schooß Gottes, in das Leben und Weben des Alls, für ihn ist der große Pan noch nicht todt und der Glaube an ihn. Wir bekennen unsere Vorliebe für diese Gestalt um so freudiger, je weniger wir mit irgend welcher Erneuerung und Verklärung äußerer Religionsformen übereinstimmen, denn leider behalten Diderot's Worte in einem Brief an Sophie Voland ihre traurige Wahrheit: „Ueberall, wo es einen herrschenden Cultus giebt, ist die natürliche Ordnung der Pflichten umgestoßen und die Moral verderbt. Später oder früher tritt der Augenblick ein, wo dieselbe Erkenntniß, die einen Thaler zu stehlen uns hinderte, uns hunderttausend Menschen erwürgen läßt.“ Der Dechant thut das Gute um des Guten willen, menschenfreundlich, aufopfernd, ist er mehr als ein echter Priester, ist er ein Weiser, wenn gleich ohne ihren Muth, doch aus der Schule Sokrates' und Nathan's. Zu den sanften Sprüchen seiner Weisheit, die das Elend des Daseins uns durch freiwillige Entsagung zu lindern mahnen, flüchten wir aus dem Tumult des Streites, aus den römischen Capellen wie aus der Versammlung der Waldenser in seinen stillen Garten, wo aus den Zweigen der Bäume, wie von seinen Lippen nichts als das „Liebet euch unter einander“ des heiligen Johannes uns entgegentönt.

Als die neue Bezeichnung „culturhistorischer Roman“, zuweilen freilich von sehr unberufenen Geistern, in die Literatur eingeführt wurde, ist wohl dagegen behauptet worden, alle Romane wären im Grunde culturhistorisch, und zur Begründung wies man auf „Don Quijote“, die englischen Romane Richardson's, Fielding's und Sterne's, auf Wilhelm Meister hin. In dieser beschränkten Bedeutung, wo das Culturhistorische schon in der Schilderung gewisser, einem Volke oder einer Zeit eigenthümlichen Sitten, Gebräuche, Ansichten gefunden wird, verdienen alle Romane, die überhaupt auf Kunstwerth Anspruch erheben, diesen auszeichnenden Namen. Allein das Wort hat doch einen tieferen und umfassenderen Inhalt; sein Sinn geht auf die Schilderung des Gesammtlebens einer Epoche, die in dem beschränkten Rahmen der Romandichtung allerdings nur symbolisch in ihren Hauptzügen gegeben werden kann, und diesem Begriff kommt nur Cervantes' Don Quijote nahe. Der englische Roman beschäftigt sich wesentlich mit der Darstellung einzelner sonderbarer oder leidenschaftlicher Charaktere, erst in Boz und Thackeray ist ein größeres Eingehen auf das Zuständliche, auf das Leben und die Bedürfnisse ganzer Volksklassen hervorgetreten, in Goethe's Wilhelm Meister sind, die Phantasiereisen einmal beiseit, nur die Abenteurer wandernder Schauspieler und ihre, ob nun ernsten oder heiteren, doch immer nur vorübergehenden Berührungen mit der Außenwelt geschildert. Cervantes' Don Quijote allein entrollt ein fast vollständiges Bild Spaniens im Ausgang des 16. Jahrhunderts, ein Bild, das modernen Anforderungen freilich nicht genügt, Jeder wird jetzt den Blick auf die Inquisition, die verrotteten Zustände des Handels, das Lumpen- und Zigeunerwesen auf allen Landstraßen, die Pracht und das Leben Madrid's darin vermissen; aber die Zeit, in der er schrieb, entschuldigt den Dichter. Was sich später als das Verderben der spanischen Monarchie ausweisen sollte, erschien ihm als ihre Größe.

Dem Dichter der Gegenwart wird die Last schwerer; solche Auslassungssünden bei einem Culturgemälde würden als unentschuldbare Mängel gelten. Wie das Auge des Adlers aus der Wolkenhöhe, soll auch das seine die ganze Weite des Gesichtskreises seiner Zeitgenossen umfassen, und noch mehr, er darf nicht auf dieser Höhe bleiben, wir verlangen von ihm ein Eingehen in die kleinsten und geringsten Vorkommnisse, so bald sie seinem Gemälde einen neuen treffenden Zug zu geben vermögen. Cervantes und Shakspeare, Schiller und Goethe fliegen über Erde und Himmel dahin, in welche Tiefen ihr Blick auch dringt, sie selbst baden sich in Sonnenäther und dieser leuchtende Schimmer fließt von ihnen auf all' ihr Geschautes und Geschaffenes hinab. Die Kraft der modernen Dichtung besteht dagegen in dem liebevollen und getreuen Ausmalen des Einzelnen, in der breiteren Darstellung des Zuständlichen, ihr Bestes geht in dem Genrebild auf, das sehr wohl auch das Höchste in seinen Rahmen zu ziehen weiß; Zeuge das nie genug zu preisende Bild Rembrandt's vom „barmherzigen Samariter", oder um eine, wie das Stichwort will, noch „idealere" Anschauung zu berühren, der „Liebesgarten" des Rubens.

Nach beiden Seiten hin beweist sich Gutzkow als Meister, hierin ist das Lob ein unbedingtes und volles. Immer auf's Neue reißt uns der Reichthum dieses feinen und scharfauffassenden Geistes, diese bald strahlende, bald düstere Malerei zur Bewunderung hin. Von den Bergen Westphalens, den Rheinstrom hinab, über Wien nach Italien, wie überrascht da Bild neben Bild; deutsches, stillumhegtes Bauernleben, lindenumrauscht, in die Ferne verdämmernd die Thürme eines staatlichen Schlosses, darüber das Glockengeläut des Klosters Himmelspfort — und dann wieder toller, südlicher Festjubel auf römischen Hochzeitsfesten, in den Piniengängen einer Villa, wie tritt uns das Alles so greifbar nahe, als wären wir mitten darin! Wie Welle auf Welle im Strom, so verrinnt gleichsam das Gesammtleben des katholischen Deutschlands und Italiens vor uns, in seinen Menschen, ihrer geistigen wie leiblichen Arbeit, in ihrer Landschaft. Der Fortschritt über die „Ritter vom Geist", die sonst in ihren gedanklichen Bezügen, mit ihren Hackert's, Melanie's und Schlurck's Manchem sympathischer und zukunftsvoller erscheinen werden, ist nach dieser Richtung hin außerordentlich. Statt des beschränkten Raums, auf dem jene sich bewegen, erfreut das Auge im „Zauberer" ein rascher, gefälliger Wechsel des Schauplatzes, die verschiedensten Kreise öffnen sich. Von innen heraus wächst der Stoff, in die Verschlingungen der Handlung werden Männer und Frauen aus allen Ständen und Berufsklassen mit hineingerissen; die Musikliebhaberei und die Schaulust Wien's findet hier ihre Schilderung wie das Leben der Hirten in den Bergen Calabriens.

In dem Gefüge des Romans unterscheiden sich leicht vier größere Gruppen. Der Mittelpunkt der ersten ist die „rothe" Erde Westphalens, Schloß Neuhof, die Stadt Witoborn mit Burgen, einsamen Kampen, Stiftern und Klöstern umher. Außer der Geistlichkeit giebt es hier nur zwei Stände: den Ritterbürtigen und den Bauer. Der preußische protestantische Beamte, der wandernde Handelsjude, der Getreide-, Holz- und Gütergeschäfte macht, gelten als einem andern Stamme entsprossen, zumeist in der religiös-bewegten Zeit, in der die Erzählung beginnt.

Auf diesem Boden wachsen die Wittekind's, die Asselyn's, das Guelfenthum. Der Adel dieser Gegend ist von einem scharfen Zug der Opposition gegen Preußen und die protestantische Bildung, die Welt Luther's, Goethe's und Schiller's erfüllt — eine Abneigung, die der Dichter, wie uns dünkt, ein wenig übertrieben hat, Westphalen ist ja auch das Land der Vincke's. Seine Töchter werden Stiftfräuleins oder Nonnen; in der einen von ihnen, Paula, verbindet sich ein körperliches Leiden mit der frühzeitigen Ueberreizung des Gefühls, die beständig durch ihre unglückliche Liebe zu Bonaventura genährt wird, zu ekstatischen Zufällen und visionären Gesichten; in der anderen, Armgart, ist die heillose Umkehr des natürlichen Moralgesetzes durch eine fanatische Frömmigkeit bis zur selbsteigenen Ertödtung ihres Herzens und Willens gesteigert: damit ihre Mutter sich nicht vom Vater scheide und einen anderen Mann heirathe, entsagt sie ihrem Freunde Thiebold, ihrem Geliebten Benno auf immer und will sich dem, angeblich von ihrer Mutter geliebten Terschka in die Arme werfen. Diese Ueberspannung, zu der ein siebzehnjähriges Mädchen, um im Stil der Kirche zu reden, sich aufschwingen kann, beweist, welch' bittre Frucht jene Gebundenheit des Willens trägt, darin es dem Katholicismus gefällt, sein Höchstes zu setzen. Fein ist es von dem Dichter empfunden, daß solchem Selbstopfer die gerechte Strafe werden muß; der Mann, den Armgart liebt, Benno, folgt einer Andern, nur sterbend sieht sie ihn wieder und steht dann halb vereinsamt im Leben. Ihre Freundin Paula ist eine Verklärte; schön vergleicht sie Gutzkow selbst einmal mit einer am Altar langsam niederbrennenden Kerze; sie und Bonaventura stehen auf jener Höhe des Berges, darauf die Jünger

Alles in Himmelsduft und Glanz schimmern sahen und ausriefen: „Hier ist gut Hütten bauen".

So die Frauen, zart, duftig dem Geiste, dem Leibe nach krank, nervös, hysterisch, ohne rechte Freude am Leben und doch auch ohne wahrhaftige Entsagung, denn sie haben bei aller Tugend immer Nebengedanken auf die zukünftige Herrlichkeit im Jenseits, in der ihnen die goldenen Stühle neben der heiligen Hildegard und der heiligen Catharina bereitet seien. Hartköpfig, in Sonderbarkeiten verliebt, jähzornig und oft eiserne Naturen: die Männer. Der gelehrteste von ihnen, der sich auch mit der Forschung über römische Katakomben befaßt, Onkel Levinus; der nach seiner Meinung ausgeartete Ulrich von Hülleshoven, der Gatte Monika's und Armgart's Vater, der in der Nähe Witoborn's eine Papierfabrik anlegt; alle um einen Kopf überragend: der Kronsyndikus von Wittekind. Schade, daß er schon mit dem Schluß des ersten Bandes uns entschwindet und nicht mehr persönlich in die Verwickelung eingreift, vielleicht die interessanteste, sicher eine vortrefflich angelegte und durchgeführte Persönlichkeit des Romans. Ein Mann, der sich noch seiner Reichsunmittelbarkeit erinnert und an „König Jerome's Carneval" zu Cassel sein Theil gehabt, mit französischen Tänzerinnen und italienischen Sängerinnen, kann er sich in die neuen geordneten Verhältnisse, welche die preußische Regierung seit 1815 im Lande eingeführt, nicht schicken, auch auf ihn paßt das Wort: „Vor den Hohenzollern waren wir da!" Seiner Tyrannenlaune muß sich im Schlosse zu Neuhof und in dessen Umkreis Jedermann fügen; als sein wahnsinniger Sohn Jerome Lucinde im Walde gefunden und nach Neuhof gebracht hat, steht sie eine Weile zwischen beiden, zwischen

Vater und Sohn, bis die Ermordung des Deichgrafen durch Wittekind diesem ängstlichen Verhältniß ein Ende bereitet. Eine unverwüstliche Reckennatur, die zuletzt nur die Raserei und der Tod bändigt, ist Wittekind ein geborener Welfe, verwerfend, zertretend, was Ordnung und ein höheres Gesetz, als das der rohen Kraft, geltend machen will; sein eigensinniger Wille zwingt den Juden Leo Perl, der ihn heimlich, zur Belustigung Wittekinds und seiner Trinkgenossen, zum Schein mit einer italienischen Sängerin aus Cassel getraut hat, wirklich zum Christenthum überzutreten und die Priesterweihe zu empfangen. Diese beiden Gewaltthaten sind die Hebel der Geschichte. Der Mord des Deichgrafen bringt Lucinde und Klingsohr in die innigste Verbindung und treibt in seinen Folgen Klingsohr zum Uebertritt zur katholischen Kirche; für seine erzwungene Bekehrung rächt sich Leo Perl, daß er gleich seine erste Taufhandlung als Pfarrer von Borkenhagen an Bonaventura ohne die „Absicht des Willens" vollzieht; jene falsche Ehe endlich giebt Benno und Angiolina das Leben, die, von ihrer Mutter verlassen, wild aufwachsen, Angiolina zur Kunstreiterin und Geliebten des Grafen Hugo, des Paula bestimmten Gatten, Benno, von den Asselyn's adoptirt, zu einem preußischen Assessor. Diese vielfach verschlungenen verwandtschaftlichen Verhältnisse und Beziehungen sind bei einem flüchtigen Lesen außerordentlich schwer zu entwirren, Gutzkow hat eine eigenthümliche Vorliebe dafür, seine Helden zu Mitgliedern einer Familie zu machen. Um diese Herrschenden bewegt sich ein reiches Gefolge von Freunden und Dienern, wir begleiten sie auf die Jagd, an die Tafel, sitzen still in dunkler Kammer mit ihren Frauen bei theosophischen Vorträgen des Philosophen in dieser Gegend,

Püttmeyer, oder trinken mit den Bauern in ihrer Schenke.

Eine zweite Gruppe bildet die Gesellschaft in Köln und am Rhein. Bonaventura, der Pfarrer in St. Wolfgang ist, Armgart, welche die „englischen Fräulein“ in Lindenwerth erziehen, Benno, der bei dem Prokurator Nück arbeitet, verbinden sie mit der westphälischen. Benno ist unter den nicht geistlichen Gestalten des Romans eine der wichtigsten. Erst im Verlauf der Erzählung erfährt er das Geheimniß seiner Geburt, er giebt und hält sich für einen Findling, den einer der Asselyn's, ein Offizier im französischen Heere, aus Spanien mit sich nach Deutschland genommen, erzogen hat ihn der Dechant. Er ist ein ehrgeiziger, kritischer Kopf, unglücklich über seine unsichere Lebensstellung, in Zweifeln wegen seiner Geburt, anfangs seiner Umgebung an Willenskraft überlegen und am Ende, als sie auf die Probe gestellt wird, in eine beklagenswerthe Gebundenheit sinkend. Was seinen Vater, den Freiherrn, mehr dunkel, als Instinkt beinahe beseelte, der Haß gegen die „Ghibellinen“, gegen Preußen, hat sich bei ihm zu einem mit Bewußtsein ergriffenen Prinzip ausgebildet. Er sieht in Preußen nur das Land der Demagogenverfolgungen, er glaubt nicht, daß, trotz aller zeitweiligen Fehler und Irrthümer der Führer, sich auch an Preußen jenes Orakel erfüllen werde, das über Athen ausgesprochen zur Wahrheit ward:

„Viel noch schauend und vieles erlebend und vieles erduldend,
Wirst du ein Aar in den Wolken dereinst sein, immer und ewig!“

Seiner militairischen Dienstpflicht sich entziehend, geht er als österreichischer Cabinetscourier nach Italien, dem Lande seiner Sehnsucht und seiner Mutter, und schließt sich dort den nationalen und republikanischen Bestrebungen an. In einer der Logen des „jungen Italiens“, bei ihrer Sprengung, gefangen genommen, rettet ihn die Fürstin Olympia, die ihn liebt. Fortan ist sein Leben „ein Opfer der Dankbarkeit“; zehn Jahre giebt er sich dieser Frau und seiner Mutter hin, ändert seinen deutschen Namen in einen italienischen „Cesar Montalto“ — entflieht endlich dem Bann „der Dankbarkeit“, wird bei der Vertheidigung Rom's gegen die Franzosen durch eine Kugel verwundet und stirbt in Armgart's Armen: ein Renegatenleben! Der Umschwung in Benno's Seele schwächt die Theilnahme für ihn, sein kühles, ablehnendes Wesen schien vor Allem fähig, dem römischen Zauber zu widerstehen. Durch den „Zauberer von Rom“ geht für ein deutsches Gemüth eine eigene Wehmuth, alle rufen: Italia! Italia! „Noch zuweilen“, schreibt da der Dichter, „brachte Bonaventura's Gemüth der Muttersprache ein Opfer“!

Neben Benno steht sein Jugendfreund, Thiebold, der Sohn eines reichen Kaufherrn. Die heitere Person des Romans ist er in beständiger Bewegung und doch im Grunde nie beschäftigt. Wer auch nur einen seiner drolligen Briefe gelesen, behält ihn für immer lieb. Die Frauen meinen, er sei „nur eine gute Eigenschaft an Benno mehr“, wir schätzen ihn höher, er ist bei allen liebenswürdigen Schwächen ein ganzer Mann. Zwei Wege giebt es, sich mit dem Leben abzufinden: man kämpft mit ihm um das Glück oder lernt sich früh bescheiden; Thiebold hat den letzten gewählt und bleibt unerschütterlich auf ihm. Trefflich vermittelt er den Uebergang in die humoristischen Kreise, zu den Kölner Kaufleuten, den Juden, die wieder in den mannigfaltigsten Abstufungen von den Banquiers bis zu Löb Seligmann und der „Hasenjette“ eine reiche Gallerie sprechender Portraitköpfe bilden. Um hier Einzelheiten anzuführen, müßte man ganze Capitel des Romans ausschreiben; so die Gesellschaft der jungen Kaufleute im zweiten, das Fest Piter Kattendyk's im vierten Bande, die Schilderung der Trödelbude, in der Veilchen Igelsheimer Spinoza liest und alte Kleider verkauft oder die Fahrten Löb Seligmann's auf „der rothen Erde“.

In Wien, dem dritten Hauptpunkt der Erzählung, setzen sich diese gesellschaftlichen Genrebilder fort; das Burgtheater, ein Abend in der Banquierfamilie der Zickeles, ein Besuch im Garten von Schönbrunn gewähren einen Einblick in das Treiben der „einen“ Kaiserstadt, in der lustigen, vormärzlichen Zeit. Doch ist Wien nur eine Station auf der Reise nach Italien, Gutzkow's Helden halten hier gleichsam die letzte Rast, wie Odysseus auf der Insel der Phäaken. In Italien gipfelt sich die Dichtung und die Schilderung. Nicht ein für Italiens Entwickelung förderndes Element, kein bedeutenderer Zug des Volkslebens wird in dieser Darstellung vermißt, ein — wir finden keinen bezeichnenderen Ausdruck — ethnographisches Talent, das schon in den früheren Bänden hervortritt, hat Gutzkow in diesen letzten zur Meisterschaft herausgebildet. Mit ihm wandeln wir durch die Gassen der ewigen Stadt, von der man, wie Hermann Grimm es so glücklich gesagt, nicht glaubt, daß sie je von der Erde weggetilgt werden könnte; wir schauen noch einmal in den Schatten eines Olivenwaldes alle Verwandlungen Ovid's und athmen wie einen neubelebenden Zaubertrank den Schimmer und Duft, der im Goldgefunkel der untersinkenden Sonne um die sieben Hügel schwebt, von dem umglüht Bonaventura seine Hand segnend über die Erde ausstreckt.

Es braucht nicht hinzugefügt zu werden, daß diese „culturhistorischen“ Momente, in der innigsten Verbindung mit der Fabel des Romans, seine erste und markigste Wurzel sind. Auf dem Hintergrund südeuropäischer Verhältnisse spiegeln sich die Geschicke seiner Helden ab, sie sind das Product dieser Anschauungen, Formen und Bedingungen des Lebens: so brausen im Meere die Wogen hin und her, Kinder des Wassers und der Winde und zugleich wieder von ihnen verzehrt. Aus dem Schooß des Katholicismus sind Gutzkow's Gestalten geboren, ihr Anfang und Ausgang ist von ihm bestimmt; ihn bekennend oder mit ihm ringend, bleiben sie sein.

Wir haben bisher die Gedanken und allgemeinen Verhältnisse, welche dem „Zauberer von Rom“ zu Grunde liegen, zu erläutern versucht; sei uns jetzt noch ein letzter Blick auf die Erfindung und Form dieses trotz Allem, was wir dagegen erinnert, eigenthümlichen und merkwürdigen Buches erlaubt.

Wenn Poesie und Religion sich gegenseitig in einem Kunstwerk durchdringen, wird es doch selten nur so vollkommen geschehen, daß nicht eins dieser Elemente das vorherrschende wäre, sondern beide in einem harmonischen Accord austönten. In den Götterbildern der Griechen überwiegt die künstlerische, in Calderon's autos sacramentales die religiöse Auffassung. Noch kömmt bei unserer Betrachtung dieser Werke ihnen ein Moment hülfreich zu Statten: ihr Alter, die Ueberzeugung in uns, daß wir es nur mit Symbolen untergegangener Religionen zu thun haben; uns werden die ambrosischen Götter des Phidias nie mehr, wenn nicht im Traum, lächeln; die wilden, verzückten Ausbrüche des spanischen Glaubens sind für uns nur noch ein Schauspiel, nichts weiter. Der Dichter aber, der die religiösen Wirren, Kämpfe und Anschauungen der unmittelbarsten Gegenwart darzustellen unternimmt, wird es sich zuweilen gefallen lassen müssen, daß unwillkürlich im Leser das philosophische, wohl gar das spezifisch confessionelle Urtheil dem ästhetischen sich unterschiebt.

Immer wird es, bei manchen Ausstellungen im Einzelnen, darum für Gutzkow's poetische Kraft ein glänzendes Zeugniß ablegen, daß er einen so gefährlichen und spröden Stoff in künstlerisch schöne Formen zu zwingen wußte. Was zuerst an dieser Form auffällt und auch schon dem Tadel unterworfen war: die Ausdehnung über neun Theile, die man spöttisch mit dem Französischen Roman „Der große Cyrus“ oder mit Lohenstein's „Arminius“ verglichen, rechtfertigt sich schon durch die Fülle des Culturlebens allein, das der Dichter darstellen wollte. Ein, nach dieser Seite hin kaum halb so reicher Roman der Sand „Consuelo“ und dessen Fortsetzung „La comtesse de Rudolstadt“ wird an Bändezahl dem „Zauberer“ nicht um Vieles nachstehen. Richardson's hochgepriesene „Clarisse Harlowe“ erzählt in sieben weitläufigen Bänden die Liebesgeschichte Lovelace's und Clarissens, freilich, im 18. Jahrhundert, wo ein Kritiker wie Diderot sich noch nicht schämte, in edler Begeisterung, im Dankgefühl für den Genuß, den ihm ein Kunstwerk bereitet, in die Worte auszubrechen: „O Richardson! Du einziger Mann in meinen Augen, zu allen Zeiten wirst Du meine Lectüre sein! In gleicher Reihe stehst Du mir mit Homer, mit Sophokles und Euripides!“ Statt dem Dichter aus der Länge seines

Werkes einen Vorwurf zu machen, verdiente diese ausdauernde zähe Arbeit, die etwas Spartanisches hat, unsere ganze Anerkennung; eher als der wohlfeile Scherz darüber geziemt es dem ruhigen Betrachter, die Gesetze dieser bis zu einem, von uns angedeuteten Punkt durchaus neuen poetischen Form darzulegen.

Offenbar ist sie wie der historische Roman keine reine, sondern eine gemischte Form. Wie jener von Thatsachen und Persönlichkeiten, so ist das Culturgemälde durch Bedingungen, die außerhalb der Sphäre des künstlerisch Schönen liegen, bestimmt. Diese Verhältnisse wirken dann mit selbsteigener Kraft weiter; die „gesunden" Naturen, die „einfachen" Conflicte, die man in Dorfgeschichten bewundert und von ihnen aus, in einer uns unbegreiflichen Verkennung der Menschen und des Lebens, für Alle und Jedes gefordert, werden hier auch „von selbst" unmöglich. Aber zur Vertheidigung jener Charaktere, d'rin sich Gutes und Böses wunderbar mischen und die Lessing's Ausspruch wahr machen, daß nichts schneller sei, als in der Seele der Uebergang vom Guten zum Bösen, verschwendet man denen gegenüber unnöthig Worte, welche Karl V., der in's Kloster geht, und den Frachtfuhrmann, der aus Haß gegen die Eisenbahnen in ein ödes Gebirgsdorf flüchtet, auf dieselbe Stufe stellen; dem gesunden Sinne dagegen erscheinen die Schwankungen, das Schillern unserer Gedanken und Meinungen, das Erfassen und wieder Hinwerfen dessen, was wir einen Augenblick für Glück hielten, als die unabwendliche Folge einer entwickelten und reichen Cultur. Gegen Balzac, der auch die „irdische Komödie", zunächst auf französischem Boden, darstellte, wie gegen Gutzkow erhebt man sich mit „sittlicher Entrüstung" über all die

Verbrecher, Verräther und Abtrünnigen, die er uns vorführt. Wir möchten diesen Eiferern, insoweit es ihnen in Wahrheit um die „Tugend“ zu thun ist, zurufen: „Wie würdet ihr eine Pflanzenkunde beurtheilen, die euch nichts von den Giftblumen sagte?“ Für Menschen, wie Terschka, den Procurator Nück, für Brigitte van Gülpen hat auch der Dichter nicht mehr Theilnahme, als Breughel und Teniers für ihre Teufelsfratzen; dazu entbehren sie, wenige Scenen ausgenommen, nicht der Anlehnung an durchaus reale Verhältnisse, sie sind nicht des bloßen Grauens wegen da, wie 'die Hoffmannschen Gespenster und Sandmänner, von denen Gutzkow hier und dort eine erste Anregung gekommen sein mag, sie machen eine Entwickelung ihres Wesens durch, sie leben sich aus. Dadurch stehen sie in beständiger Wechselwirkung zu einander und den Helden des Romans. In der Vorrede zu den „Rittern vom Geist“ hat Gutzkow für diese Darstellung ein vielgescholtenes Wort „Nebeneinander“ gefunden. Darin ist es nicht glücklich gewählt, daß es den Gedanken erweckt, als wolle es die Hauptbedingung des Epos, das „Nacheinander“ aufheben. Aber es sollte doch nur die Ausstrahlung der einen Idee auf viele Einzelne, die Wege bedeuten, die diese neben einander zum gemeinsamen Ziele hinauf- oder hinabwandeln. Im „Zauberer“ ist dies so sichtbar die „ewige Stadt“, wandert Jeder auf so eigenem Pfade zu ihr hin, daß die Bedeutung dieses „Nebeneinander“ dem Leser sich auf jeder Rast der Reise aufdrängt. Zuweilen ist der Eindruck, den wir von diesen Wallern, die einsam oder in Gruppen vertheilt dahinziehen, etwa auf der Höhe der Alpen, von denen Armgart mit ihren Aeltern in die Thäler Italiens hinabschaut, oder von den beiden Mönchen, Hubertus und Klingsrohr, die im Mondschein zuerst, den Bettelsack über die Schulter geworfen, in Rom's Straßen einherschreiten, im bunten Wechsel empfangen, ein mächtig ergreifender; ein sanft lösender, wenn der Chor der Waldenser sein Lied im Silaswalde anstimmt; andererseits ist auch das Bedenkliche des „Nebeneinander" nicht ausgeblieben, man sieht zu oft statt der dichtenden Phantasie den rechnenden Kopf, man erstaunt, Personen, die man in weiter Ferne glaubte, an irgend einem Faden herbeigezogen zu sehen. Hierin liegt vielleicht auch der schlimmste Fehler der Composition, von dem wir freilich gestehen, daß er so nothwendig in ihr enthalten ist, wie der Vorwurf gegen Kaulbach, daß er weltgeschichtliche Gedanken male, in der ihm gestellten Aufgabe; wir meinen die zehn, zwölf Jahre, die zwischen dem 8. und 9. Bande verlaufen. Die Kunst der Darstellung hat ihr Möglichstes in der Erzählung des inzwischen Geschehenen versucht, aber die Lücke, die solche Aufzählung von Verheirathungen und Sterbefällen dennoch zurückläßt, nicht zu schließen vermocht, der Dichter sinkt hier zum Chronisten herab.

In dem Culturgemälde fehlt der eine Held, der in anderen Romanen unsere Theilnahme fesselt; nicht nur in Gutzkow's „Zauberer". In Kingsley's „Hypatia" ist die griechische Philosophin, deren Namen das Buch an der Stirn trägt, bei weitem nicht die anziehendste und in die Handlung eingreifendste Persönlichkeit. So zersplittert sich auch bei Gutzkow unser Interesse, am schönsten und dauerndsten wird es von dem alten Dechanten und von Thiebold festgehalten; die seraphischen Gestalten Paula und Bonaventura scheinen unserm Mitgefühl beinahe entrückt auf goldenen Himmelswolken zu wandeln. Der weite Kreis der Handlung bringt es mit sich, daß selbst die

Strahlen, die von Lucinde, von Klingsohr oder Olympia ausgehen, nicht immer mit vollleuchtender Gluth zu den äußersten Punkten dringen. Das Interesse, das wir nie verlieren, beruht auf dem Gedanken des Werkes, weniger der „Zauberer“, die „römische Zauberei“ ist der Mittelpunkt des Ganzen. Hier liegt die Einheit des Werkes; die vielen Verzierungen, Pfeilerstellungen, die Arabeskenkränze, die der Dichter darum geschlungen, dürfen den Blick zu ihr nicht aufhalten: so blickt das Auge der Gläubigen in der Kirche zuerst zum Hochaltar.

Mit der Fülle der Gestalten wächst die Fülle der Begebenheiten und Abenteuer. Hier ist nicht Alles schön und rein, neben den Blumen wuchert Unkraut; um die Spannung auch des größeren Publikums zu erhalten, ist die Grenze des Wahrscheinlichen und der Schönheit dem Dichter nicht immer eine heilige und unüberschreitbare gewesen. Mit der einen Hand greift er sicher in das „volle Menschenleben“, das er doch, wenn man nur, wie billig, seine Weise gelten läßt, in Bildern voll Kraft und von dem Schwung des Genius wiedergiebt, mit der andern tastet er unsicher in den Fortunatussäckel eines glücklichen und schreckhaften Abenteuers. Auf die Dauer würden diese „kühnen Griffe“ mißglücken, aber Gutzkow besitzt ein besonderes Talent des Ab- und Austönens. Wenn wir uns zuweilen in Unmuth von ihm abwenden, weiß er den erregten schlimmen Eindruck durch ein wahrhaft erschütterndes Ereigniß, ein kluges Gespräch oder die sinnige Erscheinung einer seiner Heldinnen zu besänftigen und zu klären. Von vielem Schönen heben wir zwei Capitel hervor, den Tod Angiolina's, der Schwester Benno's, und das Ende des Werkes; wem „Poesie“ mehr noch ist als ein leeres Wort, dessen Geist mit Goethe bestattet wurde, der lese diese Seiten, sie sind, wie Voltaire einmal von Racine's Versen sagt: „sanft, erhaben und voll Harmonie.“

Anders indessen andere; die eigenthümliche Weise der Darstellung, die Gutzkow gewählt, hat in ihrem Schillern und Schimmern etwas von einem Irrlicht; sie zieht an, sie reißt uns fort, aber wir sinken zuweilen ihr folgend in ein Moor. Gewisse Dinge lassen sich nicht „mit Geist“ sagen und dieser Sprung aus dem Geistreichen in das Gewöhnliche wirkt um so erkältender, je früher ihn der Dichter fühlte und ihn sanfter zu machen suchte. Diese Bemühungen zeigen auch dem Blick des Laien den Eifer und das Talent, die Gutzkow an sein Werk gesetzt, um Stoff und Form gleich vollendet auszubilden. Dem Zauber, den Rom in unsere Seele wirft, entspricht das leuchtende Blenden dieses Stils.

Weitab ist unsere Zeit von der Naivetät römischer Dichter, welche die Muse aufforderten, ihnen das Haupt mit dem „verdienten“ Lorbeerkranze zu schmücken! Weitab sogar von Goethe's edlem Ausspruch: „Wenn man von Schriften nicht mit einer liebevollen Theilnahme, nicht mit einem gewissen parteiischen Enthusiasmus spricht, so bleibt so wenig daran, daß es der Rede gar nicht werth ist.“ Wir traten mit dieser Theilnahme an Gutzkow's Werk; Schönheit ist darin und noch mehr ein mächtiger Zug der Poesie des Geistes. Es ist schon gut, daß wir unserer alten Eichenhaine nicht vergessen; aber verdient der Baum, der aus unserer Gegenwart in die Zukunft hineinblüht, darum weniger Pflege und Dank für den Genuß, den er uns giebt?

Zur deutschen Geschichtsmalerei.

Es giebt populäre Weltgeschichten, Literaturgeschichten, halb romantische, halb historische Darstellungen aus dem Leben unserer Dichter, von König Friedrich II. und Maria Theresia, nur die Kunst, die in sich die meisten volksthümlichen Elemente enthält und mit dem Drama die Vorliebe der Menge besitzt, hat keine der allgemeinen Bildung zugängliche Darstellung erfahren.

Die Malerei ist eine demokratische Kunst, ihrem Wesen nach, weil sie ein Allen verständliches Leben durch dieselbe Vermittelung ausdrückt, die Farbe, in der sich Jedem die Dinge mittheilen: der Baum mit grünen Blättern, graubraunen Aesten, ein König mit der Krone und dem Purpurmantel, ein Sonnenuntergang mit den goldenen und buntschimmernden Wolken des Himmels; und durch ihre Aeußerlichkeit, die handwerksmäßig erlernt werden muß. In Dichterschulen verkümmert die Poesie, die Malerei gelangt nur durch die Schule zur Blüthe; sie wird nie ihren Ursprung aus dem Handwerk ganz vergessen können. Von Overbeck und Cornelius sagt man wohl, sie hätten das Geheimniß der Farbe nicht, sie haben auch nicht die Kunstgriffe, die sich forterbenden technischen „Geheimnisse", welche Gallait und Delaroche schon in ihren Schülerjahren lernten.

Die Theilnahme, die gerade von dem Mittelstande des Volkes dieser Kunst entgegengebracht wird, ist keine geringe, über ganz Deutschland sind die Kunstvereine verstreut, in den Ausstellungssälen sammelt sich immer wieder ein großes Publikum. Daß es mit seinem Urtheil oft fehlgreift, das Auffallende dem Erhabenen, das Zierliche dem Schönen vorzieht, liegt in der Natur der Masse und thut der Theilnahme für die Kunst keinen Eintrag. Bei alledem bleibt die Malerei ein in seinen feineren und tieferen Beziehungen unverstandenes Moment unserer Bildung. Denn den Meisten ist sie geschichtslos oder gruppirt sich im besten Fall um drei oder vier Namen: alle italienischen Bilder gehören entweder Rafael oder Tizian, alle flandrischen sind ein ausschließliches Eigenthum des Rubens. Die Geschichte der Malerei haben bisher nur Künstler oder Aesthetiker geschrieben, beide gleich einseitig und ausschließlich. So vortrefflich es in der Fülle seiner Angaben ist, giebt es z. B. kein trostloseres Buch, als die drei Bände, die Passavant mit unermüdlichem Fleiß über Rafael zusammengestellt — geschrieben kann man diese Bildercataloge kaum noch nennen. Die Handbücher Kugler's, das ebenso sinnige wie in seiner Darstellung ausgezeichnete Werk Hotho's über die erste flandrische Schule der Eyck's werden nur von Gelehrten und einigen Liebhabern gelesen, Allen fehlt das persönliche, das ergreifende Element. Nur Hermann Grimm's Lebensgeschichte Michel Angelo's macht hiervon eine rühmliche Ausnahme. Wenn Meister, wie Rafael, Tizian, Rubens und Rembrandt, noch ihres Geschichtschreibers entbehren, kann die Vergessenheit, in der die ärmere und schwächere Schwester der italienischen und flandrischen Kunst, die deutsche Malerei, wie vergraben liegt, kein Erstaunen erregen. Geblüht hat sie nur eine kurze Zeit, auf einem kleinen Raum. Das mittelalterliche Entzücken, das Hotho vor jedem Gemälde Zeitbloom's und Wohlgemuth's ergreift, erhebt kaum den Anspruch auf allgemeine Billigung, diese „Kunstwerke" sind und bleiben Fratzen trotz ihrer einzelnen warm empfundenen oder naiven Züge, genau so wie die Holzpuppen der älteren florentinischen Meister. Ihre historische Bedeutung spricht ihnen Niemand ab, so wenig wie den Incunabeln, die einen wie die andern sind das Vergnügen der Alterthümler und Raritätensammler. Die ältere deutsche Malerei wird auf drei Namen zurückkommen, auf den jüngeren Holbein, Albrecht Dürer, Lukas Kranach; sie beginnt nicht, aber sie erweckt unsere Theilnahme erst mit den Anfängen des Humanismus und hört für uns mit dem Abschluß der Reformation auf. Sie verleugnet ihren Zusammenhang mit der Holzschneidekunst nicht, ihre Blüthe ist, einzelne Bilder wie Holbein's Madonna abgerechnet, das Portrait. Wenn wir durch Abstraction den Gegensatz des deutschen und italienischen Wesens auch in der Malerei aufgefunden haben, würdigen wir die Heiligen Dürer's neben denen Rafael's, das Auge allein, der unbefangene Sinn wird immer auf Seiten der italienischen Kunst stehen. Der Ernst, die Strenge und Züchtigkeit, das Heilige in den deutschen Bildern siegt im Gedanken und in den Beurtheilung über das Süßliche und die gemachte Glorie eines Carlo Dolce; schon diese Vergleichung streift an die ästhetische Gottlosigkeit, aber nach den hundert steifen, eckigen, hölzernen Gestalten, welche in der alten Pinakothek zu München die „Blüthe der deutschen Kunst" bezeichnen, erscheinen dem Auge die Lilien und Blumen, die Dolce's Christkind trägt, als wahre Wunderblumen, Blüthen der Schönheit voll erquickenden Reizes.

Durch eine tiefe Kluft ist die moderne deutsche Malerei von jenen Ansätzen und Knospen getrennt. Während jene sich rein und unverfälscht von fremden Einflüssen aus den Anschauungen des Volkes, einer eigenen Technik entwickelten, steht diese als ein Product der Bildung, dem Inhalt ihrer Darstellungen nach sogar als eine Mischung der Dichtung und Philosophie da. Die Einkehr in das Volksleben, das Hervorheben des Nationalen macht sich in der Malerei erst in den letzten Jahren bemerklich, auch hier mehr in den Illustrationen und Holzschnitten als in den Farbenbildern. Im Allgemeinen rücken die verschiedenen Literaturen wie die verschiedenen Malerschulen näher und näher zusammen, die Unterschiede verlöschen, französische, belgische, deutsche Bilder hängen friedlich nebeneinander, ohne daß ihre nationalen Verschiedenheiten so grell und zweifellos hervortreten, wie zwischen Rafael und Rubens. Alle haben die gleiche Grundlage, die Kunst der früheren Jahrhunderte; in den Darstellungen der heiligen Geschichte kann bald der Stil Fiesole's, bald der Annibale Carracci's nachgeahmt werden, aber ein neuer Stil läßt sich für diese Gegenstände nicht erfinden, man müßte sie denn ihres eigentlich heiligen Inhalts entkleiden, wie Gustav Richter in seiner „Erweckung von Jairi Töchterlein“ und Plockhorst in „Johannes und Maria“ gethan, und nur den realen Vorfall malen. So mächtig sich der Kreis der Genremalerei durch die vielverschlungenen Verhältnisse und Beziehungen unseres Lebens auch erweitert hat, immer wird der Stil eines Teniers', Ostade's, Mieris' und Terburg's, die Auffassung der holländischen Meister für diese

Kleinwelt maßgebend sein; nur in zwei Gattungen trennt sich die moderne Kunst von der älteren, in der historischen und in der landschaftlichen Malerei.

Fast nur antike und biblische Stoffe sind früher vielfach zur bildlichen Darstellung benutzt worden, nicht selten mit gänzlicher Vernachlässigung dessen, was uns als das Nothwendigste zur Illusion gehört, die Treue des Costüms, der Umgebung, des Tons; auf dem „Kindermord zu Bethlehem" von Rubens tragen die Frauen die Puffen und Spitzenkragen seiner Zeit. An die Zeitgeschichte oder die historischen Ereignisse einer Stadt, die Thaten eines Königs wagten sich die Maler meist nur im Auftrag; so sind die Gemälde im Dogenpalast zu Venedig entstanden als eine farbenstrahlende Chronik der Stadt, so hat Rubens das Leben der Maria Medici, der zweiten Gemahlin Heinrich's IV. mit einer Fülle allegorischer Gestalten gemalt. Diese Werke machen, so vorzüglich sie in Einzelheiten sind, den Eindruck einer Reihe von Staatsactionen, sie stehen auf der letzten Stufe der Geschichtsauffassung, sie verdichten die auseinandergehende Fülle des Geschehenen zu keiner dramatischen That, sie geben nicht die ideale, philosophische Bedeutung der Ereignisse wieder. Das 16. und 17. Jahrhundert konnte sich freilich nicht zu einer Idealphilosophie der Geschichte aufschwingen, aber das Dramatische in ihr, der persönliche Gegensatz, ward von einem und dem anderen begabteren Geiste in scharfen Zügen erfaßt. Ein treffliches Bild Rembrandt's im Berliner Museum „Herzog Adolph von Geldern und sein Vater" hat diesen dramatischen, realistischen Zug. Mit wildtrotzigem Antlitz schaut der junge Herzog zu dem Alten hinauf, dessen Kopf hinter den Gitterstäben seines Gefängnisses sichtbar wird. Der Sohn hat den Vater gefangen genommen, man sieht auf den bleichen Lippen des Greises die Flüche schweben, der Jüngere ballt ihm höhnisch die Faust entgegen, es blinkt der reiche Schwertknauf an seiner Seite, ein Mohr trägt die Schleppe seines dunklen Mantels — Alles ist in dem dämonischen Halbdunkel des Meisters, ein einfach gehaltenes und doch erschütterndes, historisches Bild.

Obgleich die Anfänge unserer modernen Malerei in die bewegte Zeit der Revolution und der napoleonischen Kriege fallen, beweisen sich diese Anregungen doch auf Jahre hinaus unmächtig; der Einfluß der Antike, des „schönen Ideals“ waltet in den Schöpfungen von Carstens, Wächter und Schick vor. Gegenüber der Roccoco-Auffassung des Alterthums, welche die französische Schule des 18. Jahrhunderts beherrscht, ist man „zur Wahrheit und Natur zurückgekehrt“, zu der naivsten aber auch inhaltslosen Form. Denn die richtige Zeichnung, die architektonisch schön gegliederte Composition, die edlen Gestalten Apollo's und der Grazien entzücken allein in den Zeichnungen Carsten's, einen neuen Inhalt bieten sie nicht. Das Seelische dieser Vorgänge ist durch die hohe Idealität Poussin's schon wiedergegeben worden, die leibliche Erscheinung der Götter selbst lebt unendlich wahrer und frischer in den griechischen Statuen. Um zu der reinen Form zu kommen, die sie so lange unter Schnörkeleien versteckt hatte, flüchtet die Malerei nach dem alten Olymp, die auch für sie „entgötterte“ Natur will sie mit den Musen, dem donnernden Zeus, allen Göttern und Heroen wieder beseelen. Eine harmlose und zugleich überschwängliche Freude an diesen Gestalten, das alte Entzücken des Nordländers über Italiens Himmel und Erde spricht sich in den verblaßten und vergilbten Zeichnungen von Asmus Carstens aus, die jetzt ein Besitzthum des Großherzogs von Weimar sind. „Von der nordischen Halbinsel nach Rom gekommen“, hat der Meister darauf neben seinem Namen bemerkt. Nicht ohne Rührung weilt das Auge auf dem verschlungenen Reigentanz von Jungfrauen und Jünglingen des „goldenen Zeitalters“, auf den freudigen Gestalten der Musen und der ernst verhüllten Nothwendigkeit. Bei aller scheinbaren Freiheit der Bewegung ist doch die Unfreiheit des Wesens in allen; so warm und wahr diese Vorgänge nnd Gestalten auch in der Seele des Meisters mochten empfunden werden, es fehlt ihm an Phantasie und geschickter Hand, sie auszuführen. Nur als überkommene nimmt er sie auf, nur so giebt er sie wieder. Wie Winckelmann, setzt auch er die höchste Schönheit in vollendete Körperformen, in die feine Gliederung des leiblichen Baues, zuweilen, wie auf den Zeichnungen, welche die Fahrt des Megapenthes auf dem Acheron darstellen, in eine Fülle animalischen Lebens, die ihrer Absicht nicht ihrem Gelingen nach an Michel Angelo erinnert. Merkwürdig, das selbst eine so abgeschlossene Natur wie die Carstens' nicht frei von den Einwirkungen der Zeit bleibt; die Gestalten und Attribute, die er im „Traumorakel des Amphiaraos“ der Freiheit und dem Despotismus giebt, weisen zweifellos auf die französische Revolution hin. So fängt die ihn umgebende lebendige Wirklichkeit schon bei ihm an, das Ideal nicht zu zersetzen, aber doch seinen reinen Eindruck zu stören. Hatte Carstens die Antike in ihrer Leiblichkeit wieder zur Darstellung gebracht, mußte es der nächste Fortschritt der Kunst sein, sie seelisch zu bewegen. Er geschieht in Georg Wächter, und wie die Farben in ihrem Wechsel und Ineinanderfließen am treuesten die Empfindungen der Seele in Haltung und Gesichtsausdruck sichtbar werden lassen und die Züge verklären, ist denn auch Wächter ein größerer Maler als Zeichner. Die Bilder von Nikolas Poussin sind meist so ausgeblaßt oder haben andererseits so stark nachgedunkelt, daß es schwer ist, über ihre ehemalige Farbenwirkung zu urtheilen, dem Wesen nach gleichen ihnen und den Gemälden Le Sueur's die Schöpfungen Wächter's. Ob er Hiob oder Sokrates malt, der ideale Rahmen, die ideale Gestaltung bleibt dieselbe, in ihr sind die Unterschiede von Zeit und Raum aufgegangen; genau so wie vor dem Bilde Le Sueur's in der Pinakothek „Christus im Hause der Martha" dem Beschauer griechische Scenen nach französischer Auffassung einfallen. Ich nenne als das zarteste und am tiefsten gefühlte Gemälde Wächter's sein „Lebensschiff", es übertrifft seine Cornelia, seine Andromache, denn diese an sich der individuellen Bestimmtheit baren Figuren eines Mädchens, eines Jünglings, eines Greises stören in einer allegorischen Darstellung der Lebensalter um so weniger, je zarter sie empfunden, je inniger sie durch den Farbenschmelz mit einander verbunden sind; eine aus Freude und Melancholie gleich gemischte Stimmung, die auch Poussin eigen, athmet aus diesem Bilde. Der sinnig bewegten Gestalt tritt die freudige, harmlos sich hingebende gegenüber, dem forteilenden Lebensschiff der ruhige Zustand des Genießens in Schick's berühmten Gemälde „Apollo unter den Hirten". Farbe und Form noch einmal so kräftig als bei Wächter, die Composition reicher und voller, dafür freilich ohne feinen Schmelz und Duft, der Gegenstand wieder zeit- und raumlos aufgefaßt. In dem Hervortreten des Leiblichen nähert sich Schick Carstens, in dem sorgsamen Modelliren der nackten Gestalten den Werken gleichzeitiger Sculptur. Alle drei Meister haben das antike Ideal als ein allgemein menschliches der Schönheit und Kraft begriffen, die griechische Gewandung für die einzig malerische und künstlerisch wirkende gehalten; sie stehen im „goldenen Zeitalter der Welt", das sie so gern darstellen, ohne Sprach- und Völkerscheidungen, ohne Krieg und Heroen.

Aber der Mensch scheidet aus dem Paradiese; der Boden, der ihn aufnimmt, zwingt ihn zur Arbeit, zur Jagd, zum Hirtenleben, zum Ackerbau, tausendfältig entstehen die Künste und die Beziehungen des Lebens: es ist das große Wandbild Schinkel's in der Vorhalle des Berliner Museums. Auf der einen Seite der Zug der Götter aus dem Schooß der Nacht, auf der andern die Arbeit des Menschengeschlechts. Von Jedem hat die Klarheit, Abrundung und harmonische Entwickelung der ersten Seite den Vorrang erhalten, die andere fließt dem Auge so verworren durcheinander wie ihre Erklärung dem Verstande. In Schinkel ist vor Allem das hellenische Heldenthum mächtig, das uns durch die Lieder Homers gleichsam eine zweite Natur, dessen Olymp auch ein Theil unseres Himmels geworden. Seine Vorgänger haften noch an dem festgestellten akademischen Schema, das sie mit mehr oder weniger Glück ihren Studien der Antike anzuschmiegen suchen; er ist zuerst vom heroischen Sinn belebt und getragen. Es wird nicht zu kühn sein, in dieser Umschmelzung des Ideals die Nachwirkung der Freiheitskriege mit zu erkennen, in denen Preußen ja dieselbe Rolle wie Athen bei Marathon und Salamis gespielt. Die Schinkel'schen Cartons vereinigen zuerst eine reiche Fülle von Gruppen, den vorwiegend lyrischen Charakter der Darstellungen von Carstens und Wächter setzen sie glücklich in einen episch fortschreitenden um, aus dem Zustand treten sie in die Begebenheit; einen Zug, den Schwanthaler in seinen Friesen von Orpheus, der Theogonie des Hesiod und von Barbarossa fortführt. Allein die Kleinheit der Figuren verhindert die genauere Durchführung des Einzelnen und so bleibt nur die meist trefflich angelegte Gruppe. Neben der Einheit in Farbe und Ton, der charakteristischen Gestaltenfülle auf den Schinkel'schen Wandgemälden erscheinen die Schwanthaler's von einer gewissen Dürftigkeit, sie sind eben nur ein kostbarer Rahmen. Die Thaten Kaiser Friedrich's I. im Friese darzustellen ist bei der Größe und Bedeutung des Mannes für unsere Geschichte eine wunderliche Laune des Künstlers, die meinem Gefühle nach nicht gelungen ist; alle diese kämpfenden Figuren sind der Antike entlehnt oder doch ihr nach erfunden, das mittelalterliche Leben stellen sie gar nicht dar.

Dem hellenischen Himmel stellt sich der christliche entgegen, dem Volksbewußtsein noch durchaus nahe, in den meisten seiner Gestalten und Symbole klar und verständlich; die Männer, die sich seiner Verherrlichung geweiht, gehören zu den Besten und Ruhmreichsten der Zeit. Jeder hat an den Werken von Overbeck und Cornelius Neigung und Abneigung erprobt. Beide gleichen sich in dem Adel und der harmonischen Anordnung ihrer christlichen Bilder genau so wie in der mangelhaften Organisation und Leblosigkeit ihrer heiligen Gestalten. In den Madonnen Rafael's halten sich himmlische Verklärung und irdische Lieblichkeit das Gleichgewicht, wenn nicht selbst, wie in der Madonna della Sedia, das Irdische den Sieg davonträgt; Cornelius dagegen macht den Leib zum „Kerker der Seele", irgend eines abstracten Gedankens, Overbeck die

Heiligen zu hölzernen Figuren, auf deren Rumpf er zuweilen einen ganz vortrefflichen — Porzellankopf setzt. Overbeck ist der lyrische, Cornelius der philosophische Romantiker. Zu Rom, wo er so gern weilt, mag Overbeck, der sinnigste und gemüthreichste Maler, auf dem Grabmal Adrian's VI. mehr als einmal das Wort gelesen haben: „Wie viel trägt es aus, in welche Zeit auch der beste Mann fällt." Er liest damit sein eigenes Urtheil; wären wir wirklich noch so unbefangen und kindlich fromm, wie die Zeitgenossen des „seligen" Fiesole, wessen Ruhm würde dann größer als der seiner vierzig Zeichnungen zu den Evangelien sein? Sie erinnern an die Legenden des Mittelalters, etwa von dem Muttergottesbild, das dem Spielmann einen seiner goldenen Schuhe schenkt. Nie ist die heilige Sage harmloser, inniger, mit so reinem Kinderglauben aufgefaßt worden; nur schade, daß sie in dieser Darstellung Niemand mehr rührt. Den langen, kraftlosen Mann mit fast ausdruckslosem Gesicht auf dem Esel dort, dem zumeist Kinder und Arbeiter zujauchzen; der hier, jämmerlich und elend, an die Säule gebunden und gepeitscht, ein rechtes Bild menschlicher Hinfälligkeit dasteht: den sollen wir für den Heiland der Welt halten, für den Stifter des Christenthums? Eins mußte ein solcher Mensch doch sicher haben, eine gewaltige Persönlichkeit, ein Auge, wie Rafael es schon dem Kinde auf der sixtinischen Madonna, wie Correggio es dem dornengekrönten Manne gegeben. Overbeck aber sieht überall nur Milde, Süße, Verklärung; zuweilen mischt sich ein naiver Zug hinein, wie hier, wo Christus in der Werkstätte des Vaters Bretter sägt oder Wasser in die Krüge auf der Hochzeit von Cana gießen läßt, dann wieder ein sentimentaler, wenn er die

Kinder zu seinen Füßen ruft oder sein Wehe! über die Pharisäer spricht; niemals Größe, Charakter. Auch die komischen Züge fehlen nicht; der Herodes, den Overbeck mit Pilatus Freundschaft schließen läßt, ist wie der eingewickelte Lazarus, der von den Todten oder besser von den Mumien aufersteht, und die Teufelsfratzen der Knechte bei der Geißelung aus altdeutschen Bildern genommen. Die Befreiung des Barrabas, voll dramatischen Lebens, mahnt an Masaccio, die Darstellung des Abendmahls ist vielleicht die eigenthümlichste; der umgeworfene Stuhl im Vordergrund, der den Platz und die Flucht des Judas bezeichnen soll, wirkt theatralisch freilich aber doch wie das Sinnbild einer dämonischen Macht mit geheimen Grauen. Das Alles mag in der Seele des Meisters wahr und lebendig, er selbst warm und tief davon ergriffen sein, aber für Andere kann es keinen höheren Werth als den einer immerhin kunstreichen und oft glücklichen Nachahmung des 14. und 15. Jahrhunderts beanspruchen. Diese Zeichnungen in einem alten Druck der Evangelien würden uns anheimeln, wie eben so viele freundliche Erinnerungen der Kinderzeit, ihre Schlichtheit und Treuherzigkeit uns rühren, übten sie doch selbst auf der Münchener Ausstellung, 1858, wo ich sie sah, in nicht günstiger Umgebung für sie, diesen Reiz: mehr als diese Theilnahme können sie nicht fordern, zwischen ihnen und uns liegt die ganze moderne Bildung, wenn ihr es wollt, das achtzehnte Jahrhundert. Ein Blick auf den heiligen Franciscus, den Overbeck zu Assisi gemalt, genügt, um diese Kluft noch schärfer und tiefer aufzudecken. Diese Puppen auf Goldgrund sind Schemen, die kein Genius mehr beseelen wird, und ihre farbig angestrichenen Wachsköpfe werden nie wieder reden. Das Mittelglied zwischen Overbeck's naiver und gemüthvoller Auffassung zu dem allegorischen Tiefsinn des Cornelius bildet sein „Triumph der Religion in den Künsten", der durch einen Stich von Amsler weitern Kreisen bekannt geworden. Eine reiche, nach rafaelischen Mustern geordnete Composition, die Mitte dreigetheilt: der Himmel, der Strahl, der aus dem Wasserbecken zu ihm emporspringt, die Erde — links und rechts vom Becken die Gruppen der Künstler und Gelehrten. Die Erklärung des Bildes ist genau so verschlungen und unverständlich, wie es selbst. Das ist der Fluch der Allegorie, daß sie enträthselt werden muß und selten die Lösung die Mühe des Nachdenkens lohnt. Wenn wir aus dem Blick, den die venetianischen Meister nach dem untern, irdischen Becken richten, errathen haben, daß darin die symbolische Bezeichnung ihrer Auffassung der heiligen Geschichte zu finden sei, so lächeln wir über die Spitzfindigkeit, die bei allem Raffinement einen Tizian und Paul Veronese doch so unendlich harmlos kritisirt. Auf wen sollen diese Dinge wirken? Welchen Eindruck können sie machen? Die vielfachen Beziehungen, worin Overbeck Künstler und Gelehrte zu der thronenden Maria bringt, entspringen meist alle aus seinem Eigenwillen, keine tief innerlich aus der Natur der Dinge. Warum Rafael und Michel Angelo um Dante gruppiren? Giebt es zwei Genien, die sich mehr ausschließen, als den Urbinaten und den florentinischen Poeten? Heißt es nicht eine wesentliche Seite in den Werken Rafael's, die antike Anordnung und Idealität, übersehen, wenn man nur den „Triumph der Religion" in ihnen bemerken will? Hinter der äußeren symmetrischen Anordnung verbirgt sich nur schlecht die innerliche Zerfahrenheit, die sich in den mannigfaltigsten Gedankenspielen und Spielereien gefällt und diese freilich in einem höheren Begriff, nicht aber sinnlich zu einem Mittelpunkt vereinigt.

Cornelius, hat man gesagt, male didaktische Gedichte; er ist vor Allem auch ein Mensch, der „sich nie mit Kleinigkeiten abgegeben“ — mit den Begebenheiten an sich, wie Gallait oder Paul Delaroche. Nicht die That, wie Faust will, im Anfang war nach ihm der Sinn. Etwas von Dante, aber ohne dessen Herbe, Schärfe, politische Leidenschaft; gerade den Seiten seines Wesens, die den Florentiner als einen Mann im besten Sinne des Worts zeigen und ihn der Nachwelt werth machen. Cornelius ist der erste Maler, der die Philosophie in diese Kunst eingeführt. Nicht nach einzelnen Bildern, am wenigsten vom Standpunkt reiner Schönheit aus will er gewürdigt werden, der Zusammenhang, der Sinn seiner Cyklen macht seine Größe aus. Jedem seiner Werke geht ein Programm voraus, und die Bemerkung Anton Springer's in seiner „Geschichte der bildenden Künste im 19. Jahrhundert,“ daß oft das Lesen dieser Programme mehr Genuß gewähre als das Betrachten der Gemälde selbst, bezeichnet mit feinem Scherze das Wesen des Meisters. Die Phantasie weiß diese nur geschilderten Gestalten und Scenen noch ganz anders zü beseelen, als die ausgeblasene Farbe und die architektonisch gegliederte Stellung es vermag. In diesem außerordentlichen Geiste ist ein tiefer Bruch zwischen Absicht und Ausführung, oder besser, diese didaktischen, philosophisch-symbolischen Gedanken, die selber wieder aus Allegorien und Symbolen gezogen sind, weigern sich jeder sinnlichen Darstellung. Die Cyklen, die Cornelius gechnet — denn die Ausführung fiel den Schülern zu —, bewegen sich in drei Kreisen: dem griechisch-mythologischen, dem christlich-symbolischen und dem der allegorisch aufgefaßten Kunstgeschichte. Der Historie, dem Leben stehen sie fern; wenn sie auch zuweilen in den apokalyptischen Reitern, in den Engeln mit der Schale des Zorns oder dem Untergange Troja's, ihren höchsten und unsterblichen Schöpfungen, sich ihm nähern, liegt doch immer zwischen ihnen und der Wirklichkeit die Kluft der Abstraction. Schelling und Cornelius sind wahlverwandte Gemüther; der eine macht aus der Philosophie, der andere aus der Geschichte eine Mythologie. Cornelius Lieblingsform ist die cyklische; er malt immer in Reihen, die, wie aus einem Stamm zwei gleiche Aeste nach Westen und Osten wachsen, so aus dem Mittelpunkt eines Gedankens nach zwei Richtungen sich entfalten. In der Mitte das Weltgericht, links die Geburt, rechts die Kreuzigung des Herrn. Aehnlich ist in der Pinakothek zu München so die Geschichte der Malerei entwickelt Rafael als Mittelpunkt, von dem nach rechts die Italiener, nach links hin Flanderer, Spanier und Deutsche ausgehen. Der philosophische Kopf findet in diesen Reihen die vielfachsten und anregendsten Vergleichungen; Cornelius vernichtet dem Begriff zu Liebe, wie Hegel in seiner „Philosophie der Geschichte" die einzelne freie That, die Wirkung der Leidenschaft. Jedes einzelne Bild ist historisch und das Ganze ist doch wieder nur ein Schema, Capitel-Aufschriften, zwischen denen die Abstraction das vermittelnde Band bildet. Allein über die malerische Chronik ist der Fortschritt hinaus unverkennbar, aus der vorüberfliehenden, das Auge zerstreuenden Wirklichkeit entwickelt sich ein Bleibendes, Dauerndes für den auffassenden Geist, die Idee. Jede That entfaltet eine Seite derselben, alle zusammen erst bilden ihre Blüthenkrone. Cornelius gewinnt der Geschichte, zunächst seiner Kunst, die Erkenntniß ihres Zusammenhangs, ihrer Nothwendigkeit ab, er spiegelt das Ereigniß im Schein der Unendlichkeit wieder. Ist dies noch malerisch? Liegen solche Aufschlüsse und Gedankenverbindungen im Bereich der Malerei? Kaum, wird man darauf erwiedern müssen, nur den wahrsten und sinnlich schönsten Ausdruck einer Landschaft, einer Gestalt, einer Handlung haben die alten und echten Meister wiederzugeben gesucht und in seine Lebendigkeit keine Abstractionen gemischt, und wenn sie zur Begeistigung ihrer Darstellungen das Symbol gebrauchten, so verkenne man nicht, daß es als solches von den Beschauern verstanden wurde. Wir entbehren diesen Zauber des durch die Kirche und den Gottesdienst geheiligten Symbols, wir sehen in den alten, schauerlichen Dämonen nur Fratzen, in der Lilie, die der Engel Gabriel bei der Verkündigung der Maria entgegenhält, eben nur eine Lilie. Die Cartons von Cornelius für die Berliner Königsgruft sind darum so unverständlich, kalt und wunderlich, weil sie sich beständig in diesen längst vergessenen symbolischen Beziehungen bewegen.

Ich versuche die Schilderung seines letzten Werkes, das für die Preußische Königsgruft bestimmt ist. „Die Erwartung des jüngsten Gerichtes“ — ein Aquarell, das einst als gewaltiges Frescogemälde das Campo santo der Hohenzollern im Berliner Dom schmücken soll. Feierlich, Andacht erweckend blickt es uns entgegen, es fordert Stille des Herzens und erzwingt sie durch die Starrheit und Kälte seiner Gestalten und seiner Farbentöne. Wie auf byzantinischen und den älteren italienischen Bildern sitzt Christus, in einem Goldgrunde, mit ausgestreckten Händen, auf den Symbolen der vier Evangelisten; rings umher schweben Cherubim mit leuchtenden Flügeln, ausdrucksvoll und schön sind die Engelsköpfe zu seinen Füßen. Ein langes, weißes Gewand mit blauen Unterärmeln wallt um ihn in wenigen, scharf gebrochenen Falten, aus seinen großen, starren Augen spricht weder Gnade noch unerbittliche Gerechtigkeit, sie haben etwas Wildes, Uebernächtiges, wie die eines Menschen, der aus unruhigen, quälenden Träumen zornig auffährt und in die Leere starrt. Ueber dem Heiland ziehen die Engel mit den Leidenswerkzeugen einher, und von beiden Seiten kommen Aelteste in silberweißen Gewändern, die ihre Kronen niederlegen. Unwillkürlich fällt dem Betrachter jener Zug der olympischen Götter ein, die auf dem farbigen Bogen der Iris — leichtschwebende Schatten — in Kaulbach's „Blüthe Griechenlands“ dahin wallen; man kann nicht sagen, daß diese Vertreter des Christenthums in Schönheit und Innigkeit des Ausdrucks mit den Göttern wetteifern dürfen, die sie gestürzt. Von den Füßen des Heilands abwärts spaltet sich das Gemälde in zwei Theile auf blauem Grunde, den weiße, rosig umränderte Wolkenschichten durchschneiden. Zunächst treten die Madonna und Johannes Baptista zu Christus hinan, Märtyrer und Bekenner mit grünen Palmenzweigen in den Händen folgen ihnen, eine traurige Schaar, die auf ihren abgemagerten und ausgeblaßten Zügen alle denselben stumpfen Ernst tragen; dieser verkniffene und verzerrte Johannes scheint der Kindheit der Kunst anzugehören, und die Jungfrau mit ihrem verschämten, halbgesenkten Gesichte gleicht einer Nonne, die das Kapitel eben zur Aebtissin gewählt. Diese Figuren wissen um ihren Glauben und ihre Frömmigkeit; wie Andern

Krieg oder Handel, so war ihnen die Heiligung und die Mystik immerdar ein Gewerbe. Und nun Engel mit mächtigen Flügeln, goldene Posaunen in der Hand, welche den Blick nach oben gerichtet den Befehl des Herrn erwarten, um den jüngsten Tag zu verkündigen; in ihrer Mitte senkt sein unbewegtes, glanzloses Auge einer der Engel auf das mit mächtigen, schimmernden Klammern verschlossene Buch, in quo totum continetur — das Buch des Gerichtes. Halb über die Stirn hat er das weiße Gewand, wie eine Kapuze, gezogen, als trauere er über so viele Sünder, deren Geschick er in der Hand trägt. Apostel und Heilige in violetten, blauen und grünen Gewanden umher, oft treffliche, charakteristische Köpfe — einer mit wallendem Bart wiederholt sich öfter — aber alle leblos, wie zu Stein geworden, nicht ein Saum ihres Kleides zittert, nicht ein Haar ihres Hauptes; tiefer auf den letzten Wolken, die dicht über der Erde schweben, sitzen die Kirchenväter — Hieronymus, Cyrillus mit flehend erhobenen Händen, und Andere — alle in gelblich glänzenden Bischofsmützen oder Hüten, der eine, ich glaube Gregor von Nazianz, mit langem Stabe; ein Anachoret sitzt bei ihnen mit wildem, ungeordnetem Bart, er hat den Bart, aber nicht den tief bedeutenden Kopf eines Einsiedlers auf dem Altarbilde der Eycks — diese Gruppe gewährt einen so grotesken Anblick, daß der Beschauer sich unter die Masken einer jener wunderlichen Prozessionen versetzt glaubt, die im Mittelalter in den französischen Städten aufgeführt wurden, und nur der Ernst und die Heiligkeit des Ganzen das Lächeln von seiner Lippe zurückdrängt.

Freilich, sobald das Auge zur Erde schweift, wo auf den Stufen des Altars, den ein mächtiges, goldenes Kreuz schmückt, der König und die Königin — Friedrich Wilhelm IV. und Elisabeth — knieen, umgeben von ihren Verwandten und Freunden, müßt ihr lächeln, wider euren Willen doch lächeln über die blanken Officiers-Epauletten, weißen Halsbinden und grauen Oberröcke, die dort inmitten der römischen Stolen und flatternden Mäntel auftauchen, worin die Frauen und Engel umher gekleidet sind. Wenn die alten Maler auf den Bildern die Stifter in der Tracht ihres Jahrhunderts und Standes darstellten, so besaßen sie doch, abgesehen von den malerischen Costümen jener Zeit, feinen und zarten Sinn genug, sie nicht mit einem Chor antik gekleideter Engel zu umgeben und in die Darstellung des wirklichen Lebens die tiefsinnigsten Allegorien zu mischen, wie hier geschehen, wo einer der Himmelsboten die guten Werke in goldener Schale sammelt, der andere ein Kind vor der Schlange der Versuchung schützt, die silberglänzende Lilie dort die Reinheit des Herzens, die Dornenkrone hier die Leiden der Sterblichkeit bezeichnen. Stufen führen von der Erde zu der untersten Region des Himmels, auf ihnen erheben sich die beiden schönsten Figuren des Bildes. Seht da rechts diesen Erzengel Michael, goldbehelmt, mit aufgeschlagenem Visir, in der einen Hand das Schwert, die Spitze am Boden, in der andern den silbernen Schild, jeder Zug ein Krieger; unerschütterlich, wie von Erz, ragt er empor, jenen römischen Soldaten ähnlich, die am Thore von Pompeji auf ihrem Posten furchtlos stehen blieben, als der Aschenregen darüber fiel. Strahlender mag der Harnisch des ritterlichen Engels auf dem berühmten Danziger Bilde der flandrischen Schule vom letzten Gerichte sein und magischer die Blicke anziehen, allein ein leuchtenderes Auge hat er nicht, als dieser

Michael es zum Herrn erhebt, wie das eines Adlers, der in die Sonne hineinblickt. Links schwebt — ein liebliches Gegenbild der sündebekämpfenden Allmacht — ein schöner, mild lächelnder Engel hinauf; leise flattert der Mantel, in der froh zitternden Hand trägt er die duftende Weihrauchschale, und ein leichter, bläulicher Dampf wallt daraus zu dem Sitze des Erlösers, es sind die „lieblich duftenden" Gebete der Heiligen — wie ein Regenbogen der Versöhnung, der über die schuldvolle Erde hin von der Gottesfurcht tief unten zu der ewigen Gerechtigkeit hoch oben sich spannt. So verkörpern sich die beiden tiefsten Gegensätze, die das Wesen der Gottheit ausmachen und im jüngsten Gerichte sich offenbaren werden, die Gnade, die um Erbarmen fleht des Guten wegen, das selbst der Sünder oder für ihn die Heiligen gethan, und die Gerechtigkeit, die ihren Boten zur Vernichtung des gestürzten Lucifer aussendet, in diesen Gestalten in der edelsten, reinsten und sinnigsten Form. Tadellos, obgleich nicht von diesem vollendeten Ausdruck und ähnlicher Tiefe und Bedeutsamkeit der Auffassung, sind zwei andere Engel neben ihnen; der eine mit Schwert und Wage stellt überflüssig genug die Gerechtigkeit dar, der zweite führt einen geretteten Jüngling in den Kreis der Seligen.

Die Erwartung des jüngsten Gerichts — wer dächte dabei nicht zuerst an diese irdische Welt, die aus ihren Fugen brechen soll, an Gewitterwolken und ängstliches Schweigen, an den Schauer des Todes? In der Erwartung liegt ein dramatisches Element, vor allem in dieser, die der letzten Katastrophe entgegenharrt, sie läßt sich nur unvollkommen und mangelhaft in epischer Form versinnlichen. Darum hat der Meister in richtiger Erkenntniß der Menschheit, die bei den Eyck's zu dem Lamme Gottes wallfahrtet, auf einen Punkt zusammendrängt, sie um den ruhenden Gott sitzend oder stehend geordnet; der Kern jeder Tragödie, daß sie ein großer, unendlicher Prozeß zwischen dem Einzelnen und dem Allgemeinen sei, ist unzweifelhaft im Bilde zur Anschauung gebracht, dort sitzt der Richter, hier knieen die, welche sein Urtheil erwarten; es fehlt nur eins, die Schuld, das Irdische, das in Zittern und Bangen dem Posaunenton zu seiner Vernichtung lauscht. Denn die betende Königsfamilie unten am Altare scheint um Sieg zu flehen oder dem Herrn zu danken, sie ist des Triumphes gewiß, wie die Heiligen auf den Wolken, die in leidenschaftsloser Ruhe die Morgenröthe des jüngsten Tages erwarten, und theilt nicht das allgemein menschliche Loos, gesündigt zu haben und die Strafe zu fürchten. Was kümmern uns alle diese hundert Apostel, Kirchenväter, Engel und Bekenner, die zum Herrn hinauf oder hinaus in die Leere schauen; können sie uns ihre Paradieseshoffnung mittheilen, unser Sündenbewußtsein tilgen und das Schwert Michaels stumpf machen? Auch Geister, wenn sie Glück oder Unglück erwarten, sind bewegt; allein diese haben ihre Seligkeit gleichsam schon auf Pergamenten verbriest und besiegelt, und auf ihren kalten, erstarrten Gesichtern ist auch nicht eine zuckende Fiber zu bemerken, kein reiches Leben hat sich in ihnen endlich beruhigt, kein Seelenfrieden spielt um ihre Lippen, nichts ist von ihren Zügen zu lesen als Contemplation, marmorne dazu. Vergebens irrt der Blick umher, ein menschliches Herz zu finden, ein schuldbewußtes, reuegequältes, worin wir uns selbst beschauen und wiederspiegeln könnten. Er findet nur Schemen, kaum zehn von diesen Figuren haben individuelle Beseelung, ein eigenes Dasein, die Anderen, ob in idealer Formenreinheit oder im Schmuck mystischer Allegorie, sind fahle, ausgeblaßte Schemen. Wahrlich, was gehen uns diese Gespenster an und ihre Seligkeit? Wenn der jüngste Tag das Ende des irdischen Lebens ist, so müßte doch dies Leben mindestens ebenso gewaltig vertreten sein wie der richtende Himmel. Und so wie jeder Aufschrei der Klage oder der Freude, jede Bewegung in erdrückender Eintönigkeit niedergehalten ist, so hat auch Cornelius seinen Farben Wärme und Glanz genommen, womit sie diese Ruhe unterbrechen könnten wie Sonnenstrahlen, die durch schweigende Gebüsche zittern. Alles Materielle und Grobe, das an den irdischen Stoff erinnert, hat er beseitigt, so viel er gekonnt, und nichts ist geblieben als die Allegorie und das Uebersinnliche. Dies wird in seiner starren, regungslosen Symmetrie, in seinem unsagbar feierlichen Schweigen ohne Zweifel einen tiefen Eindruck ausüben, aber einen beängstigenden, als ob man unter einem Gewölbe stände, das jeden Augenblick einzustürzen droht; tragisch erschüttern und uns im Untergang eine neue, schönere Welt erschließen wird es nimmermehr.

Die philosophisch-idealistische Malerei ist eine Blüthe unserer Zeit, unseres Volkes. Selbst ihren edelsten und herrlichsten Schöpfungen wird der volle und ganze Kunstwerth versagt bleiben, nie werden sich in ihnen Inhalt und Form ganz decken, das Geistige, Abstracte des Inhalts schimmert auch durch die schönste, idealste Form und während die Menge in den Engeln, die in Kaulbach's „Zerstörung von Jerusalem“ die fliehende Christenfamilie beschirmen, nur die lieblichsten und holdesten Gestalten der alten Sage erblickt, denkt der Gebildete bei dieser Gruppe an die Mission des Christenthums, an seine erste Armuth und spätere Welteroberung. Dieser Gegensatz ist unlösbar, nur liegt er im deutschen Geiste tief begründet. Wir besitzen nicht die fertige Form, die das Alterthum den Italienern übermacht hat, unsere Poesie ringt selbst in Schiller und Goethe nach einer Einheit zwischen dem deutschen romantischen Idealismus und der als classisch überlieferten griechischen Darstellungsweise, die sie oft, aber doch nicht immer erreicht. Aus dem Gebiete der Dichtung hat sich dieser Kampf nach dem der Malerei gezogen, er hat sie, wenn auch billig zugestanden werden muß, daß er in ihr keine Lösung finden kann, belebt, mit großen Problemen und Aufgaben beseelt.

Der reinste Ausdruck dieses Ringens ist Kaulbach, er besitzt von allen Malern den tiefsten weltgeschichtlichen Sinn, seine idealistische Philosophie hat den Punkt erreicht, wo sie sich selbst und die Welt in ein Spielwerk auflöst, den Humor der Freiheit. Beide Seiten seiner Begabung befähigten ihn eher zum Dichter als zum Maler; dies Schicksal theilt er mit Cornelius, seinem Lehrer. Aber darin ist er bevorzugt, daß er für seinen Tiefsinn einen realen Hintergrund, die Geschichte, gefunden, während Cornelius aus dem philosophischen nur in den theologischen Abgrund taumelt. Der Meister erinnert in seinen Hauptwerken an Dante und Schelling, in Kaulbach ist ein Zug von Shakspeare und von Hegel's Geschichtsphilosophie. Da mag es nur ein Spiel des Zufalls sein, daß dem Philosophen der Begriff sich dreifach theilt und die Geschichtsbilder des Malers „die Völkerscheidung", „die Blüthe Griechenlands", „die Zerstörung Jerusalems", „die Kreuzfahrer" sich jedes in drei Gruppen auflösen. An diese Gruppen heftet sich denn auch gewöhnlich die Kritik, es ist das Zerfallen der Composition, der nicht das Auge, sondern der Gedanke des Betrachters die Einheit schafft. Daß die Fülle geschichtlicher Beziehungen, die in einem Ereigniß liegen, sich wohl in eine malerische und künstlerische Einheit zusammendrängen lasse, hat Kaulbach selbst in seinem bis jetzt größten Werke „die Hunnenschlacht" und zum Theil wenigstens in den „Kreuzfahrern", wo die Gruppen sich zu einem Zuge gestalten, bewiesen. Die Begebenheit in ihrem dramatischen Kern allein darzustellen, dazu eigneten sich diese gewaltigen Frescobilder im Treppenhause des neuen Berliner Museums kaum, hier konnte nur der Verlauf, der geistige Zusammenhang der Weltgeschichte zur Anschauung gebracht werden, nicht der Glanz des Geschehenen, seine Bedeutung war Alles. Und diese Bedeutung des Ereignisses hat Kaulbach für Eingeweihte wie für die Ungeweihten zu verklären gewußt. Er malt nicht Geschichte, weder in der Auffassung des Herodot noch des Thucydides, er spiegelt nicht die ergreifende Lebendigkeit der Wirklichkeit wieder, er malt, wenn ich so sagen darf, den Geist der Weltgeschichte. Damit ist seine Stärke wie seine Schwäche bezeichnet. Was in seinen Bildern diese geistige Verklärung versinnlicht, die Engel, die Götter auf dem Bogen der Iris dahinschwebend, die Priester, die weißgekleidet unter dem in Wolken erscheinenden Heiland nach Jerusalem hinaufwandeln, ist von dem tiefsten Zauber, einer unvergleichlichen Schönheit. Sein malerisches Talent für die Darstellung jugendlicher, blühender Gestalten hilft ihm hier zweifellos über manche Klippe, an der Cornelius oft gescheitert, allein auch über das Ganze breiten diese glänzenden und schimmernden Erscheinungen einen Hauch des Wunderbaren, Großen und Heiligen. Darum, weil sie ganz in diese phantastische Welt erhoben ist, übertrifft „die Hunnenschlacht" seine anderen Werke, in denen diese Vermischung des Sinnlichen und Symbolischen zuweilen stört. Hier fließen alle Linien harmonisch zusammen; trotz der greifbarsten Leiblichkeit der Kämpfenden, ihren stürmischen Bewegungen, dem Hinüber- und Herüberschwanken einer blutigen Schlacht sind doch Alle nur schwebende Geister, Wolkengebilde über einem Leichenfeld. Die stahlgraue Farbe des Ganzen, zuweilen von den dunkelbläulichen Tinten des Himmels, dem Schimmer unterbrochen, der von dem hoch erhobenen goldenen Kreuz in der Haud eines Römers ausgeht, verstärkt den Eindruck und Schaner des Furchtbaren und doch Wesenlosen. Am nächsten kommt einem gleichen überwältigenden Gesammteindruck das Bild von den Kreuzfahrern. Nie ist Siegesfreude und christliche Begeisterung inniger verschmolzen worden. Der Zug nach Jerusalem hinauf, dessen Zinnen in silbergraue Wolken verschwimmen, der Priester, Fürsten und Ritter, endigend in den Pilgern, die im zerrissenen Kleide und mit nackten Füßen in Verzückung auf dem heiligen Boden niedergekniet sind, athmet gleichsam Schwärmerei und Kriegstriumph, ein heroischer Schwung beseelt Jeden, diejenigen, welche in der Mitte die Kriegsbeute tragen, auf goldenen Schilden Kronen, Perlenschnüre, Edelsteine, und darum Lanzen, Fahnen, Kränze, scheinen sie in den Himmel schleudern zu wollen, so erhoben sind ihre Arme, so schwungbereit.

Das Leben in den Kaulbach'schen Gemälden liegt, wenn es auch frei und ungebunden scheint, unter dem Bann des geschichtlichen Geistes, es äußert sich nicht in jener fröhlichen

Naivetät des Paul Veronese, in der bunten und unerschöpflichen Fülle des Rubens, eher weiß es um seine Bedeutung. Wie bewegt und doch wie gebunden ist die Völkerscheidung; die einzelnen gröberen Züge — der erschlagene Baumeister, die Götzen, die zusammenbrechend die Söhne des Königs zerschmettern — gehören nicht zu den Lichtseiten des Bildes, obgleich sie wohl im Geiste des Malers das Dramatische des Vorgangs ausdrückten. Die dahinziehenden Völkergruppen aber bleiben ruhig und streng, sie fühlen beinahe, daß mit ihnen die Entwickelung der Welt beginnt. Ich weiß nicht, ob es schon bemerkt wurde, daß die fünf vollendeten Gemälde des Treppenhauses einen epischen Stoff behandeln, bei dessen Darstellung die bewegenden Mächte, wie bei Homer und Camoëns, wohl als Götter, Engel und Geister auftreten konnten, vielleicht mußten; das sechste Bild — die Reformation — wird darum die Feuerprobe Kaulbach's sein. Hier ist ein dramatischer Conflict; ein Mann zerriß ohne Engel, ohne Teufel, nur sich vertrauend und der Bibel, die Einheit der Kirche, des deutschen Reichs. Läßt sich der dramatische Stoff in die malerische Symbolik erheben? Oder bleibt er, da die Malerei zum Ausdruck der Gedanken einmal Wesen, Gestalten, einen deus ex machina, nicht wie die Dichtkunst, nur das einfache Wort gebraucht, durch den Realismus allein zu bewältigen, etwa wie Tizian im Cristo della moneta durch den Gesichtsausdruck des Heilands und des Pharisäers den Vorgang in unerreichter Schärfe wiedergegeben? Freilich, der Vorgang an sich gelangt so zur Erscheinung, aber nicht die fortwirkende Bedeutung des „Gebet dem Kaiser, was des Kaisers, Gott, was Gottes ist", gerade das Ziel, nach dem Kaulbach trachtet.

Der Carton nun, der bis jetzt von dem Reformationsbilde vorliegt und durch die photographische Nachbildung weithin bekannt geworden, entspricht den hohen Erwartungen nicht, die Kaulbach's Freunde davon hegten. Die Versammlung so vieler einst durch Zeit und Raum getrennter Menschen in einer gothischen Kirche drückt so gar nicht die Vorstellung aus, die wir uns von dem Wirken Luthers machen. Durchaus fehlt diesem Entwurfe das populäre Element, das Volk, welches die Kirchenverbesserung durchsetzte. Statt seiner stehen erlauchte und berühmte Männer vor uns da, die wie Petrarca, Cervantes, Columbus gerade im Gegensatz der Reformation, in der Strenggläubigkeit des katholischen Bekenntnisses ihre Wurzeln haben. Rafael's „Schule von Athen" zeigt mit Recht nur die einzelnen bedeutenden Philosophen und ihre Jünger, die Reformation aber ist eine Bewegung der Masse. Viel natürlicher, einfacher und schöner wäre es gewesen, einen wirklichen Vorgang der Geschichte, die Verbrennung der päpstlichen Bulle etwa, zum Gegenstand des Bildes zu nehmen, als diese phantastische, in sich unwahre und inhaltslose Versammlung, die im Grunde nichts ist als die Zusammenstellung interessanter Persönlichkeiten, wie viel geistreiche und tiefe Gedanken sich auch für den Hochgebildeten in ihnen ausprägen mögen.

Um so rühmenswerther erscheinen im streng historischen Stile das Frescobild in der Kapelle des Germanischen Museums zu Nürnberg: „Kaiser Otto III. vor der Leiche Karl's des Großen" und von den Illustrationen zu Shakspeare: „Cäsar's Tod". Von allen Compositionen Kaulbach's hat sie das schärfste, historische Gepräge. Keine Mythe, keine Symbolik mischt sich hinein. Starr und streng, in römischer Größe und Einfachheit, tritt uns der tragische Vorgang entgegen. Links sitzen, erschreckt, erstaunt, die Senatoren, rechts stürzen die Freunde Cäsar's flüchtend davon, noch steht, mit zögerndem Fuß, wie gebannt, Marcus Antonius, das Auge auf den sterbenden Freund gerichtet, die Hand erhoben, als riefe er die rächenden Götter zu Zeugen der Blutthat an. In der Mitte liegt Cäsar niedergesunken, den Lorbeer um das Haupt, die Augen weit offen im brechenden Todesblick, auch so noch ein geborner König. Von hinten zerrt ihm Casca das Gewand von der Schulter, vor ihm stehen dicht geschaart die anderen Verschworenen; die Einen stoßen ihm die Schwerter haßwüthig in die Brust, Andere halten die blutigen Dolche hoch, abseits steht Brutus, das Schwert in der Hand, wie zögernd, ob er den tödtlichen Streich führen solle. Eine mächtige, den Betrachter mit sich fortreißende Bewegung lebt in diesen kräftigen, bedeutsamen Gestalten. Bei keinem anderen Werke Kaulbach's fühlt man sich von der Größe des historischen Moments tiefer ergriffen, als vor diesem Tode Cäsar's. Im Hintergrunde reißen Jünglinge Waffen und die goldenen Adler von den Säulen der Halle, ernst, still, fast unheimlich schaut die Statue des Pompejus auf den Fall des Gegners hin. Im Gebiet der historischen Kunst nimmt dies Blatt eine der ersten Stellen ein; wenn man uns immer die Meisterwerke der belgischen und französischen Historienmaler rühmt, hier ist eine Composition, die in vollendeter Zeichnung und Gruppirung den ihrigen gleichkommt, an Tiefe in der Auffassung einer weltgeschichtlichen Begebenheit sie übertrifft.

Dies Streben nach den Tiefen der geschichtlichen Erkenntniß verbindet sich, und nicht zum erstenmal in Kaulbach, mit der humoristischen Herabsetzung des Höchsten zur Posse — Aristophanes verspottet in seinen „Vögeln“ die närrischen Athener, die nach Sicilien schiffen, eine neue Weltherrschaft zu begründen; Shakspeare läßt Falstaf den besiegten und erschlagenen Percy als Kriegstrophäe sich nachschleppen. Aehnliche Gedanken mögen Kaulbach erfüllt und beschäftigt haben, als er im Fries über seinen Gemälden die Weltgeschichte und seine eigene symbolische Auffassung zu einem Kinderspiel mit Blumen, hölzernen Schwertern, Halbmonden und Kreuzen umschuf. So phantastisch und drollig sich diese Verwandlung auch in Einzelheiten gestaltet, Romulus und Remus als Kinder sind von köstlicher Naivetät, so gehört sie als Ganzes doch mehr der barocken Laune als dem Humor an. Des willkürlichen Spiels, des Witzes ist zu viel in ihr; wenn der Grund der humoristischen Malerei nicht in die Volksanschauung, in einen bekannten Kreis von komischen Figuren, sondern in die künstlerische Subjectivität gesetzt wird, sinkt sie zu einem bloßen, wenn auch noch so geistvollen Capriccio herab, das keine monumentale Verewigung verdient. Hier zeugt der Kaulbach des „Reineke Fuchs“ wider den des Frieses. Wie bekannt und vertraut sind Jedem König Nobel, Lampe, der Hase, dieser Isegrimm, diese Bauern! Buddha aber und Mohamed, Heinrich IV. und Gregor VII. bleiben mit ihren Kinderköpfen für uns dieselben unterschiedslosen Puppen.

Die deutsche Geschichtsmalerei aber hat in diesen Formen, wenn gleich ihr ästhetischer Werth auf Bedingungen beruht, eine durchaus eigenthümliche, nationale Blüthe getrieben. Kein Volk hat vor uns die Weltgeschichte in solch geistiger Verklärung geschaut, so den Gedanken aus der Umhüllung des Ereignisses hervorschimmern lassen. In der Darstellung der realen Wirklichkeit einer Thatsache übertreffen uns Gallait, Paul Delaroche, hier sind wir eigen — alexandrinisch, sagen unsere überrheinischen Nachbaren. Dies sei zugegeben, es ist — gleichviel ob Fluch, ob Segen — der Geist des Jahrhunderts, der den Idealismus nicht aufgeben will noch darf, und aus allen Reichen der Geister die Beseelung für Formen, die zu erstarren drohen, sucht.

Es ist klar, daß auch in dem einzelnen Abbilde sich diese philosophische Richtung bei dem einen und dem anderen Künstler offenbart, im Allgemeinen indeß treffen wir hier nur die mehr oder minder gelungene Darstellung eines aus dem Verlauf der Geschichte herausgenommenen Ereignisses. Die Besonderung, die in sich verständliche und befriedigte Abgeschlossenheit wird die Hauptsache. Nicht das „Vor“ und „Nach“, die Handlung gestaltet sich lebendig vor unserem Auge. Die Meister des vergangenen Jahrhunderts stellten jede historische Begebenheit unter das Gesetz der akademischen Composition, der „schönen“ Form. So verschwand das Besondere in Allen; Türenne, der französische General, der bei Saßbach starb, war nicht mehr von einem sterbenden römischen Feldherrn zu unterscheiden, Hiob und Sokrates wurden dieselben Gestalten. Ersetzte dann das romantische Ideal, die blondlockigen Kaiserjünglinge und schlanke, lilienblasse Ritterfräulein, auch das Classische, so kam man darum weder der Wahrheit noch der Geschichte näher. Das Ideal der Düsseldorfer Schule bildet sich im Gegensatz zu dem der Münchener nicht aus philosophischen, sondern ästhetischen Allgemeinheiten. Cornelius brauchte Schelling, die Düsseldorfer die schwäbische Dichterschule zur Unterlage. Die Elfen, die Ritter, Loreley, trauernde Könige — der ganze Apparat war bei den Dichtern vorhanden, die berühmtesten Bilder der Düsseldorfer Meister, die Leonoren, Gretchen, Julia, die Söhne Eduard's, beruhen auf Scenen der bekanntesten Dichter. Ein Fehlgriff schien unmöglich, diese Dinge, diese Gestalten waren „schön", das Absolute brauchte nicht erst im Kampfe des Denkens erworben, nur von einem warmen Gemüth „nachgefühlt" zu werden. Dies „Nachgefühlte" ist denn auch die Achillesferse Bendemann's, Sohn's, Hildebrand's. Sie ergehen sich in Allgemeinheiten, in Gefühlen, die Jedem kommen — wer hätte nicht auf Ruinen getrauert, wenn auch nicht gerade wie Jeremias, aber doch die Schauer der Vergänglichkeit empfunden? Wen rührte Loreley's Schönheit nicht? Alles verklingt und verrauscht, wie Uhland's Romanze: „Hast du das Schloß gesehen?" Die Düsseldorfer entnehmen der Geschichte die rührende Anekdote, den romantischen Zufall. Der Einzige, der von ihnen zum Geiste der Historie vordrang, ist Lessing. In ihm waltet ein scharfer dramatischer Zug. Er hat nicht nur ein Auge für die persönlichen Gegensätze, er hat eine Seele für die Kämpfe der Parteien und kirchlichen Gewalten, das Ringen nach der Freiheit. Und diese Seele ist muthig, schwungvoll. Seine „Hussitenpredigt", sein „Huß vor dem Concil" leiden sogar von dieser Gluth, die ihnen die Ruhe der Schönheit und das Maß der Leidenschaft in den einzelnen Gestalten, in dem Hussitenprediger mit dem Kelch, in den Prälaten, die Huß verurtheilen, beeinträchtigt. Diese bedenkliche Neigung zum Uebertriebenen, der Versuch, die Handlung, deren innerliche dramatische Entwickelung er nicht immer darzustellen wußte, als theatralische Vorstellung aufzufassen, schaden zumeist seinem letzten Bilde: „die Gefangennahme des Papstes Paschalis durch den Kaiser Heinrich V.“, das ich im October 1858 auf der Berliner Ausstellung sah. Offenbar hat der Vorgang zwei Seiten: was er für Kaiser und Papst bedeutet, ist das Entscheidende, Wichtige, nicht das wie seiner Ausführung. Ein echtes Historienbild mußte beide vermitteln, Lessing legte seine ganze Kunst in die Wagschale des allerdings theatralischen Hergangs. Die Decoration, wenn ich so sagen darf, ist bis auf den Teppich des Fußbodens, den Perlenbesatz der Mäntel musterhaft ausgeführt, der theatralische Effect andererseits so weit getrieben, daß sich der deutsche Kaiser auf den Fußzehen erhebt, wie ein schlechter Tragödienspieler. Das Pathos in Lessing's Auffassung und Malerei ist allmählig in die falsche Declamation gefallen. Seine Kunst entsprang der leidenschaftlichen Meinung, „Tendenz“, sagte man bis 1848, in ihren Flammen betrat er das Reich der Geschichte. Aber auf dem Uebergange zur Wahrheit, wo er sein Pathos gegen die herbe, echte Tragik eintauschen mußte, sank er zurück. Unwillkürlich gedenkt man Immermann's, der so innig mit der Schule zusammenhängt. Auch sein „Trauerspiel in Tyrol“ kommt nicht zur Tragödie hinauf, es bleibt eine wirkungsreiche, romantische Chronik.

Ein eigenes Geschick hat es gefügt, daß die bedeutendste Schöpfung Lessing's, obgleich sie schon 1850 vollendet wurde, erst jetzt (1863) in Deutschland allgemeiner bekannt wird. Der Generalconsul Boeker hatte das Bild „Huß vor dem Scheiterhaufen“, gekauft und in seiner „Deutschen Gemäldegalerie“ zu Newyork ausgestellt; dort blieb es längere Zeit und gelangte nach der Aufhebung und Zerstückelung der Galerie durch Kauf in die Hände eines Herrn Derby, der es jetzt in Deutschland in verschiedenen Städten zum Wiederverkauf ausstellte. In London, wo er es im vergangenen Jahre während der Weltausstellung zuerst zeigte, erregte es ungetheilte Bewunderung; als „das erste Bild der Deutschen Schule" priesen es die englischen Kunstkritiker: ein Lob, das nach vielen Seiten hin gerechtfertigt ist. Gegen so viele „historische" Gemälde, die für den Laien in der Geschichte an Unverständlichkeit, für den Kenner an Unwahrheit und Uebertreibung leiden und zumeist sich in der Darstellung des Nichtigsten gefallen, wie anschaulich, wie unzweifelhaft gewiß und bedeutsam ist da der Vorgang auf Lessing's Bilde! Dort erhebt sich der Scheiterhaufen, ein Märtyrer kniet davor, ein christlicher Priester, nicht nur dem Gewande, auch der Seele nach; seine Gegner, die prahlerischen, weltstolzen und weltmächtigen Bischöfe, die Hierarchie der katholischen Kirche mit ihrem Gefolge fanatischer Mönche, mit den Fürsten der Erde, die der „römische Zauber" leitet und beherrscht, haben ihn zum Feuertod verurtheilt; widerwillig im tiefsten Herzen, aber gebunden durch die Gewohnheit des Glaubens und des Gehorsams, schaut das Volk unthätig zu. Ohne von Huß und seinem Schicksal zu wissen, werden wir von diesem Schauspiel ergriffen und tief bewegt. Die historische Kenntniß des Gegenstandes verleiht ihm kein höheres Interesse und vertieft den idealen Gehalt dieser Schöpfung nicht, sie rückt uns das Bild nur aus der Allgemeinheit des Symbolischen in die Sphäre des Wirklichen. Es ist auf einem Hügel bei Konstanz, am 6. Juli 1415. Um einen entlaubten Baum sind große Bündel Holz und Stroh aufgethürmt. Während einer der Henker noch mehr Reisig herbeischleppt, stehen andere schon mit den Fackeln bereit. Wenige Schritte von dem Scheiterhaufen liegt Huß im langen schwarzen Priestergewand betend auf den Knien. Die Hände hat er gefaltet gen Himmel erhoben, an dem eben durch leichte grauschattige Wolken ein Sonnenblick bricht. Der Strahl gleitet über das stille, bleiche Denkergesicht des Märtyrers und umgiebt sein Haupt wie mit einer Glorie. In diesem Antlitz ist vielleicht das Leiden zu scharf ausgeprägt; es fehlt ihm jene erhabene Ruhe und Seelenheiterkeit, die dem armen Bauer, der sein Holzbündel zum Scheiterhaufen des Ketzers herbeischleppte, ihr „Sancta simplicitas!“ zurufen ließ. Hinter Huß drängt sich die Scharwache, die Huß aus der Stadt geführt. Das Banner von Konstanz weht in ihrer Mitte. Rohe, wüste Gesellen, zornig die einen, boshaft die andern, in den phantastischen Waffenröcken und seltsam geformten Spießen und Hellebarden, wie sie das Mittelalter liebte; der eine hat die hohe Papiermütze, die von dem Kopfe Hussens gefallen, vom Boden aufgehoben, um sie ihm wieder aufzusetzen; drei Teufel sind darauf gemalt mit der Inschrift: „Erzketzer“. Diese Gruppe hat den halb schauerlichen, halb grotesken Charakter, der den Betrachter unmittelbar in die Zeit der Handlung versetzt. Allmählig senkt sich der Hügel nach dem Vordergrund zu, die rechte Seite desselben nehmen die Gegner Hussens, die linke das Volk ein. Auf prächtigem Roß sitzt Herzog Ludwig von Baiern, dem der Kaiser die Oberaufsicht bei der Hinrichtung übertragen. Lässig sitzt er da, eine schlanke gebietende, ritterliche Gestalt, den Commandostab in der Hand, den Blick von Huß abgewandt dem Bischof zu, der hinter ihm reitet. Das Mißvergnügen, bei solchem Schauspiel gegenwärtig sein zu müssen, ruht ihm auf der Stirn, ein verhaltener Unwille spielt um seinen Mund. Gelassener blickt der Bischof auf, ohne doch eine gehässige Freude oder eine rohe Neugier zu zeigen wie jener Franciscanermönch, der sich vordrängt und den Märtyrer durch ein Augenglas betrachtet. Diese Uebertreibung, diese Verzerrung des Hasses in das Komische beeinträchtigt ein wenig die Harmonie und Abrundung der Gruppe. Ein kleiner Abschnitt des Terrains trennt sie von der andern — dem Volke. Hier stehen die Neugierigen, die nur gekommen sind, eine Hinrichtung zu sehen, die schwächer oder tiefer Ergriffenen, die böhmischen Ritter und Begleiter Hussens. Ein junges Mädchen kniet betend vor einem aufragenden Stein, hinter dem sie ihren Rosenkranz verbirgt; lang fallen ihre braunen Zöpfe über den Rücken; obwohl wir ihr Gesicht nicht sehen, ist es doch blaß, bebend, mit heimlichen Thränen an den Wimpern vor uns. Unter den andern Gestalten fesseln ein alter Bauer, den der Hut als Böhmen kenntlich macht, voll Zorn und Schmerz; und ein Augustinermönch, der eine flüchtige Aehnlichkeit mit Luther zeigt, am längsten den Betrachter.

Einheitsvoll, in sich belebt stellt sich das Ganze dar; Huß ist der sichtbare Mittelpunkt, auf den sich alle Gestalten beziehen; wie sich auch der Herzog abwenden mag, er wird den Schatten dieses Mannes nicht los. Die klare Verständlichkeit, mit der Lessing den Vorgang behandelt hat, seine epische Ruhe lassen das Bild mit einer vortrefflichen Schilderung aus einem Walter Scott'schen Roman etwa vergleichen. Es ist nichts Stürmisches, Schwungvolles, eher eine gewisse Ruhe darin; wohl könnte das Bild die Wand einer protestantischen Kirche schmücken.

Um so mehr, da weniger der geschichtliche Huß als der ideale, der Märtyrer, wie ihn die Nachwelt sich gedacht, bei Lessing zur Geltung kommt. Wie wir alle, erkennt der Künstler in Huß einen guten und gerechten Mann, der für das Bekenntniß der Wahrheit starb; auf seiner Stirn sieht er das Licht, auf der seiner Gegner die Finsterniß. Und nicht schlimmer, als die Geschichte sie uns schildert, stellt er uns die Vertreter der katholischen Kirche dar. Aber Eins übersieht er — den politischen Zug in Huß und der gesammten hussitischen Bewegung. Huß ist vor allem ein Czeche, ein Gegner der Deutschen; Lessing erhebt ihn aus diesen Banden der Wirklichkeit zu dem Vertreter der Wahrheit und Freiheit. In keinem Punkt kann man dem großen Maler eine Versündigung gegen die Geschichte vorwerfen, aber ebenso gewiß ist es nicht die Thatsache von 1415, nur ihre Verklärung im Geiste des 19. Jahrhunderts, die er uns giebt. Dies verleiht seiner Schöpfung den feierlichen, andächtigen Hauch. Wir sind eben alle in den Schranken der Persönlichkeit, sie macht die Stärke und zugleich die Schwäche des Künstlers aus. Lessing's Pathos erhebt sich nicht zu der Höhe des rein Tragischen, es hat eine Neigung zur Sentimentalität. Dies einmal zugegeben, welch eine Meisterschaft bekundet dieses Bild, welch eine Wirkung übt es aus! Im Gegensatz zu seinen Feinden und Peinigern, im Anblick eines schrecklichen Todes, von welch edler Ruhe und stiller Fassung erscheint Huß! Jede einzelne Gestalt verdient und lohnt die Betrachtung und zuletzt ist es doch wieder der Zusammenhang des Ganzen, der das Künstlerische und Großartige des Werkes ausmacht. Saftig und leuchtend sind die Farben, wenn sich auch die Licht- und Schattenmassen nicht grell und effectvoll, wie es die Franzosen lieben, aufdrängen: der Ausdruck seiner Gestalten gilt Lessing mehr als die Wirkung des Colorits. Mag „Huß vor dem Scheiterhaufen“ auch nicht das erste Bild der deutschen Schule sein, sicherlich ist es das größte Meisterwerk Lessing's im Gebiete der historischen Malerei und dem Besten ebenbürtig, was München und Düsseldorf uns bisher geboten.

Mit dem Erscheinen der belgischen Bilder von Gallait und de Bièfve in Deutschland endet die ausschließliche Herrschaft der romantischen Geschichtsmalerei. Alles hat sich seitdem dem Realismus zugewandt. Nur kann man jährlich in unseren Ausstellungen sehen, daß trotz dieser plötzlichen „Einkehr in das Volksleben“, in die „echte Vergangenheit“ die guten Historienbilder so selten wie früher sind, die gemalte Chronik noch durchaus nicht überwunden ist. In den Fresken königlicher Säle, der städtischen Museen, zu Aachen in Rethel's sonst so trefflichen, leider nur allzu überladenen Bildern aus der Geschichte Karl's des Großen, auf unzähligen Oelgemälden waltet ihr Stil vor. Der eigentliche, erste Vorzug von Gallait wie von Paul Delaroche ist das Dramatische ihrer Compositionen. Ob wir Deutsche je ihr Colorit, ihre Farbenwirkung erreichen, wage ich als Laie nicht zu entscheiden, allein ihre Auffassung der Geschichte ist für die Malerei die gemäße, eine unendliche freie, reiche, jedem Genius sich anschmiegende. Die drei Erscheinungsformen jeglicher Kunstschöpfung, die lyrische, epische, tragische, stößt sie nicht um, sie läßt sie nur alle in der dramatischen Bewegung der Gestalten sich vertiefen. Wenige deutsche Maler erreichen diesen Höhepunkt. So eifrig und unermüdlich auch Julius Schrader, der bis vor wenigen Jahren für den glänzendsten Coloristen der

Gegenwart galt, schafft, seine Werke bleiben hinter seinem Ruhme zurück. Eins seiner frühesten Bilder „Eduard III. und die Bürger von Calais“ erweckte außerordentliche Hoffnungen, man hat ihn damals wohl als den Nachfolger Gallait's gepriesen. Wie noch jetzt, blendete die Farbengebung die Augen und ließ die Mängel der Composition, die im milden Sinne des Wortes „geistlose“ Darstellung des Vorgangs übersehen. Die Vorzüge Schrader's haben sich nicht stetig vermehrt oder vertieft, allein es wäre ebenso ungerecht, ihn des Rückschritts anklagen zu wollen. Jeder Künstler hängt von seinem Stoffe ab, Derjenige vor Allen, dem nicht im Herzen die Begeisterung quillt, sondern der sie als Anregung von seinem Gegenstande empfängt. Doch selbst mit dieser nur reflectirenden Kraft läßt sich Treffliches, Unvergängliches schaffen, heute wie immer, man kann mit ihr in der religösen Malerei ein Domenichino, in der historischen ein Lessing werden, freilich setzt auch sie die Fähigkeit eines seelischen Empfindens voraus. Und hier ist die Achillesferse Schrader's. Er sieht selten, nie, sagen die Gegner, mit dem innern, meist nur mit dem leiblichen Auge; zuerst erfindet er die Decoration, die Draperien, die Gewänder und dann erst die Gestalten. Die wunderlichsten Verirrungen erscheinen bei ihm natürlich, wie etwa bei Victor Hugo die Löwen, deren Gebrüll eine Stadt zerstört. Auf einer „Versuchung des heiligen Antonius“ erscheint die satanische Frauengestalt als ein verschämtes sechszehnjähriges Mädchen aus einer Pension, und der Heilige, die Tracht und das Haar abgerechnet, den Helden Lord Byron's nicht unähnlich, die zuweilen auch zum Crucifix ihre Zuflucht nehmen. Eine buntgewürfelte, enggedrängte Composition ist „Esther vor Ahasverus", Esther ohnmächtig in den Armen ihrer Dienerinnen, von deren dunkleren Gewändern ihr weißes Gewand, ihre lang darüber hinfallenden Haarflechten sich abheben; der König ihr gegenüber mit dem Scepter im dunkelgelben faltigen Kleid, Sklaven und Sklavinnen im Hintergrund sich verlierend. Dies Bild führt in die morgenländische Welt ein, doch nur wie die Märchen es thun; statt Esther und Ahasverus ist eine beliebige, farbenprächtige Haremsscene gemalt, in der jener allgewaltige persische Großkönig zu den unbedeutenden, von Schwelgerei und Wollust aufgezehrten Schahen herabgesunken ist, die jetzt auf seinem Stuhl sitzen, und die Königin Esther einer lieblichen, zum Verkauf ausgebotenen Sklavin gleicht. Ein anderes Bild Schrader's ist: „Lady Macbeth schlafwandelnd". Auch der nachsichtigste Beurtheiler kann diese Gestalt nur eine Carricatur nennen. Lady Macbeth ist eine große, starkknochige, widerlich vollbusige Frau mit langem Antlitz, ohne jeden Adel der Züge, die Finger der einen Hand ruhen auf der andern, wie die Krallen eines Tigers in dem Fleisch seiner Beute, in häßlicher Verzerrung geberdet sich der Schmerz — nicht des Wahnsinns, sondern einer die Zähne fletschenden Furie. Die Sucht, etwas Absonderliches zu schaffen, hat die geringe Phantasie Schrader's aus Zaum und Zügel gerissen. Aber nicht die Gestalt, Umgebung, Handlung, Alles ist absichtlich verkehrt — absichtlich, oder glaubt der Maler in Wahrheit, das Schlafgemach der Lady Macbeth wäre mit blausammtnen Vorhängen geschlossen, mit persischen Teppichen bedeckt gewesen? Sie hätte „auf ihrem Nachttisch" Haufen von Briefen und Depeschen zu liegen gehabt? Schmuckkasten in moderner „Renaissance"-Form? Wandelt diese aus dem Bett gesprungene Frau, deren einer Fuß noch von den Kissen verborgen ist? Dem Virtuosen der Farbengebung ist es zuletzt gleichgültig, was und in welcher Composition er es malt, ihm genügen die Gegensätze von roth und gelb und blau. Für ihn ist Lessing's „Rafael ohne Hände" in jedem Sinne ein Unding. Ich erinnerte oben an Victor Hugo, ihm ähnelt Schrader, wobei freilich der eigenthümliche Genius des französischen Dichters außerhalb der Vergleichung bleibt; die Worte und Bilder des Einen sind so prächtig, vollmichtig und saftig wie die Farben des Andern, die Darstellung leidet immer am „Ungeheuerlichen" und überschreitet oft die Grenze der Schönheit. Dem Geiste giebt Schrader keine Anregung, keine neue Anschauung, seine Gemälde sind entweder hausbackene Prosa in Sammt und Gold gekleidet, oder Gestalten und Scenen, die zwischen Phantastik und Carricatur unruhig schwanken.

Unter Schrader's Arbeiten verdienen seine Bilder aus der englischen Geschichte den Vorzug. Die Trockenheit und doch wieder Ueberschwänglichkeit der Puritaner hat für ihn etwas Wahlverwandtes, seine beste Schöpfung erscheint mir so „Milton mit seinen Töchtern". Es ist Abend; eine Landschaft vom Hauch der Dämmerung noch schimmernd überflogen, mit dunkelglühenden Wolken im Hintergrund; auf hohem Lehnsessel an blumenumrankter Gartenmauer sitzt der blinde Dichter, eine puritanische Gestalt, in dem dunklen Gewande der Männer van Dyk's, mit den langen, weißen Spitzenmanschetten, die Hand mehr sinnend als begeistert erhoben — nicht dichtend, sondern predigend, wie Einer von den Verstoßenen, der in den schlimmen Tagen Karl's II. auf einsamem Fels in Schottlands Hochlanden wenigen verfolgten

Presbyterianern das himmlische Jerusalem schildert. Ihm gegenüber sitzt ein liebliches Mädchen mit braunem Haar, den schlanken Leib von einem weißen Gewande umrauscht, den Oberkörper wenig nach hinten zurückgebogen, die Schreibtafel in der Hand; eben hat sie eine Stelle aus dem elften Buche des „Verlorenen Paradieses" niedergeschrieben und lauscht den Worten, die vom Munde des Vaters strömen. Ihr ist das Paradies noch nicht verloren, den sinnigen Ernst ihrer Stirn verklärt, wie eine lichtgoldene Wolke den dunkelnden Himmel, das rosige Lächeln ihres Mundes. Schmachtender, sehnsüchtiger stützt die ältere Schwester die Hand auf einen aufgeschlagenen Folianten, blonde Locken umflattern ihr Gesicht. Man sieht, daß Schrader wiederum nur die so oft in Romanen und Bildern auftretende Gegenüberstellung zweier Schwestern, einer lebensfrohen und einer ernsteren, ergriffen hat. Die letzte Gestalt des Bildes, tief im Schatten, hinter dem Lehnstuhl des Dichters — ob Knabe oder Mädchen, bleibt dem Betrachter unerkennbar — hält eine Laute, um dem blinden Dichter wenigstens die Fülle des Klanges zu schenken, der Erde und Himmel durchwogt. Wie die ganze Scene, hat auch die Färbung etwas Dunkles, einen schwermüthigen Hauch, warme Schatten zu beiden Seiten, von denen sich wie ein silberner Wolkenstreif das weiße wallende Gewand der jüngeren Tochter abhebt. Bei aller Vortrefflichkeit beweist auch dies Bild in Zusammenstellung wie Auffassung, daß Schrader kein eigentlich schaffender Künstler, daß er immer nur in zweiter Reihe hinter Lessing, Leutze und Piloty gehen kann. Wenn ein Kunstwerk nach der Tiefe des gelösten Problems oder der Vollendung seines Stils gemessen werden muß, dürfen die Schöpfungen Schrader's keinen Anspruch auf diesen Namen erheben, sie besitzen keinen rechten Inhalt und sind stillos. Mit blendendem Colorit wird Schrader jeden äußerlichen Vorgang darstellen; erschöpfen oder nur gestalten wird er kaum einen.

Neben den Bildern Schrader's fesseln in der historischen Malerei die specifisch preußischen Gemälde A. Menzel's die Aufmerksamkeit. Menzel ist der Maler Friedrich's des Großen. Bei der Tafel von Sanssouci, die Flöte in einem Hofconcert spielend, in einer Staatsaction zu Breslau, im Schlachtgewühl von Hochkirch, bei der Zusammenkunft mit Joseph II. hat er den König gemalt. Das Erste, was in Menzel's Werken anzieht, ist ohne Zweifel die Portraitähnlichkeit seiner Figuren, das Zweite die genrebildliche Darstellung. Viele Momente aus dem Leben Friedrich's, Tage von Rheinsberg und Sanssouci, Menschen wie Maupertuis, Voltaire, Seydlitz sind ihrer Tracht, ihrer Sprache, ihrem Wesen nach, durch die humoristische Anschauung allein der Kunst einzufügen. Es wird eine Zeit kommen, wo die Roccocowelt in der Vorstellung so idealisirt erscheint, wie uns etwa jetzt das Zeitalter der Renaissance, Karl's V. und Franz' I.; wir aber stehen ihr noch zu nah, auf realem und humoristischem Standpunkt. So müssen auch die Gemälde Menzel's beurtheilt werden. Wenig erfüllen sie den Begriff eines historischen Bildes, im Gegentheil, sie verflüchtigen selbst die geschichtlichen Vorgänge — die Schlacht bei Hochkirch etwa — in das Genre eines nächtlichen Ueberfalls, in dessen Rauch- und Feuerwolken der König wie ein Gespenst erscheint. Zuweilen indeß verschwindet das Störende, der derbe und oft nicht wenig harte Pinsel des Künstlers gewinnt in den Schilderungen von Friedrich's Tafelrunde eine gewisse Weihe, einen Reichthum der Farbe. Auf diesem engbegrenzten Gebiete überragt er Schrader, weil er sich strenger an das Gegebene hält, dem er Figuren und Umgebung ohne große Arbeit der Phantasie entlehnt. Naturalisten sind beide, aber die Wirklichkeit hat bei Schrader wie bei seinen Lehrern, den Franzosen und Belgiern, einen Adel, ein tragisches Pathos, bei Menzel ist sie eben nur da und wird so, verklärungslos, von ihm aufgenommen.

Zwischen diesen äußersten Stufen, wo die historische Malerei hier an das Gedicht und dort an den vollendeten Realismus reicht, bewegen sich die anderen Maler, die drei größten ausgenommen, Piloty, Feodor Dietz und Leutze, die das Wesen der Kunst und der Geschichte zur Schönheit ausgeglichen. Jeder in seiner Art; Piloty ist der Tragiker unter ihnen, der Erschütterndste. „Seni vor der Leiche Wallenstein's“ ist der Gegenstand seines Hauptwerkes. Es kann nichts Einfacheres gedacht werden, als diese Scene — der Leichnam, halb von der herabgleitenden Tischdecke verhüllt, am Boden des Gemachs, Seni den Hut in der Hand zerknitternd, im schwarzen Kleid, erdfahl, todt wie der Todte, leuchteten seine Augen nicht, auf dem Tische ein Himmelsglobus, ein auslöschendes Licht. Dies ist wirklich eine Tragödie ohne Worte; der stumm zusammengedrängte Schmerz in Seni bedeutet mehr als die Klage um den gefallenen Freund und Gebieter, in ihm haucht der Glaube an die Sterne sich erlöschend aus, in ihm stirbt die Seele des greisen Mannes. Die Gemälde von Feodor Dietz: „Heidelbergs Zerstörung“, „die Königin

Eleonore am Sarge Gustav Adolph's", sind reicher, epischer, ihre Handlung wie ihre geistige Bewegung vertheilt sich auf mehrere Gestalten. Bei Piloty redet das Ereigniß nur zu Einzelnen, bei Dietz wendet es sich an die Gruppen. Diese sind denn auch mit Vorliebe behandelt, in großer Anschaulichkeit und oft leidenschaftlicher Bewegung. Die Auffassung ist nicht so tief und original wie die Piloty's, sie erinnert im besten Sinne an die moralische Betrachtung der Dinge, die in manchen Weltgeschichten vorherrscht. Vom Standpunkte des rein Malerischen überragt Emanuel Leutze seine beiden Nebenbuhler, kein deutsches Bild kann in seinem Lichteffect mit der „letzten Soirée Karl's II." um den Preis zu ringen wagen. Das Licht erleuchtet hier die Geschichte und macht sie gleichsam durchsichtig. Das Männliche, Leichte und Freie zugleich charakterisirt Leutze's Schöpfungen. Nicht nur wahr, der Aehnlichkeit nach, sein „Washington, der über den Delaware setzt", ist ein Held in jedem Zuge, auf den Gesichtern seiner Begleiter liest man, daß sie Republikaner, daß sie bei Bunkershill gefochten. Was Leutze darstellt, hat einen poetischen Hauch — so der Besuch, den Cromwell dem Dichter Milton macht. In der frischen Erfassung des historischen Lebens, unbeirrt durch Meinungen und tragische Stimmung, beruht seine Kraft, vielleicht ist ihm Amerika nicht ganz umsonst zur zweiten Heimath geworden.

Der Anfang einer echt deutschen Geschichtsmalerei ist gegeben; daß ihre Keime nicht so reich und rasch in Blätter und Blüthen aufschießen, wie Manche erwarten, darf an der Zukunft nicht verzweifeln lassen. Die Bahn ist einmal vorgegraben und auch das Ziel schon von den

Kühnsten und Besten erreicht worden. Was unglaublich schien, unsere Malerei hat unsere Literatur erreicht, Kaulbach's Schöpfungen werden in der neueren Dichtung kaum ein ebenbürtiges Werk finden — in diesem Ringen aller Künste, aller Talente um den Preis des Höchsten und Herrlichsten möge, wie bei den Hellenen, auch uns die Schönheit erblühen.

Eduard Hildebrandt, ein Landschaftsmaler.

„Frage die Natur um Rath! bewohne mit ihr die Gefilde, sieh den Aufgang und den Untergang der Sonne, irre auf den Wiesen umher, um die Hürden, sieh die Gräser funkeln von Thautropfen, den Nebel ziehen, und wie ihn der Glanz des Sonnenballs röthlich färbt, sieh, wenn er sich senkt, ihn allmählig die Berge, die Spitzen der Kirchthürme, die Dächer der Häuser und endlich die ganze Landschaft enthüllen, sieh den Gewittersturm sich sammeln, ausbrechen und enden. Die Natur, die Natur! Wie groß ist der Unterschied zwischen dem, der sie in ihrem eigenen Hause, und dem, der sie nur auf einem Besuche bei seinem Nachbar gesehen!" In der Blüthe des Roccoco, vor dem Bilde eines Malers, Loutherbourg's, der Schönes und Treffliches versprach, rief es Diderot 1765 den Malern zu.

Was er jetzt, durch unsere Ausstellungssäle wandelnd, zu dem „handgreiflichen" Realismus der meisten modernen Landschaften sagen würde! Zur Natur sind wir freilich, seiner Mahnung und der Stimmung der Zeit folgend, zurückgekehrt, ob wir aber darüber nicht zu sehr vergessen haben, daß es die Kunst nur mit dem „schönen Schein" zu thun hat? Sollte dies versuchte genaue Abschreiben der Wirklichkeit, dem so oft jede Stimmung und Tiefe fehlt, nicht doch erst die dritte Stelle einnehmen, das „zweite von der Natur, das dritte von der Idee“ — secundum a natura, tertium ab idea — sein? Jenem Ausspruch des Phidias gemäß, der einem Bildhauer sagte: „Du kömmst mit deiner Schöpfung erst als dritter, nach einem schönen Weibe und nach der Wahrheit“. Vorwiegend schließt sich die moderne Landschaftsmalerei einer bestimmten Oertlichkeit, einem Gegebenen an, sei es nun der Golf Neapels oder ein Weiher in Westphalen, in solchen Aufgaben kann sie am besten ihre Studien nach der Natur aufzeigen und sich derselben freuen. Die historische, ideale Landschaft, im Sinne Poussin's und Claude Lorrain's, verliert jeden Tag einen Anhänger mehr; wie viel Schönes die Landschaften Preller's „zur Odyssee“ im Einzelnen enthalten, in einer längeren Reihe gesehen, erscheinen sie wie kostbare Wandtapeten. Schirmer's italienische Gärten sind so steif und prächtig, wie es die Etikette des 17. Jahrhunderts war; nur Hofdamen und Akademiker können in ihnen, über ein Sonett Petrarca's streitend, auf und nieder wandeln. Einen tieferen Zauber üben Lessing und die beiden Brüder Achenbach auf ihre Zeitgenossen aus, aber der originellste aller deutschen Landschafter ist Eduard Hildebrandt.

Ihn mit den alten holländischen Meistern oder mit Isaac Moucheron zu vergleichen, dessen goldumflossene Abendbilder in wunderbarer Dichtung und Wahrheit die Dämmerungsstille nachempfinden lassen, wäre ungerecht; die moderne Landschaft spiegelt eine geschaute Realität wieder, sie hat oft nur ein naturgeschichtliches, ein ethnographisches Interesse, die holländische dagegen wirkt sogar in Hobbema noch idealistisch. Warum sollten die Wasserfälle Ruysdael's nicht so gut zu finden sein wie Hildebrandt's „Jerusalem im Abendroth"? Nur machen sie nicht diesen Eindruck einer durchaus bestimmten, nur einmal vorhandenen Wirklichkeit, sondern scheinen bei all' ihrer Lebendigkeit und Wahrheit doch etwas Höheres und Größeres als die einzelne flüchtige Erscheinung. Was von Lingg behauptet wurde, ein guter Theil seiner poetischen Anregung sei aus Cuvier und Alexander von Humboldt geschöpft, paßt, zumeist in Hinsicht Humboldt's, auch auf Hildebrandt. Seine ägyptischen Wüstenbilder, sein „Jerusalem", ein „Sonnenuntergang auf Madeira", manche seiner Aquarelle von Nordpolarlandschaften gehören in das Reich des Seltsamen und Abenteuerlichen. Mit allem Wunderlichen das sich an sie knüpft, beschäftigen sie schon im Voraus die Phantasie des Betrachtenden, der Stoff allein giebt so dem Bilde eine Bedeutung, die freilich mit der Kunst oft Nichts zu schaffen hat. Hildebrandt's Bewunderer rühmen die Naturwahrheit seiner Darstellung, daß wirklich über jenen Gegenden solche grellrothen und gelben Lichter aufleuchteten, deren mannigfaches Spiel ihm zuerst einen Namen erwarb; sie vergessen, daß diese Vorgänge, diese „blutrothen" Abendröthen in der Natur vorübergehend sind, auf dem Bilde aber in verletzender Starrheit festgehalten werden. Viele Wolkengebilde und Farbenschimmer ergötzen das Auge durch ihr Verschwimmen, ihr allmähliges Uebergehen in andere Töne; sie malen, heißt ihren Reiz zerstören, indem man ihm die Bewegung nimmt. Auch ist dies „Gestalten der Luft und des Lichts" nicht der Wurf Hildebrandt's, er hat es von Rottman, vielleicht von Moucheron aufgenommen. Bei lledem ist Hildebrandt ein großer Maler. Es liegt in m Etwas von dem Bestreben, das man in der historischen

Malerei der Münchener Schule vorwirft, die Grenzen der Malerei zu überspringen. Hildebrandt ringt gewaltig danach, das reine Licht anstatt der erleuchteten Natur darzustellen. Der erste Schöpfungstag wäre die kühnste Aufgabe für ihn, das „Es werde Licht!"; denn das Licht ist ihm nicht ein Strahl, der von der Sonne ausgeht, kein Stoff, ihm ist es eine Bewegung der ganzen Materie, ein Durchzittern der Luft und der Erde, des Wassers und der Wolken. Nicht immer verliert er sich in Absonderlichkeiten, in manchen seiner Bilder athmet die Seele der Natur, lebt jenes Göttliche, das die Griechen so schön „den großen Pan" nannten. Eine kleine Aquarellskizze zeigt uns Schloß Helsingör, gelbliche letzte Schimmer des Sonnenuntergangs zittern und schlüpfen um seine Zinnen, die Fenster leuchten wie von fließendem Golde, ruhig wallt in der Ferne das Meer, die Stimmung, die uns mit dem Worte Helsingör, in dem Angedenken an Hamlet, ergreift, ist unnachahmlich, mit den geringsten Mitteln, ausgedrückt. „Unter den Weiden" heißt ein anderes, größeres Bild. Hier ist es Licht geworden, blendendes, strahlendes. Ein kleiner Teich, dahinter hohe Bäume. Zwischen ihnen weidende Kühe mit ihren Hirten. Bäume und Sträucher glitzern, denn es ist ein starkes Gewitter vorübergerauscht, das nach dem Hintergrunde zu in letzten Wolken sich ballt. Der Himmel zeigt jenes Hellblau, welches ihm nur nach dem Wetter eigen ist; der Teich hat sich noch nicht völlig abgeklärt. Nur unklar spiegeln seine trüben Fluthen das Bild von Erde und Himmel wieder. Sonnenstrahlen blitzen durch das Gehölz, über die tropfenschweren Blätter dahin, andere werden vom dichten Gewölk aufgefangen und zurückgestrahlt. Und all' diese Bilder sind noch einmal vom Wasser wiedergespiegelt. Das giebt einen Glanz und ein Leuchten, welches, wie in der Natur so im Bilde, nur bei einer gehobenen Stimmung recht gewürdigt werden kann.

Das Suchen und Haschen nach einem außerordentlichen Effect, das in so viele größere Gemälde Hildebrandt's eine Unruhe, ein Unharmonisches hineinträgt, ist in seinen Aquarellen fast immer vermieden. In ihrer skizzenmäßigen, leichten und doch wunderbar sauberen Ausführung giebt sich die Eigenheit des Malers, seine Naturanschauung am frischesten und unmittelbarsten. Das Augenblickliche herrscht vor, die dunkle Wolke, die nur eine Minute lang so über die Landschaft hinstreift, jener Sonnenstrahl, der nur einen Moment so leuchtend über die Meerfläche hinirrt. Da hört man, möcht' ich sagen, das Rauschen der Wellen unter ihm, da sieht man den violetten Glanz der Abendwolken verduften. In diesen Arbeiten ist keine Künstelei, kein Ausrechnen malerischer Wirkungen, wie es wohl auf der Leinwand von Hildebrandt geübt wird, so ist die See, so verdämmert der Tag in den Abend und in die Nacht am Strande. Auf dunklem, schwärzlichblauen Wasser, an dessen Rande, an den Felsen des Strandes, wie ein Silberfaden der weiße Schaum der leisgehenden Wellen sichtbar wird, ruht ein Schiff, mit den Raaen und den bräunlichen Segeln in den Abendhimmel gespenstisch aufragend, weit umher ist's öde und still — eine Ruhe voll Feierlichkeit zugleich und Grauen; die Empfindung, die aus den Schiffermärchen von Todtenschiffen, von dem „fliegenden Holländer" uns so oft, wenn wir in der Dämmerung auf den Strandsteinen sitzen und gespensterhaft in der Ferne ein Segel vorüberhuscht, das Herz bewegt, athmet hier in Farben.

Dies wunderbare Blatt ist für mich die Perle der Sammlung von Aquarellen, welche die Insel Jersey schildern. Andere wird jener sonnig heitere Strand mit dem Städtchen anziehen, dessen weiße Häuser so freundlich herüberschimmern, oder jenes buntbewimpelte Schiff, das einen Sonntag oder seinen Geburtstag feiert. Vom Felsen herab, altersgrau schaut Elisabeth-Castle über die Bai hin, nach dem Fort Regent auf der andern Seite, auch, wie Schiller von Sestos und Abydos gesagt, „leuchtend in der Sonne Gold“. Welch' ein kleiner Erdenfleck ist dies Jersey, sieben Quadratmeilen geben ihm die Geographen, und welche Fülle wechselnder Erscheinungen wußte ihm der Künstler abzugewinnen! Ja, kann man sagen, er hatte aber doch ein Unermeßliches um sich, das Meer, und ein anderes Unendliches über sich, den Himmel. So malt beide wie er und ihr werdet dieselbe Bewunderung ernten. Was man bei den neueren Landschaften nur gar zu häufig vermißt, das Seelenleben der Natur und die künstlerische — nicht die akademische, nach gewissen Regeln geschulte — Composition findet sich in diesen Aquarellen. Sie erfreuen das Auge, sie beschäftigen die Phantasie und ergreifen das Gemüth all' derer, welche die geheimen Reize der Natur, das Wallen der See, das Farbenspiel in den Wolken und auf dem Wasser lieben. So eingelebt hat sich Hildebrandt in diese Weise des Malens, daß sich allmählig in ihr am getreusten seine künstlerische Besonderheit wiederzuspiegeln anfängt. Selbst das Stumpfe und Matte der Wasserfarben verwandelt sich bei ihm in Glanz und Frische, als besäße sein Pinsel etwas von der Kraft des Königs Midas, in Gold zu verwandeln, was er berührt.

Leopold Robert *).

Ein zwiefaches Interesse knüpft sich an den Namen Leopold Robert's. Dreißig Jahre sind dahingegangen, seit zuerst auf der Pariser Ausstellung von 1831 sein Bild: „Die Schnitter“ in Allen, die es sahen, einen einstimmigen Ruf der Bewunderung erweckte, noch heute, wie blaß und dunkel auch Robert's Farben geworden, wie sehr sie von den glänzenden Effecten moderner Coloristen übertroffen werden, klingt das Echo dieser Bewunderung nach. Die Stiche der „neapolitanischen Mutter“, der „Schnitter“, der „Fischer von Chioggia“ verkünden auch denen Robert's Ruhm und Kunst, denen es nicht vergönnt ist, diese seine Hauptwerke selbst zu betrachten. Aber die Theilnahme, die seine Schöpfungen in so hohem Grade verdienen, wird von der überboten, die uns sein Leben und sein trauriger Ausgang einflößen.

Zu Venedig, in seinem Atelier, im Palazzo Pisani, fand am Morgen des 20. März 1835 Aurèle Robert die Leiche seines Bruders; der Unglückliche hatte sich mit einem Rasirmesser

---

*) Leopold Robert. Sein Leben, seine Werke und sein Briefwechsel nach Feuillet de Conches, von Edmund Zoller (Hannover, Rümpler, 1863).

die Kehle abgeschnitten. Zu derselben Zeit stand Paris staunend und entzückt vor dem Bilde der „Fischer“. Drei Jahre fast hatte er daran gearbeitet, mit der Aufwendung aller seiner Kräfte, um nach der Vollendung an einen seiner Freunde zu schreiben: „Ich versichere Sie, daß es mir in diesem Augenblicke, wo alle Mühe, die ich mir gegeben, mir noch gegenwärtig ist, eine unaussprechliche Freude gewähren würde, ehe das Publikum mein Werk beurtheilt hat, es so zu vernichten, daß nur der Staub davon bliebe und ich sagen könnte: ich werfe dich ins Nichts“. Diese tiefe Trauer und Verzweiflung an Allem, die den Künstler endlich zum Selbstmorde trieb, hat zugleich etwas Furchtbares und seltsam Anziehendes: sie macht, sei es nun mit oder gegen unsern Willen, einen Reiz mehr seiner Bilder aus. In jedem Kunstwerk spiegelt sich zwar der Geist und die Empfindung seines Schöpfers, aber in den einen, in den Werken Shakspeare's und Goethe's etwa treten sie uns nur in großen Zügen, in objectiver Ruhe und Hoheit entgegen, in andern, in denen Byron's und Beethoven's glauben wir das leidenschaftliche Wallen ihrer tiefbewegten Seelen, gleichsam den Schrei ihres Herzens zu vernehmen. Zu ihnen gehört Leopold Robert. Keiner hat das Bild der „Fischer“ gesehen, ohne von diesem feierlichen Ernst, dieser fast tragischen Düsterheit betroffen zu werden, die im Grunde so wenig zu dem einfachen Gegenstande, zu dem Charakter dieser an Gefahren gewöhnten Bevölkerung stimmen. Der Nebel der Traurigkeit, der darüber liegt, verschattete auch Robert's Stirn und es gab keine Sonne mehr, ihn zu verbannen, selbst die Sonne nicht, die jede Figur, jeden Grashalm auf dem Gemälde „die Schnitter“ erleuchtet und diese Gestalten, wie Heine meint, in Götter verwandelt. Innerhalb dieser Bilder ist Robert's Leben beschlossen: ein kurzer Sommersonnenblick und dann ein kalter, frostiger Wintertag.

Selten ist noch in unsern Tagen das Leben eines Künstlers reich an abenteuerlichen, wechselvollen Ereignissen, wie sie als Sagen von Caravaggio und Salvator Rosa erzählt werden. Es sind kleine, fast unscheinbare Begebenheiten, die seinen Genius entwickeln helfen oder allmählig ersticken, für die Andern nur durch die Beziehungen interessant, in denen sie zu seinen Schöpfungen stehen. Für Leopold Robert ist es bezeichnend, daß er nur einmal die Aufmerksamkeit der Welt erregt hat: durch seinen Tod. Sonst war des Anziehenden wenig, weder in seinen Schicksalen, noch in seiner Erscheinung. Ein kleiner, untersetzter Mann, mit breiten Schultern und starkem Kopf, unberedt, schüchtern und ohne Anmuth in seinen Bewegungen, tiefsinnig, an einsame Spaziergänge gewöhnt, die Gesellschaft fliehend, der sich nur in seinem Atelier wohl und heimisch fühlte, hatte Robert mehr abstoßende als gefällige Eigenschaften. In einer Uhrmacherkolonie der französischen Schweiz wurde Louis Leopold Robert, am 19. Mai 1794, in La Chaux de Fonds, im Kanton Neufchatel, geboren. Die Lage seiner Familie, sein Vater fertigte Uhrgehäuse, war von Wohlhabenheit wie von Dürftigkeit gleich weit entfernt, fünf Kinder, außer Robert zwei Söhne und zwei Töchter, ließen es den Aeltern vortheilhaft erscheinen, daß der Aelteste, Leopold, so bald als möglich eine unabhängige Existenz erlange, und sie brachten ihn noch in sehr jugendlichem Alter in ein Handelshaus zu Yverdon. Hier war es, wie es unter ähnlichen Verhältnissen Ernst Rietschel geschah, daß sich Leopold's Talent und Neigung zur

Kunst in entschiedenster Weise aussprach. Schon als Kind hatte er gern gezeichnet, in der Schule zu Porrentruy, dem damaligen Hauptort der Unterpräfectur des Departements Haut-Rhin, wo er seine erste Bildung erhielt, aber diese, seine frühere Lieblingsbeschäftigung fast ganz in Stich gelassen. Erst zu Yverdon offenbarte sich diese Neigung als das eigentliche Wesen, die Seele des Knaben. Er fühlte sich in seiner Stellung unglücklich, der Beruf, den er erwählt, widerte ihn an, das und die Vorstellungen Girardet's, eines Kupferstechers, dessen Familie in Locle wohnte und mit der Robert's bekannt war, bewog Leopold's Vater, den Sohn aus der Lehre zu nehmen und ihn Charles Girardet anzuvertrauen, der 1810 nach Paris, wo er sein Atelier hatte, zurückging. Leopold verweilte mehrere Jahre in der Hauptstadt, er wurde so ein echter Sohn Frankreichs. Aber weder in der Kupferstechkunst noch in der Malerei, die er bei David und Gros lernte, wollte ihm ein Großes gelingen. Frühzeitig war seine Sehnsucht nach Italien erwacht; mit andern Augen, als jetzt, schauten die Künstler damals noch nach Rom, noch galt eine correcte akademische Zeichnung, wie sie in Rom in der französischen Kunstakademie nach den antiken Bildwerken gelehrt wurde, für das höchste zu erreichende Ziel. Bei Leopold kam zu diesem Antrieb noch der stärkere und edlere Zug nach dem Ideal, nach der Formenschöne Rafael's, der das mächtigste und bestimmende Element seiner ganzen Kunstübung werden sollte. Zweimal bewarb er sich um den großen Preis in der Kupferstechkunst, der ihm die Mittel verschaffen sollte, in Italien zu leben und zu lernen. 1814 erhielt er den zweiten Preis, 1815 wurde er, nach dem Sturz Napoleon's, da

Neufchatel nach den Bestimmungen des Wiener Congresses wieder an Preußen fiel, als Nichtfranzose von der Concurrenzliste gestrichen. „Es war mein Glück", sagte sein Mitbewerber Joseph Coiny, der den ersten Preis gewann, als er Leopold's Arbeit betrachtete, „daß Ihr Name gestrichen wurde". Dieser Schlag des Schicksals verbitterte Robert's Gemüth; die Behauptung ist nicht übertrieben, daß diese eine vereitelte Hoffnung seinen Muth für immer erschüttert, seinem Selbstvertrauen die „Blässe des Gedankens angekränkelt" habe. In Paris war seines Bleibens nicht länger, da auch sein Lehrer David, als Königsmörder, von den heimkehrenden Bourbon's verbannt wurde. Robert begab sich zu seinen Aeltern und fing hier an, wohl auch des Verdienstes wegen, in Oel zu malen. Schon in diesen Anfängen lobte man jene Lebendigkeit der Auffassung und Naturwahrheit, die später sein Talent charakterisirten. Aber sein Herz war nicht bei diesen Arbeiten, jeder Pulsschlag desselben galt Italien. Die Aussicht, daß sich auf eine Verwendung Alexander's von Humboldt hin, die preußische Regierung seiner annehmen und ihm die Mittel zu einer italienischen Studienreise bewilligen würde, verschwand, sobald sie aufgetaucht war; achtzehn Monate mußte sich Robert in heißer Sehnsucht verzehren, ehe ein günstiger Zufall ihm in Herrn von Mézerac einen Freund und Beschützer gab, der ihm die Mittel anbot, um während dreier Jahre in Rom seine Studien machen zu können, mit dem Vorbehalt, daß er ihm das Geld zurückgeben möge, wann er wolle und seine Einkünfte es ihm erlaubten. Im Anfange des Jahres 1818 reiste der 21jährige Künstler nach Italien. Er war in der freudigsten Bewegung, ahnungslos, daß er in seiner Brust einen nie ruhenden Feind mit sich trage: das Mißtrauen. „Wenn man im Anfang auf Hindernisse gestoßen", schrieb er einmal einem Freunde, „mißtraut man seinem Talente und seinen Mitteln." Es ist die Devise seines Lebens geblieben.

Er war nach Rom gegangen, zu siegen oder zu sterben; begeistert rief er die Worte David's nach: schon der Himmel Italiens könne einen Künstler begeistern. Die Absicht, die er ursprünglich gehabt, sich ganz der Kupferstechkunst zu widmen und nach Rafael's und Michel Angelo's Fresken Zeichnungen zu entwerfen, die er später auf das Kupfer übertragen wollte, verwarf er bald, da er alle Freunde und Genossen der Pariser Ateliers, die er in der ewigen Stadt traf, nnr mit der Malerei beschäftigt fand: so griff er selbst wieder zur Palette und zum Pinsel. Robert's Leben in Rom war ereignißlos, eintönig; es verfloß ihm in Studien, im Umgang mit wenigen Freunden, wie Schnetz und Navez, in einem reichen Briefwechsel, den er mit dem Käufer seiner ersten Bilder, Herrn Marcotte d'Argenteuil führte, in gelegentlichen Ausflügen nach Neapel, in die Campagna, in die pontinischen Sümpfe. Ohne große, schöpferische Phantasie war Robert auf die Wiedergabe der Natur angewiesen. Sie war sein erstes und letztes Studium. „Jeder", sagt sein Biograph, „hat einen besonderen Genius, der Robert's hat keine Flügel". An die Wirklichkeit mit allen Fäden gebunden, strebte der Künstler nur nach der vollendeten Darstellung der „schönen und edlen" Natur. Denn die reine Natur widersprach seinen idealen Anschauungen viel zu sehr, als daß er je ihr Spiegelbild versucht hätte: „wenn man die Natur darstellen müßte", schreibt er, „wie sie ist, ohne

Wahl, so würde ich meinen Pinsel in's Feuer werfen." Robert ist der Nachkomme Poussin's; er hat dieselbe verständige klare Anordnung, das Reflectirende, den idealen Schmelz, nur fehlt ihm eins: die historische Größe und der Gedankenreichthum Poussin's. Man hat in der Dichtkunst von Talenten gesprochen, die sich auf der Grenze zwischen Poesie und Philosophie bewegen; ähnlich stehen Robert's Schöpfungen auf der Scheide zwischen der historischen Malerei und dem Genre, dem letztern gehören die „Schnitter" wie die „Fischer" durch ihren Gegenstand, der erstern durch ihre Darstellung und die eigenthümliche Empfindung an, die so mächtig in den „Fischern" hervortritt. Zweimal hat Robert ein wahrhaft historisches Bild versucht, beidemal ist er gescheitert. Ein Kunstliebhaber bestellte 1821 ein Bild bei ihm, nach einer Scene aus dem Roman der Frau von Staël: „Corinna, auf dem Vorgebirge Misenum improvisirend." Die Gruppe, die Composition des Ganzen glückte, wir alle bewundern sie noch in dem Gemälde: „der neapolitanische Improvisator"; aber die Gestalt der Corinna vermochte der Künstler nicht zu schaffen. Wie schön seine Modelle aus der römischen Bergstadt Sonnino auch waren, die Begeisterung, den seelischen Adel einer Corinna besaßen sie nicht, hier mußte die Phantasie des Künstlers eintreten, eine Phantasie, die Robert nicht hatte. Nach vielfachen Anstrengungen, die alle furchtlos blieben, schabte er die Gestalt der Corinna von seinem Bilde und malte für sie den neapolitanischen Erzähler. Später, in seinen letzten Lebensjahren, zu Venedig beschäftigte ihn das Motiv der „Flucht nach Aegypten", er zeichnete und untermalte mehrere Skizzen dazu, aber in keiner erreichte er auch nur annähernd jene Vollkommenheit, die man von dem Maler der „Schnitter" erwarten durfte. Das Urtheil Vischer's über ihn: „er hat das Genre bis zur Wirkung des Heroischen und Historischen erhöht", bezeichnet Robert's Kunst und ihre Grenze.

Zu der innerlichen Nothwendigkeit, die ihn zum Genremaler machte, gesellte sich in seinen Studienjahren zu Rom ein äußerer Anstoß. Zahlreiche Räuberbanden durchstreiften damals das römische Gebiet, jeder Tag brachte eine neue Nachricht von ihren Listen, ihren Mordthaten und Kämpfen. Sonnino, eine fast unzugängliche Bergstadt, war der Hauptsitz der Räuber, ihre feste Burg. Um sie zu bezwingen, machte die Regierung des Kirchenstaats die größten Anstrengungen und nach hartnäckigen Gefechten gelang es den Soldaten, die Stadt einzunehmen, ein Theil der Einwohner, Männer und Frauen, wurden gefangen nach Rom geführt und in das Arbeitshaus der Termini gebracht — so von den Thermen des Diocletian genannt, denen es gegenüber liegt. Die Erscheinung dieser Menschen erregte in Rom die Neugierde und Theilnahme Aller, ihre seltsame Tracht, ihr scheues und doch stolzes Benehmen fesselte die Blicke: zumeist fühlten sich die Künstler von dem Malerischen des Costüms, den hohen, schlanken Gestalten der Frauen angezogen. Robert erwirkte sich, in schnell auflohender Begeisterung für diese wilden Kinder der Berge, die jenen heroischen und ungewöhnlichen Zug hatten, den er liebte und suchte, die Erlaubniß, sie in den Termini zeichnen zu dürfen. Zwei Monate brachte er hier unter ihnen zu. Der Doge von Venedig warf seinen Ring in das Adriatische Meer, um die Republik mit ihm zu vermählen, so vermählte sich hier

Robert's Kunst mit dem Volke. Seitdem hat er stets danach gestrebt, ihm einen edlen, heroischen Charakter zu geben, mehr aus künstlerischer als politischer Ueberzeugung, denn er war kein Republikaner.

Diese ersten Bilder — „Der Räuber mit seiner Frau", „Der Räuber mit seiner Familie sich zur Vertheidigung vorbereitend" — machten ihn in der römischen Gesellschaft bekannt. Ueber die Einfachheit dieser Compositionen ist er später oft hinausgegangen, aber im letzten Grunde wurzelt er stets im Volksthümlichen, ja er ist von den Modellen, die er gerade findet, abhängig. Nicht im begeisterten Schauen sah er das Ideal seines Bildes vor sich, sondern mühsam ordnete er seine, nach der Natur gemachten Studien zu einem harmonischen Ganzen. Mehr als einmal mußte er so auf Motive, die er schon dargestellt, zurückkommen; seine Fischermädchen, seine Nonnen und Räuber, Pilger vor einem Kloster, römische Landleute, wiederholen sich mit geringen Wandlungen auf allen seinen Gemälden. Hier ist im Einzelnen viel Treffliches geleistet; da aber Robert's Farbe etwas Hartes hat und diesen Anfängen auch in der Zeichnung wie im Ausdruck eine gewisse Steife und Strenge anhaftet, währte es eine geraume Zeit, ehe der Künstler die allgemeine Anerkennung gewann. Der glücklichste Stern, der ihm je geleuchtet, stand über der „Rast der Schnitter in den pontinischen Sümpfen." 1830 gemalt, erschien es mit der „neapolitanischen Mutter, die bei den Trümmern ihrer vom Erdbeben zerstörten Wohnung weint"; der „Beerdigung eines Familienhauptes römischer Landleute" und den „Pifferari vor einer Madonna" in der Pariser Ausstellung von 1831. Der König von Frankreich, Louis Philippe, gab nur der allgemeinen Begeisterung nach, die diese Gemälde hervorriefen, wenn er dem Maler das Kreuz der Ehrenlegion überreichte und „die Schnitter“ kaufte. Von uns Deutschen war Heinrich Heine der erste, der dem großen Maler huldigte. „Robert“, schrieb er in einem Artikel für die Allgemeine Augsburger Zeitung, „hat die Gestalten, die ihm die Natur geliefert, erst in sein Gemüth aufgenommen und wie die Seelen im Fegefeuer, die dort nicht ihre Individualität, sondern ihre irdischen Schlacken einbüßen, ehe sie selig hinaufsteigen in den Himmel, so wurden jene Gestalten in der glühenden Flammentiefe des Künstlergemüthes so fegefeurig gereinigt und geläutert, daß sie verklärt emporstiegen in den Himmel der Kunst, wo ebenfalls ewiges Leben und ewige Schönheit herrscht, wo Venus und Maria nie ihre Anbeter verlieren, wo Romeo und Julia niemals sterben, wo Helena ewig jung bleibt und Hekuba wenigstens nicht älter wird.“ Wer auch nur den Stich oder eine wohlgelungene Photographie der „Schnitter“ gesehen, wird von dem Zauber dieses Werkes, von der Harmonie seiner Gestalten, dem vollen Sonnenschein eines glücklichen Lebens, der darüber ausgegossen ist, wunderbar ergriffen. Das einfachste, schlichteste Tagewerk, die einfachsten Menschen erscheinen hier verklärt, unvergeßlich bleibt Jedem die junge Frau auf dem Wagen, der Bursche, der vorn an der Deichsel zwischen den Büffeln steht, es sind nur römische Bauern und sie sehen doch aus wie Götter. Man glaubt bei ihrem Anblick, das „Blüthenalter der Natur“ sei wieder zurückgekehrt, wohl könnte, wie die alten Mythen es wollen, zwischen diesen Menschen und den Göttern Eros einen schönen Bund knüpfen. Eine Verherrlichung des Lebens, wie es keine schönere und glänzendere geben kann, strahlt aus diesem Bilde. Es war der Triumph und der Höhepunkt des Robert'schen Schaffens, höher hinauf trugen ihn seine Schwingen nicht. Er kam damals nach Paris; ungesellig, eine einsiedlerische Natur, von so großer Feinfühligkeit, daß ihn jedes Wort verletzte, fand er kein Behagen an dem Lärm und der Herrlichkeit der Stadt. Sein erster Gang führte ihn zu seinem ältesten Lehrer, Charles Girardet. „Ich komme", sagte er zu ihm, „meinen Lorbeer dem zu Füßen zu legen, der mir die Kreide in die Hand gab." Er nannte es seinen Lorbeer, es war nur eine Dornenkrone. Sie stachelte ihn, noch Vollendeteres zu leisten, während seine Kraft langsam zerbröckelte.

In Rom hatte er die beiden Söhne der Königin Hortensia, die Prinzen Napoleon und Louis Napoleon kennen gelernt. Der ältere Prinz war mit seiner Verwandten, Charlotte Napoleon, der Tochter Joseph's, der einige Jahre von des Kaisers Gnaden die Krone Spaniens getragen, verheirathet; mit ihnen zusammen lebte Fräulein Juliette de Villeneuve und ihr Haus in Rom öffnete sich bereitwillig allen Künstlern. Der Prinz und seine Gemahlin beschäftigten sich in der Langenweile eines müssigen Lebens selbst mit der Kunst, so wurde Robert leicht mit ihnen bekannt. Merkwürdig genug gefiel er sich in ihrer Gesellschaft, er, der sonst jeden Umgang mied und am liebsten einsam in den Trümmern des Colosseums, den Gärten der Villen lustwandelte oder in die Oede der Campagna flüchtete. Die Liebenswürdigkeit der Prinzessin bestrickte ihn, er erlag dem Zauber einer hoheitsvollen und zugleich anmuthigen Persönlichkeit. Ein- und ein andermal hatte er daran gedacht, sich einen eigenen Heerd zu bauen und ein junges römisches Landmädchen zu heirathen, jetzt entschwanden alle diese Gedanken stillen häuslichen Glücks. Eine unglückliche Leidenschaft für die Prinzessin erfaßte ihn, um so unseliger, da er in seiner Schüchternheit niemals ein offenes Geständniß wagte und die Prinzessin in ihm schwerlich jemals mehr als einen Freund gesehen. Der unglückliche Aufstand der Republikaner in der Romagna, in dem der Prinz das Leben verlor, knüpfte die Verbindung zwischen dem Maler und der Fürstin noch fester. In Florenz, wohin sie geflüchtet, war Robert ihr einziger Umgang. Der Tod ihres Gemahls, sollte man meinen, hätte Robert den Muth einer Erklärung geben müssen, war doch sein Name nach der Ausstellung der „Schnitter“ einer der gefeiertsten in Europa. Aber ich glaube, es war sein Mißtrauen, seine Besorgniß, zurückgewiesen werden, nicht allein, die ihn von solchem Bekenntniß abhielt, er mag das Gefühl gehabt haben, daß ihn Charlotte nicht liebe, daß es nicht nur zwischen ihren Lebensstellungen, sondern auch zwischen ihren Herzen eine tiefe Kluft gäbe. Er hat die Briefe, die sie ihm geschrieben, alle verbrannt; Aurèle indeß, sein Bruder, der einige eingesehen, sagt darüber: „sie trugen das Gepräge des lebhaftesten Interesses, das aus der Achtung vor dem Talente und dem Charakter Robert's erwuchs; es bedurfte klarsehenderer Augen als der meinen, um andere Gefühle darin zu entdecken, denn es herrschte in ihnen eine mehr als platonische Zurückhaltung.“ Leopold aber mit seiner melancholischen Gemüthsart gab sich widerstandslos seiner Leidenschaft hin — einer Leidenschaft, der jede Kraft des Willens fehlte und die sich, zu ohnmächtig, um nach außen auszubrechen, schmerzlich in sich selbst verzehrte.

In solchen Stimmungen verließ er Paris, besuchte

seine Heimath, die er vom Bürgerkrieg zerrüttet fand, und ging nach Venedig, um dort ein großes Bild zu vollenden, mit dem er sich lange im Geiste beschäftigt. Er wollte eine allegorische Darstellung der vier Jahreszeiten schaffen; in dieser Reihe sollte die „Heimkehr der neapolitanischen Bauern von dem Feste der Madonna dell' Arco", den Frühling, „die Schnitter" den Sommer bezeichnen; das Symbol des Herbstes sollte die Weinlese in Toskana, das des Winters der Carneval von Venedig sein. Aus dem Carneval von Venedig sind die „Fischer von Chioggia" geworden, statt des Jubels, der sie beseelen sollte, liegt die Todesahnung auf allen Gesichtern. Während seines Aufenthaltes in Venedig hat Robert nur wenig gearbeitet; seine Leidenschaft hatte nicht nur sein Herz ausgedorrt, sie hatte auch seine Thätigkeit gelähmt. Ob unter glücklicheren Verhältnissen, in beglückter Liebe Robert eine höhere Stufe der Kunst erreicht? Dies ist das Geheimniß Gottes. Für ihn war es das größte Elend, daß er seinem Genius nicht mehr vertraute. In den Briefen, die er an Marcotte gerichtet, liest man mit steigendem Schmerz die namenlosen Qualen, die Unruhe, die Verzweiflung, das beständige Hin- und Herschwanken zwischen der Sicherheit des Genius und der Angst des Talentes, die, während er an den „Fischern" arbeitete, sein Herz zerrissen. Unwillkürlich bewölkt sich unsere Stirn, die Thräne tritt uns ins Auge: um den Preis dieser Leiden erkauft man den Ruhm, sagen wir uns tief erschüttert. Von allen Dingen auf Erden versprechen die Liebe und der Ruhm das Meiste und halten nichts. Wieder und wieder änderte Robert sein Bild, drei-, viermal schabte er die Hälfte der gemalten Figuren von der Leinwand ab, und als er das Ganze vollendet, wünschte er nichts sehnlicher als es zu zerstören und seine Asche in's Nichts zu streuen. Die Anstrengung der Arbeit, die Ueberreizung seiner Nerven hatten seine Schwermuth noch vermehrt; längst fürchtete Aurèle, der mit ihm zusammenwohnte, einen schrecklichen Ausgang. Schon in seiner Jugend hatte Robert an Hallucinationen gelitten. An einem Apriltage 1820 gab er dem aus Rom scheidenden Schnetz mit mehreren Freunden das Geleit. Als die Gesellschaft in der Nähe des Wasserfalls von Terni frühstückte, entfernte sich Robert plötzlich von ihr. Einer der Freunde suchte ihn überall auf, und fand ihn endlich auf einem nahen Felsen, die Augen zum Himmel erhoben: er glaubte den Gesang der Engel zu hören. „Gehen Sie," rief er dem Nahenden zu, „ich komme bald wieder, ich bleibe jetzt noch bei den Engeln. Sehen Sie nicht, wie sie sich in der Luft wiegen?" Ein trauriges Ereigniß in seiner Familie erfüllte ihn überdies mit einer Art gespenstischen Furcht: an einem unheilbaren Herzübel leidend, hatte sich sein Bruder Alfred am 20. März 1825 mit einem Rasirmesser den Hals abgeschnitten. Wie Macbeth vor seinen Augen den Dolch funkeln sieht, mit dem er Duncan erstechen wird, so gaukelte seitdem in furchtbarem Bilde der Gedanke des Selbstmords vor Robert's Seele. In Venedig hatte ihn diese dämonische Verblendung so gewaltig erfaßt, um ihn nicht wieder zu lassen; sie führte den Pinsel, der „die Fischer" malte, das Messer, das die Figuren abschabte. Nicht die Tröstungen der Religion, obgleich Robert ein gläubiger Protestant war, noch die Briefe der Freunde und das Wort des Bruders vermochten dies kranke Herz wieder gesund zu machen. Man sprach davon, er solle reisen, er solle heirathen: schweigend hörte er Allem zu. Sein Bild war einige Zeit in Venedig ausgestellt, es erschien eine boshafte Kritik, sie verbitterte ihn noch mehr. Am Morgen des 20. März 1835 drang sein Bruder noch einmal in ihn: er möge in einer Reise Zerstreuung seiner Melancholie suchen. „Nun gut", erwiederte Robert plötzlich, „so reise ich." Unentschlossen ging er noch einmal durch das Zimmer, dann eilte er, von einem unwiderstehlichen Drange getrieben, nach seinem Atelier im Palazzo Pisani: wie seinen Figuren, so machte dort sein Messer seinem Leben ein Ende. Auf einer kleinen Laguneninsel, St. Christoph, die unter der Obhut der Mönche von San Michele di Murano zum Gottesacker dient, ist sein Grab; sein Name lebt bei Allen, welche die Kunst lieben und Mitleid haben mit den Leiden eines Menschenherzens. Robert's Stellung in der modernen Malerei ist eine eigenthümliche, er hat weder einen Vorgänger noch einen Nachfolger gehabt; sein Streben, die Idealität Rafael's und Poussin's aus der historischen Malerei in das Genre zu übertragen, erlosch mit ihm, in diesem Sinn sind seine Bilder einzig, auch darum, weil seine beiden Hauptschöpfungen: „die Schnitter" und „die Fischer", nicht nur im Allgemeinen die Symbole des Lebens und des Todes sind, sondern weil aus ihnen sein individuelles Schicksal uns entgegentritt.

Die Arbeit Feuillet's de Conches über Robert's Leben und Werke, in der geschickten Bearbeitung Edmund Zoller's, ist das Muster einer Künstlerbiographie. Ohne einseitige Vorliebe erkennt sie die Schwächen ihres Helden, im Leben wie in seinen Schöpfungen an, aber zugleich erhebt sie mit Wärme seine Vorzüge. Die genaueste Kenntniß des Gegenstandes, eine vorurtheilsfreie Anschauung und die innige Freundschaft zu dem Unglücklichen zeichnen diese Schrift aus. Die vielen Auszüge aus dem reichen Briefwechsel Robert's machen den Leser zum Augen- und Ohrenzeugen seines Geschicks, wir sehen in die tiefste Falte dieses armen Herzens. Verurtheilt ihn nicht zu hart; vielleicht mußte, in der für uns Menschen ewig unbegreiflichen Weltordnung und Verschlingung von Ursache und Wirkung, so viel Elend und Verzweiflung auf dies eine Herz gewälzt werden, damit es euch die „Schnitter“ geben konnte.

Ludwig Knaus.

Der Vorzug der alten Genremalerei ist die Feinheit und Sauberkeit ihrer Ausführung; weit überwiegt fast in jedem ihrer Bilder die Technik und die kunstvolle Form den Inhalt. Oft sind es nur einzelne Gestalten, die sie darstellt: eine Spitzenklöpplerin, eine alte Frau; Terburg liebt die Mädchen in weißem Atlasgewand, Schalken die Mägde, über die ein greller Schein des Lichts fällt; dann erscheinen Trompeter, Alchymisten, lesende Rabbiner. Erweitert sich der Vorgang, so bleibt er doch in den engsten Grenzen des alltäglichen Lebens: da ist der Arzt, der eine Kranke besucht; eine Köchin, die Wildpret einhandelt oder einen Kessel zusammenflicken läßt; kartenspielende Soldaten, trunkene Bauern, die sich schlagen. Als nun, nach dem Stillstand fast zweier Jahrhunderte, die deutsche Malerei sich wieder erhob und neben ihren großartigen historischen Darstellungen auch nach Stoffen aus dem Volksleben suchte, mußte diese Dürftigkeit und Beschränktheit überwunden werden; in diesen Formen war der Reichthum der Beziehungen, die unsere moderne Gesellschaft erfüllen und zusammenhalten, nicht mehr auszudrücken. In die Genremalerei kam ein novellistischer Zug, die Gestalten und die Handlung des Bildes hatten eine Vergangenheit, eine Zukunst. Die holländischen Meister liebten das Typische und Zuständliche, die unserigen das Individuelle, das Vorübergehende. Aber bleibt ihnen auch der Ruhm einer freiern und reichern Erfindung, so stehen sie in der kunstvollen Behandlung des Einzelnen, in der Kraft und dem Glanz der Farbe meist hinter den alten Malern zurück.

Nur Einer ist nach beiden Seiten hin gleich vollendet: Ludwig Knaus; „er hat", bemerkt Anton Springer in seiner „Geschichte der bildenden Künste im 19. Jahrhundert", „die Errungenschaft moderner Bildung, die poetische Erfindung nicht verschmäht, damit aber den Vorzug der alten Genremalerei, den Reiz des Colorits verknüpft." Da Knaus mehrere Jahre in Paris lebte, waren nur wenige seiner frühern Bilder einem größern deutschen Publikum bekannt geworden; so erregte denn, als im Herbst 1862 sein Gemälde „Nach der Taufe" in Berlin ausgestellt wurde, der Anblick dieses in seiner Weise, nach der Seite des Sentimentalen und Humoristischen hin, unvergleichlichen Kunstwerkes die größte Bewunderung und das größte Erstaunen. Dieser Zauber, diese Vortrefflichkeit hatten die Wenigsten erwartet, die Meisten von einem „deutschen Bilde" wohl kaum für möglich gehalten. Hier war schärfste und feinste Charakteristik, ein poetischer Hauch und eine wunderbare Farbenpracht. Dieselbe Harmonie, die auf einem höheren Gebiete der Kunst, in Rafael lebt, geht auch beseelend und entzückend durch diese Schöpfung; es sind Thautropfen, die zu Diamanten geworden. Zu den alltäglichen Vorfällen, den kleinsten und geringsten, scheint der Maler wie absichtlich hinabgestiegen zu sein, zu einem „Morgen nach der Kirmeß", zu einem Taschenspieler, der in einer Schenke vor den Bauern seine Kunststücke aufführt, zu Hochzeiten und Taufen, um sie zu verklären, um zu zeigen, welch' ein Schatz von Poesie und Wahrheit in diesem so wenig beachteten, so gering geschätzten und ereignißlosen Leben des Volkes ruht. Ihm ist nichts unbedeutend, zu ärmlich für seine Beachtung erschienen, mit dem Auge der Liebe hat er es angeschaut, mit jenem Auge, das durch die unscheinbarste Hülle den goldenen Kern zu entdecken vermag;

„Dem schlechtesten Ding' an Art und an Gehalt,
Leiht Liebe dennoch Ansehn und Gestalt."

Die Gemälde von Knaus sind wie Zauberspiegel, aus denen das tiefste Gemüth des deutschen Volkes uns anschaut und anlächelt; auf Ceylon soll es ein Thal geben, über dem beständig ein Regenbogen schwebt: solch' ein Regenbogen, in den herrlichsten Farben leuchtend, ein Symbol des Friedens und Frieden und Ruhe in die Seele eines Jeden strahlend, steht über dem Bilde: „Nach der Taufe". Keine große, mächtig uns anregende Begebenheit geht da vor, keine Gestalten treten vor uns hin, deren Name allein schon den Wiederhall unseres Herzens weckt, der Maler hat nichts gethan, diese unbedeutenden Persönlichkeiten, die sich nicht über die Masse erheben und von ihr unterscheiden, auf einen höheren Platz zu stellen, als ihnen Geburt und Bildung angewiesen haben, und doch, wie sprechen sie zu uns, wie lernen wir sie im ersten Blick liebgewinnen und je länger wir sie dann betrachten, wie lesen wir ihr Wesen, ihre Eigenheiten von ihren Zügen ab und zuletzt sind wir vertraut mit ihnen, ist es uns, als hätten wir Jahre hindurch mit ihnen zusammengelebt, geliebt und gelitten. Was wir je von der Stille, der Friedlichkeit und Ruhe des Landlebens gelesen, selbst erfahren, was uns mit süßem Zauber bewegte, aus dem „Vicar von Wakefield", aus

Jean Paul, aus so vielen Stellen von „Hermann und Dorothea“ heraus, in diesem Bilde ist es wie zu einem glänzenden Krystall zusammengeschossen und verdichtet. In dem Gefühl des Wohlbehagens, das auf den Gesichtern all' seiner Gestalten sich spiegelt, in dem Wohlsein, das noch kein Wort für den Ausdruck der Freude gefunden, oder besser, das noch keins gestattet, als jenes leise „Ach!“ das den Lippen unwillkürlich entschlüpft, verstummt auch der Betrachter. Dies Schweigen der Bewunderung sowohl wie der Rührung, die es erzeugt, ist der schönste Ruhm dieses ächten Kunstwerks. Mit zwei Behauptungen pflegen die Maler der Kritik gegenüber fertig zu sein: die Kritik verstehe nichts von ihrer Kunst und wenn sie tadelt, hasse sie die Kunst. Die Kritik die Kunst hassen! Sie liebt sie viel inbrünstiger, treuer und wahrhaftiger, als jene, die sich für ihre berufenen Jünger ausgeben, und vor deren hundert und aber hundert schlechten Bildern, sie, die Kritik, die wahre, die ächte Kunst, die Kunst von Rubens, Rembrandt und Ruysdael, die Kunst von Cornelius und Kaulbach, von Knaus und Hildebrandt beständig vertheidigen muß.

„Nach der Taufe“ — eine bescheiden eingerichtete Bauernstube thut sich vor uns auf, die heilige Handlung ist vollzogen, „beim Kaffee“ sitzen die Aeltern, die Großältern, die Verwandten, die Geschwister des Täuflings, der würdige Prediger, der das Kind in seinen Armen schaukelt, behaglich und gemüthlich zusammen, im Hintergrund hat sich eben die Thür geöffnet, der Sonnenschein blickt herein und mit ihm kömmt ein junges geputztes Mädchen mit einem Blumensträußchen, den Täufling zu begrüßen. Blumen schmücken den breiten, mit einem weißen Tuche bedeckten, in der Mitte der Stube stehenden Tisch, dort steht der angeschnittene Kuchen, hier die Kaffeekanne mit den buntbemalten Tassen; dem jungen Bauer auf der Bank im Hintergrunde ist das Getränk zu heiß, er hat es in die Untertasse gegossen, wie er pustet! Und dort am oberen Ende des Tisches der Geistliche, in schwarzem Gewand, ein breites, gutmüthiges, freundliches Gesicht, leicht flattert das spärlich gelockte Greisenhaar darum, der Blick, den er auf das Kind in seinen Armen richtet, ist so eigen gemischt von Ernst und Freude, von Hoffnung wie von Besorgniß, geht ihm nicht ein stilles Gebet durch die Seele, daß Gott dies junge Leben behüten und erhalten möge? Der Großvater, eine derbe Bauernnatur, blickt nur neugierig, lachend ihm über die Schulter hin auf den neuen Enkel: der will sich an diesem Tage wegen der Zukunft keine Sorge machen, und die kleine Schwester des Täuflings, die neben dem Pfarrer auf den Zehen steht, hat nun gar keine Gedanken, sondern legt in Verwunderung über das Fest und das geputzte Wickelkind ihre Hand auf die Knie des Geistlichen. Während der Taufe haben die Großmutter und das ältere Mädchen an ihrer Seite rüstig in der Küche für die Bewirthung der Heimkehrenden gesorgt, nun sind sie herbeigeeilt, um doch auch ihren bescheidenen Theil an der Festfreude in Empfang zu nehmen. Neben der Großmutter in einem, mit grünem Zeug überzogenen Lehnstuhl sitzt die junge Mutter in einem weißen Kleide, ein rosageblümtes Untergewand sieht darunter hervor, die Füße hat sie auf eine Fußbank gestemmt, es ist ein zartes, sinniges, fast durchgeistigtes Gesicht, zu zart für den Kreis, in dem sie lebt; sie lächelt — und wie diese Lippen, diese guten frommen Augen lächeln! Noch sind die

Spuren des überstandenen Leidens ihren Zügen aufgedrückt, aber sie ist doch genesen und kann sich wieder mit den Ihrigen freuen. Wieder und wieder schaut der Betrachter in dies milde, süße Gesicht, es kostet ihm Ueberwindung, sich von ihm ab- und dem Hausvater, einem noch jugendlichen Manne, im langen Bauernrock, zuzuwenden, der gemächlich, ein Töchterchen im Schooß, das sein blondes Lockenköpfchen an seine Brust lehnt, und zu der Mutter hinüberlauscht, um auch einen ihrer Blicke zu erlangen, sein Stück Kuchen in den Kaffee taucht. Ganz im Vorgrunde verzehrt mit sichtlichem Behagen ein blonder Krauskopf, ein stämmiger, lachender kleiner Bube, wie ihn Rubens nicht besser gemalt hat, seinen Kuchen und schützt mit der andern Hand vorsorglich drei oder vier Äpfel, die er so fest an sich preßt, als wären sie ihm wirklich an sein kleines Herz gewachsen. Ein alter Bauer, die Pfeife im Munde, und ein junger Bursche, die an der Thür stehen, ein Mädchen in rother Jacke und grünem Rock, das, dem Beschauer den Rücken zukehrend, auf der Bank am Tische sitzt und den einen, von einem weißen Strumpf bedeckten Fuß, der Holzschuh liegt an der Erde, ein wenig heraufgezogen hat und mit der Hand faßt, ein bunter Ball, ein Holzpferdchen auf den Dielen liegend, vollenden das Gemälde. Und nun betrachte man jede einzelne dieser Figuren und bewundere immer auf's Neue den Künstler, der jede so eigen, so lebendig zu schildern wußte. Da ist nicht ein Zug wie der andere, nichts Ausgeklügeltes und nichts von jener auf andern vielgerühmten Bildern beständig wiederkehrenden Süßlichkeit, die man gutmüthig mit dem Namen Kindlichkeit und Einfalt getauft, sondern die Wahrheit und Treue der Natur, durch die Seele des

Künstlers verklärt. Anordnung, Gestaltung, das Colorit, so duftig und so leuchtend wie es ist, Alles athmet dieselbe Anspruchslosigkeit, Alles umgiebt der Zauber der Anmuth und der Bescheidenheit. Wie keine Figur sich besonders hervordrängt, so will auch keine Farbe für sich glänzen und die andere verdunkeln, überall macht sich das künstlerische Verständniß, das feine Gefühl für das Maßhaltende geltend. Sanft und zart spielen die Farbentöne in einander, das weiße Gewand der Mutter mit dem lila Bande, das ihr als Gürtel dient, hebt sich allein vor den andern hervor, um den Blick des Beschauers gleich unmerklich auf diese lieblichste und liebenswürdigste Gestalt des Gemäldes zu lenken. Das Glück ist ereignißlos, es duldet keine ausführliche Schilderung und will nur empfunden sein. So bleibt jede Beschreibung von diesem Bilde weniger als der Schatten eines Schattens, denn die Figuren, ihre Gesichter, die Composition der Gruppe allein machen seinen geringsten Reiz aus, wie sie durch die Farben harmonisch verbunden sind, wie sie in deren Glanz leben, wie aus dem allen eine Stimmung des Friedens, ein rechtes Festtagsgefühl sich erzeugt, wie es in Haydn's Frühlings-Symphonie sich nicht schöner und beglückender ausspricht, das spottet jeglicher Beschreibung, das kann allein im Anschauen des Bildes genossen werden.

Erschütternder ist ein anderes, früheres Bild von Knaus: „Die Spieler", im Leipziger Stadtmuseum. Der Behandlung fehlt es noch an Glätte, der Farbe an Schmelz, aber die scharfe Charakteristik der Gestalten — drei ausgelernte Vagabunden und Spieler, die einen Bauer betrügen, den sein Kind, ein Mädchen, umsonst von dem verhängnißvollen Tisch zurück zu ziehen sich müht — zeigt schon die Hand, die allein solche Figuren schaffen konnte. Freude und Sonnenschein strahlt dagegen „ein ländliches Fest“ aus.

„Ein ländliches Fest“: es sind Bauern, die aus dem alten Thor ihres Fleckens auf eine Waldwiese hinausziehen, Kinder und Gänse voran, darauf die drei aufspielenden Musikanten, der Wirth mit dem Weinfaß und der blank gescheuerten Kanne von Messing; dahinter Mädchen und Bursche, Frauen und Männer. Wie das jubelt, singt und lärmt! So täuschend ist das Bild gemalt, daß der Betrachter glaubt, die Personen bewegten sich wirklich. Der fröhlichste Sonnenschein lacht über der Landschaft; er lacht uns aus den Gesichtern aller entgegen; das ist eine rechte, tolle, gottselige Freude, eine ganz andere Freude als auf einem Opernhausball und in einem Hofconcert. Wenn man ein Bild von Knaus sieht, glaubt man ein Kapitel von Yorik Sterne zu lesen; da steht jener wunderbare Genius, den die Sentimalität — die gute, die wahre, nicht die nachgemachte aus den Romanen von englischen Gouvernanten — und der Humor erzeugt; er lächelt und er weint zugleich. Auf diesem Bilde herrscht indessen die Fröhlichkeit; selbst der Mann, der sich auf Krücken aus dem Thor schleppt, und das hagere Bettlerkind an seiner Seite wollen heute die Freude und den Sonnenschein genießen. So weit und duftend liegt die Welt vor ihnen, so sommergrün! An dem alten grauen Mauerwerk klettern Epheu und Schlingpflanzen empor; der steinerne Heilige, der darauf steht, grüßt ernst hinunter. Lustig spielen die Musikanten, der eine den Baß, der andere die Geige; ein junger Bursche, ein gesunkenes und verkommenes Genie, im Calabreserhut und verschossenen Sammtrock bläst die

Flöte. Behäbiger und stattlicher schaut der Wirth aus, ein Dorfbacchus, und der kleine Junge, sein Erstgeborner, der bunt herausgeputzt neben ihm läuft, der glaubt nun gar, die ganze Welt gehöre ihm, so lustig schreit er, so weit hat er seine kleinen Arme geöffnet. Wohin das Auge blickt, überall trifft es auf charakteristische, lebensvolle Gestalten. Nie überschreiten sie bei all ihrer Derbheit und Natürlichkeit die Grenze des Schönen und arten in die Carricatur aus, die, um des Erfolges sicher zu sein, die Wahrheit übertreibt. An dem Maßvollen wird stets der echte Künstler erkannt; dies ist der Reiz, den Ludwig Knaus auf jedes feinere Empfinden ausübt. Fehlt auch seinem neuesten Werke der seelische Zug des Bildes „Nach der Taufe", vor allem eine Gestalt wie dort die Mutter, diese liebliche Madonna des Dorfs, es war, die so schön den Mittelpunkt des Ganzen abgab, so lebt in dem „Ländlichen Fest" doch eine Heiterkeit, die uns anlächelt wie Pfingstfreude.

Stryowsky.

Darf ich den Namen der beiden großen Genremaler, Robert und Knaus, den eines dritten, fast noch unbekannten Künstlers anreihen, der ihnen freilich nur „wie der Aehrenleser dem Schnitter“ folgt?

Es ist W. Stryowsky aus Danzig, dessen Eigenthümlichkeit in der Darstellung und Wiedergabe des Volklebens der nordslavischen Stämme beruht. Wie Robert's Land Italien, die Gestalten von Ludwig Knaus deutsche Menschen sind, so verweilt Stryowsky mit Vorliebe an den Ufern der Weichsel und bei ihren Bewohnern. Das eine seiner Bilder: „Flissen an der Weichsel bei Danzig“, in poetischer Stimmung, in dem Duft, der darüber hinhaucht, das seelenvollste und vorzüglichste, ruft unwillkürlich die Erinnerung an Leopold Robert wach. Daß man doch seine „Schnitter“ neben das Bild Stryowsky's hängen könnte. Nicht nur der Gegenstand, auch die Empfindung beider Gemälde, der Geist, in dem sie empfangen wurden, bezeugt eine gewisse Wahlverwandtschaft beider Maler. Tritt uns bei Leopold Robert Alles plastischer, in idealer Schönheit und Helligkeit entgegen, so entspricht dies dem Wesen und der Natur des italienischen

Volkes eben so gut, wie das Charakteristische, Phantastische, das Dämmernde auf Stryowsky's Bilde aus der innersten Eigenthümlichkeit der nordslavischen Stämme geschöpft ist. Wie klingt bei ihm aus dem breiteren Hervortreten der Landschaft, aus der abendlichen Stille und Beleuchtung, von dem langsam zwischen niedrigen Ufern dahinrauschenden Wasser des Stroms das schwermüthige slavische Volkslied mit seiner Anlehnung an die Landschaft, an die geliebten Bäume der Weiden und Linden uns an. Das verdämmert so sanft, das tönt so leise und süß aus. Die slavischen wie die celtischen Stämme besitzen dieselbe wilde Freude und Trunkenheit, denkt an irische oder russische Bauernhochzeiten, und zugleich die tiefste Melancholie. In diesem Augenblick ein Auflodern, als wollten sie die Welt verbrennen, und im nächsten ein stilles, brütendes in sich Versinken. Beide Seiten des Volkscharakters zeigt das Bild Stryowsky's.

Seht da links vom Feuer, darauf und darum das Abendbrod bereitet wird, den zerlumpten Alten, mit der Violine, mit den Fingern klimpert er in ihren Saiten, den Geiger daneben, beide aufspielend, liegend der eine, stehend der andere: jetzt klingt es gellend und rauh, wie das Anklingen von Branntweingläsern, jetzt wieder mild und hold, wie ein Lied, das die Kosakenmädchen singen. Umher die weite Flachlandschaft, Abenddämmerung, Mondesaufgang in der Zeit des Hochsommers. Ein blaues Band in vielfacher Windung zieht die Weichsel hin, im Hintergrunde verschwimmen in Abendduft die fernen Ufer mit ihren Bäumen. Vorn ist das Gestade mit Getreidehaufen, die miethenartig aufgethürmt sind, bedeckt. Hier und dort bemerkt man eine Oeffnung in ihnen, aus der ein kluger, verschmitzter, slavischer Kopf hervorguckt. Näher dem Wasser zu liegen Kähne, Holzpflöcke, Stricke; die Gesellschaft der „Flissen“ — Arbeiter und Arbeiterinnen, die das Getreide mähen und den Fluß hinabschiffen — sitzen im Vordergrunde um ihr Feuer und horchen der Musik zu. „Wenn die Musik der Liebe Nahrung ist“: sinnend, als dächte sie einen ähnlichen Gedanken sitzt dort auf dem Brett, das über zwei Pflöcke gelegt ist, eine jugendliche, schlanke Mädchengestalt in einem weißen Rock mit der rothen Mütze neben einem älteren Mann; dicht vor den Garben, doch so, daß er ihr in's Auge sehen kann, liegt ein jüngerer in blauem, mit Schafpelz besetzten Rock halb ausgestreckt, weiterhin die Musikantengruppe und Andere, die lauschen, die da kommen und gehen. Eine Idylle in Farben — man athmet gleichsam den Duft des Abends, den Wind, der vom Flusse herüberstreicht. Die Luft ist so weich, wie die Töne, die von der Geige klingen. Vielleicht wäre eine tiefere und bedeutendere Behandlung des Terrains zu wünschen, damit die mittlere Gruppe sich noch mehr und schärfer abhöbe. Aber den Eindruck des Ganzen, das Gefühl der Ruhe, des Wohlseins, mit jener leichten Mischung von Schwermuth, welche die Dämmerung immer mit sich zu führen pflegt, wird durch diesen Mangel wenig beeinträchtigt. Zu mächtig redet ein seelisches Empfinden aus diesem Bilde, als daß man es kalt und unergriffen betrachten könnte. Das wäre ja ein häßliches Amt der Kritik, wenn sie uns die Freude und den Genuß an einem wohlgelungenen Werke verböte und uns durch die Aufdeckung kleiner Fehler zwingen wollte, über unsere Bewunderung zu erröthen. Wenn wir vom Künstler die Kunst, so darf er von uns ein empfängliches Herz und ein offenes Auge fordern. Stryowky's „Flissen“

haben diesen bestechenden Reiz, es ist Melodie darin — in der Landschaft, den Gestalten, wie in der milden Beleuchtung.

Zwei andere Gemälde des Meisters: „Scene auf der Prczerabka" und „der kleine slovakische Drahtbinder" kommen diesem nicht gleich. Auf dem zweiten — der nationale slavische Typus ist in dem Knaben, der mit seinem breitkrämpigen Hut auf dem Kopfe an der Mauer sitzt und eine braune Kanne mit Draht umflicht, wieder vortrefflich ausgedrückt — steht die Größe der Figuren, Kinder und eine Magd schauen der Arbeit zu, in einem unverkennbaren Mißverhältniß zu dem dargestellten Gegenstande. Es ist gesagt worden: „man solle den Zahnschmerz nicht in Lebensgröße malen," dies Gebot gilt auch hier. Weder die Handlung noch die Gestalten sind bedeutsam genug, um in dieser Größe vor uns Rechtfertigung zu finden. Und der Junge selbst — sitzt dort, auf dem Bilde „auf der Prczerabka," die Füße untereinander geschlagen, nicht sein älterer Bruder und spielt die Fidel? Das ist derselbe braune Rock, dasselbe listige, verschlagene Gesicht mit den schwarzen Haaren darum. Nur blickt der Drahtbinder kindlicher, der Geiger hat einen faunischen Ausdruck, der untere, zurücktretende Theil seines Gesichts verstärkt diesen lüsternen Zug noch mehr. Der Hintergrund ist durch die Getreidemiethen eingeschlossen, in einiger Entfernung ragen ein Paar Bäume auf. Das Ganze entbehrt der Weite und Freiheit, die dem Flissenbilde eine so eigenthümliche Betonung verleihen. Drei ächt slavische Figuren sind im Vordergrunde einander gegenüber. In der Mitte steht mit sinnendem Lächeln eine Frauengestalt, auf den Arm, n sie auf einen Haufen Getreide stützt, lehnt sie den

Kopf, das weiße Tuch umrahmt ihr mildes, bräunliches Gesicht, in der freien Hand hält sie eine Rose; links ihr zur Seite sitzt der Fiedler, rechts liegt auf einer grauen Decke ein Weib, vollbusig, mit breitem, nicht unschönem aber keckem Gesicht, fast herausfordernd lacht sie dem Musikanten zu. Sie trägt die Nationaltracht, ein weißwolliges Kleid, die rothe Mütze, eine Kette um den Hals. Die Rohheit des polnischen Stammes, die begehrliche Sinnlichkeit ist diesem Antlitz zu scharf und häßlich aufgeprägt: es hat seine Originalität, aber eine abstoßende. Mit dem Fiedler kann man sich eher versöhnen; das sichtliche Behagen, mit dem er seine Geige streicht, das Zigeunerhafte an ihm, das Abenteuerliche adeln in etwas sein Wesen. Ginge der Zweck der Kunst nicht weiter als bis zur Nachbildung des Charakteristischen, könnte man gegen das Bild nichts einwenden, aber der Maler selbst zeigt uns, daß er darüber hinaus die höchste Kunst in die Verklärung des Gegebenen zum Idealen, in die Vertiefung der einzelnen vorüberfliehenden Erscheinung zu einem Allgemeinen und Dauernden setzt. Durch die Beleuchtung, die landschaftliche Umgebung verklärte er die Arbeit und das Vergnügen, das Leben der „Flissen“ zur Idylle, in seinen „Polnischen Juden in der Synagoge“ eröffnet er uns einen Einblick in die Seele des Judenthums.

Wie schildere ich nur den Eindruck dieses Bildes? Es ist zugleich feierlich und ärmlich, es ergreift durch die allen Gesichtern aufgeprägte Andacht, die man noch tiefer und leidenschaftlicher bei denen vermuthet, die mit den weißwollenen, blaustreifigen Gebettüchern den Kopf verhüllt haben, und dabei diese Verkommenheit, die aus dem zerrissenen Rocke des einen am Boden sitzenden Knaben spricht.

In der Wand der Synagoge befinden sich zwei grünverhängte Fenster, von denen das eine ganz sichtbar ist, während das andere im Hintergrunde mehr verschwindet. Hoch oben, neben dem Fenster, hängt an der Wand eine Leuchte. Unter der Gesetzestafel auf einem Tische steht das kupferne Waschgefäß, einer der Andächtigen, der eben seine Waschung verrichtet hat, liest vornübergeneigt aus einem Buche die Gebetsformel. Hinten, an dem andern Fenster, schlägt in religiöser, leidenschaftlicher Extase ein Anderer mit der Hand an die Mauer, im Vordergrunde verweilt das Gedränge der Betenden. Ein alter Jude, weißbärtig, eine Pelzmütze auf dem Kopf, fällt zunächst in's Auge, er giebt gleichsam den Ton des Ganzen an — bei allem Ernst, der Feierlichkeit der Handlung erscheint da ein phantastisches, groteskes Element, das von ihm sich zu den Uebrigen fortsetzt und jene unbeschreibliche Stimmung des Wunderlichen und doch Bedeutsamen, des komisch Rührenden in dem Beschauer hervorruft. Aus der Schaar der Andern sind nur drei oder vier Köpfe recht erkennbar, jeder von anderem und dennoch alle von demselben nationalen Schnitt. Nach dieser Seite hin gehören die beiden sitzenden Knaben, die mit einander debattiren, rechts im Vorgrunde, zu den vorzüglichsten Gestalten des Malers. Der vorderste Knabe, wenn nur seine Beine eine bessere Stellung hätten! hat ein frisches, keckes Gesicht, der andere mit seinen leicht röthlichen Haaren blickt sanfter und listiger, mit dem Ausdruck des werdenden — man deute es nicht übel — jüdischen Kaufmanns. Und in welche Farben ist Alles getaucht! Dies lichte Grün, das Weißgrau — dazwischen die dunkelblauen Streifen, braun und schwärzliche Töne ·en dem Bilde vorherrschend eine gedämpfte Helligkeit und schließen in ihrer Einfachheit doch jede verletzende Buntheit aus. Alles Harte und Grelle, nach einem virtuosen Farbeneffect Haschende, wozu der Vorwurf so viel Gelegenheit und das Vorbild eines so unvergleichlichen Meisters wie Rembrandt bot, hat der Maler in weiser Selbstbeschränkung, feinfühlig vermieden. Dafür zauberte er in diese Gestalten und um sie her ein eigenes Licht, man sieht es nicht und doch leuchtet es, ein Märchenhaftes, halb aus dem alten Testament, halb aus dem Talmud, schwebt darüber hin und doch bleiben wir auf festem Boden — auf welchem Boden! auf dem einer armen polnischen Synagoge. Nehmt diesen Menschen ihre Gebettücher, den Ernst vom Antlitz und ihr habt „Schacherjuden", Männer, die mit dem Waarensack auf dem Rücken das Land durchziehen und in den Dörfern hausiren: dies ist die eine Seite, aber wiederum steigen bei ihrem Anblick alte Erinnerungen in euch auf, vom Passahfest, als sie Aegypten verließen, von ihrer Wüstenwanderung, den Psalmen David's, die alte Harfe klingt, die Harfe, die an den Weiden Babylon's hing — und dazwischen kichert und plaudert in „jüdischem Deutsch" die Prinzessin Sabbath, das drollige Geschöpf Heinrich Heine's.

CPSIA information can be obtained
at www.ICGtesting.com
Printed in the USA
LVHW040404200422
716646LV00005B/232

9 783752 596427